COLLECTION FOLIO

Karen Joy Fowler

Le club Jane Austen

Traduit de l'américain
par Sylvie Doizelet

Quai Voltaire

Titre original :
THE JANE AUSTEN BOOK CLUB

Romancière reconnue, finaliste du prix PEN/Faulkner avec *Sister Noon*, Karen Joy Fowler est l'auteur de trois romans et d'un recueil de nouvelles. Elle vit en Californie.

Pour

SEAN PATRICK JAMES TYRREL,

manquant à l'appel,
et qui nous manque à jamais.

Il est rare, très rare qu'une révélation soit faite dans la vérité totale ; il est très rare qu'elle ne s'accompagne pas d'un léger déguisement, ou d'une légère méprise.

JANE AUSTEN,
Emma.

PROLOGUE

Chacun de nous possède sa propre Jane Austen.

Celle de Jocelyn a écrit de merveilleux romans sur l'amour et l'art de faire la cour, mais ne s'est jamais mariée. C'est elle qui a eu l'idée du club, et c'est elle qui a choisi les membres. Elle a plus d'idées en une seule matinée que le reste d'entre nous en une semaine, et plus d'énergie aussi. Il est essentiel de réintroduire Jane Austen dans notre vie d'une manière régulière, a dit Jocelyn, nous regardant l'une après l'autre. Nous avons soupçonné un plan secret, mais qui oserait se servir de Jane à des fins malhonnêtes ?

La Jane Austen de Bernadette est un génie comique. Ses personnages, ses dialogues gardent leur drôlerie d'origine, contrairement aux bons mots de Shakespeare, qui ne vous amusent que parce qu'ils sont de Shakespeare et que vous lui devez bien ça.

Bernadette était la plus âgée des membres du club. Elle venait d'atteindre soixante-sept ans. À cette occasion, elle a annoncé que désormais elle se laisserait officiellement aller. « Je ne me regarde plus dans la glace, nous a-t-elle dit. Si seulement j'y avais pensé des années plus tôt... »

« Comme un vampire », a-t-elle ajouté et, présenté ainsi, nous nous sommes demandé comment les vampires se débrouillent pour être toujours aussi impeccables. La plupart d'entre eux auraient plutôt dû ressembler à Bernadette.

Un jour, au supermarché, Prudie avait croisé Bernadette en pantoufles, les cheveux en bataille comme si elle ne s'était même pas peignée. Elle achetait des fèves de soja surgelées, des câpres et autres articles qui ne pouvaient être de première nécessité.

Le livre préféré de Bernadette était *Orgueil et préjugés*. C'est certainement celui que tout le monde préfère, a-t-elle dit à Jocelyn. Elle recommandait de commencer par lui, mais le mari-depuis-trente-deux ans de Sylvia venait juste de demander le divorce et, dans un contexte si récent et si sensible, Jocelyn n'imposerait pas à Sylvia le séduisant M. Darcy. « Nous commencerons avec *Emma*, a répondu Jocelyn. Car personne après l'avoir lu ne peut avoir envie de se marier. »

Jocelyn et Sylvia s'étaient rencontrées à l'âge de onze ans ; elles avaient une petite cinquantaine à présent. La Jane Austen de Sylvia est une sœur, une fille, une tante. La Jane Austen de Sylvia écrit ses livres dans une salle à manger remplie de monde, les lit à voix haute à sa famille, et reste une fine et impartiale observatrice de ses semblables. La Jane Austen de Sylvia peut aimer et être aimée, mais cela ne trouble pas sa vision, n'émousse pas son jugement.

Il était possible que Sylvia ait été la raison d'être du club, et que Jocelyn ait simplement cherché à l'occuper pendant cette période difficile. Elle en était tout à fait capable. Sylvia était sa plus vieille et plus proche amie.

N'est-ce pas Kipling qui a dit : « Quand tout va mal, rien ne vaut Jane Austen » ? Ou quelque chose comme ça.

« Je crois que nous devons rester entre femmes, suggéra ensuite Bernadette. La dynamique change avec les hommes. Ils pontifient au lieu de communiquer. Ils dépassent leur temps de parole. »

Jocelyn ouvrit la bouche.

« On ne peut pas en placer une, continua Bernadette. Les femmes n'osent pas interrompre, même quelqu'un qui parle depuis des éternités. »

Jocelyn s'éclaircit la gorge.

« De plus, les hommes ne vont pas à des clubs de lecture, ajouta Bernadette. Pour eux la lecture est un plaisir solitaire. En supposant déjà qu'ils lisent. »

Jocelyn referma la bouche.

Et pourtant la personne qu'elle invita ensuite à nous rejoindre fut Grigg, qu'aucune de nous ne connaissait. Brun, soigné, Grigg semblait avoir dépassé depuis peu la quarantaine. La première chose qu'on remarquait chez lui, c'étaient ses cils, épais et très longs. Nous avons imaginé une ribambelle de tantes passant leur vie à regretter que de tels cils soient gaspillés sur un visage de garçon.

Nous connaissions Jocelyn depuis assez longtemps pour nous demander à qui Grigg était destiné. Grigg était trop jeune pour certaines d'entre nous, trop vieux pour les autres. Son entrée dans le club nous laissait perplexes.

Celles d'entre nous qui connaissaient Jocelyn depuis longtemps avaient survécu à de multiples arrangements. Lorsqu'elles étaient encore au lycée, elle avait présenté Sylvia au garçon qui allait devenir son mari, elle avait été leur demoiselle d'honneur lors du mariage trois ans après leur bac. Ce premier succès lui avait donné le goût du sang, et elle ne s'en était jamais remise. Sylvia et Daniel. Daniel et Sylvia. Trente ans et des poussières de satisfaction, bien qu'il soit plus difficile, bien sûr, d'en retirer du plaisir dans les conditions actuelles.

Jocelyn ne s'était jamais mariée elle-même, elle était donc disponible pour toutes sortes de passetemps.

Lorsque la fille de Sylvia, Allegra, avait atteint ses dix-neuf ans, Jocelyn avait consacré six mois entiers à lui fournir des jeunes hommes censés lui convenir. À présent Allegra avait trente ans, elle était la cinquième personne invitée à rejoindre notre club. La Jane Austen d'Allegra parle du rôle des soucis financiers dans la vie privée des femmes. Si elle avait travaillé dans une librairie, Allegra aurait rangé Austen dans la section des livres d'horreur.

Allegra payait très cher sa coupe de cheveux courts, et très bon marché ses chaussures sexy, mais ni l'un ni l'autre de ces détails ne nous aurait donné à réfléchir si elle n'avait, à d'innombrables reprises, fait référence à elle-même comme à une lesbienne. L'incapacité de Jocelyn à voir ce qui n'avait jamais été caché finit par devenir offensante, et Sylvia un jour l'avait prise à part, lui avait demandé pourquoi elle avait tant de mal à l'accepter. Jocelyn en avait été mortifiée.

Elle était donc passée aux jeunes femmes censées convenir à Allegra. Jocelyn tenait un chenil et élevait des Rhodesian-Ridgeback. Le monde des chiens, elle s'en rendit compte avec bonheur, regorgeait de jeunes femmes tout à fait convenables.

Avec ses vingt-huit ans, Prudie était la plus jeune d'entre nous. Son roman favori était *Persuasion*, le plus achevé et le plus sombre. La Jane Austen de Prudie est celle dont les livres changent à chaque lecture, une année on les lit comme des histoires d'amour, et l'année suivante c'est la prose froide, ironique d'Austen qu'on remarque. La Jane Austen de Prudie est celle qui meurt, de la maladie de Hodgkin probablement, alors qu'elle n'a que quarante et un ans.

Prudie aurait apprécié que nous admettions qu'elle avait gagné son invitation en tant qu'authentique passionnée d'Austen, au contraire d'Allegra, qui elle n'était là qu'à cause de sa mère. Non pas qu'Allegra n'aurait pas d'idées intéressantes ; Prudie était curieuse de les entendre. C'est toujours bon de savoir ce que les lesbiennes pensent de l'amour et du mariage.

Le visage de Prudie ne passait pas inaperçu, les yeux profondément enfoncés, la peau blanche, les joues creusées. Une toute petite bouche et des lèvres qui disparaissaient presque lorsqu'elle souriait, comme le chat du Cheshire, mais en sens inverse. Elle enseignait le français au lycée et elle était la seule d'entre nous à être actuellement mariée, à moins de compter Sylvia, qui bientôt ne le serait plus. Ou peut-être Grigg — pour lui on ne savait pas — mais pourquoi Jocelyn l'aurait-elle invité s'il était marié ?

Aucune de nous ne savait qui était la Jane Austen de Grigg.

À nous six — Jocelyn, Bernadette, Sylvia, Allegra, Prudie, et Grigg — nous avons formé le bataillon complet du club Tout-Jane-Austen-À-Tout-Instant de Central Valley/ River City. Notre première réunion s'est déroulée chez Jocelyn.

MARS

CHAPITRE PREMIER

*où nous nous réunissons chez Jocelyn pour discuter d'*Emma

En cercle dans la véranda couverte de Jocelyn, l'odeur de ses douze acres de gazon californien fraîchement tondu flottant autour de nous, nous buvions du thé glacé. Nous avions une très belle vue : le soleil venait de se coucher dans un éclat de violet et les montagnes Berryessa, à l'ouest, se perdaient dans l'ombre. Plein sud, au printemps, on entendait un torrent qui l'été disparaissait.

« Écoutez donc les grenouilles », dit Jocelyn. Nous avons écouté. Apparemment, derrière la clameur des aboiements de ses chiens, un chœur de grenouilles chantait.

Elle nous a présentées à Grigg. Il avait apporté l'édition Gramercy des romans complets, ce qui suggérait qu'Austen était une toquade récente. Il nous était plutôt difficile d'avoir une bonne opinion d'une personne qui exhibe un livre de toute évidence neuf, une personne qui étale sur ses genoux l'intégralité des romans alors que seul *Emma* est abordé. Quel que soit le moment où il prendrait la parole la première fois, et quoi qu'il dise, l'une de nous devrait le remettre à sa place.

Cette personne ne serait pas Bernadette. C'était elle qui, au départ, ne voulait que des femmes, mais comme elle avait le meilleur cœur du monde, nous n'avons pas été surprises de la voir souhaiter la bienvenue à Grigg. « C'est tellement agréable de voir un homme s'intéresser à Miss Austen, lui dit-elle. Merveilleux d'avoir le point de vue masculin. Nous sommes si contentes que vous soyez ici. » Bernadette ne disait jamais une chose une seule fois s'il était possible de la dire trois fois. Parfois c'était ennuyeux, mais la plupart du temps c'était reposant. Lorsqu'elle était arrivée, on aurait pu croire qu'elle avait une grosse chauve-souris pendue à son oreille. C'était juste une feuille, que Jocelyn a enlevée en l'embrassant.

Jocelyn avait installé deux radiateurs portatifs, et la véranda bourdonnait douillettement. Il y avait des tapis indiens, des tomettes espagnoles d'un rouge qui pouvait éventuellement cacher les poils de chiens, ça dépendait de la race. Il y avait des lampes en porcelaine, rondes et orientales, en forme de pots à épices, sans la moindre poussière sur les ampoules, puisque c'était la maison de Jocelyn. Les lampes avaient des minuteurs. Lorsqu'il ferait suffisamment sombre à l'extérieur, à l'instant propice, les lumières fuseraient toutes ensemble comme les voix d'un chœur. Ce moment n'était pas encore arrivé, mais nous l'attendions. Quelqu'un peut-être serait en train de prononcer une parole brillante.

Sur l'unique mur se trouvait une rangée de photographies — la dynastie de Ridgeback de Jocelyn, entourés de leurs rubans et décorations. Les Ridgeback sont une race matriarcale ; c'est l'un de leurs nombreux attraits. Mettez Jocelyn en position alpha et vous avez les prémices d'une civilisation supérieure.

Queenie des Serengeti baissait les yeux sur nous, regard de lapine et sourcils inquiets, intelligents. C'est difficile de saisir la personnalité d'un chien sur une photographie ; les chiens souffrent plus de l'aplatissement que les êtres humains, ou les chats. Les oiseaux rendent bien en photo, leurs états d'âme sont tellement protégés, et de toute manière le plus souvent le sujet réel est un arbre. Mais la ressemblance était flatteuse, et Jocelyn avait pris la photo elle-même.

Sous le portrait de Queenie, sa fille, Soleil du Sahara, était étendue à nos pieds, en chair et en os. Elle venait juste de s'installer, après avoir passé la première demi-heure à aller de l'un à l'autre, nous soufflant une haleine de mare stagnante à la figure, laissant des poils sur nos pantalons. Elle était la préférée de Jocelyn, le seul chien autorisé à l'intérieur, bien qu'elle n'ait pas de valeur marchande, puisqu'elle souffrait d'hyperthyroïdie et avait dû être stérilisée. C'était dommage qu'elle ne puisse avoir de chiots, disait Jocelyn, car elle avait les plus agréables dispositions.

Jocelyn venait de dépenser plus de deux mille dollars en frais de vétérinaire pour Sahara. D'apprendre cela nous avait enchantées ; l'élevage de chiens, à ce qu'il paraît, peut rendre une personne cruelle et calculatrice. Jocelyn espérait continuer à la faire concourir, bien que le chenil ne puisse plus en tirer profit, simplement parce que ça manquait tant à Sahara. Si seulement elle avait pu assouplir sa démarche — pour les Ridgeback tout est affaire de démarche — elle aurait pu continuer à participer à des expositions, même sans jamais gagner. (Mais Sahara savait lorsqu'elle avait perdu : elle devenait déprimée et pensive. Parfois quelqu'un couchait avec le juge et alors il n'y avait plus rien à faire.) Sahara concourait dans la catégorie Chiennes Sexuellement Modifiées.

Dehors les aboiements s'accentuèrent jusqu'à l'hystérie. Sahara se leva et se dirigea d'une allure raide jusqu'à la porte moustiquaire, l'échine hérissée comme une brosse à dents.

« Pourquoi Knightley n'est-il pas plus attirant ? commença Jocelyn. Il a tellement de qualités. Et pourtant il ne me touche pas. Pourquoi ? »

Nous l'entendions à peine, elle dut répéter sa question. Les conditions étaient telles, vraiment, que c'est plutôt de Jack London dont nous aurions dû débattre.

—

Presque tout ce que nous savions de Jocelyn venait de Sylvia. La petite Jocelyn Morgan et la petite Sylvia Sanchez s'étaient rencontrées dans un camp de girl-scouts lorsqu'elles avaient onze ans, elles en avaient cinquante et des poussières à présent. Elles s'étaient retrouvées dans une hutte Chippewa, œuvrant pour obtenir leur brevet de femmes des bois. Elles devaient préparer des feux de camp à partir de tipis de petits bois, puis faire cuire quelque chose dessus, puis manger ce qu'elles avaient fait cuire ; il restait aux girl-scouts à laver leur assiette pour être quittes de leurs obligations. Elles devaient identifier les feuilles, les oiseaux, les champignons vénéneux. Comme si elles risquaient de manger le moindre champignon, vénéneux ou pas.

Pour leur dernier exercice, elles avaient été amenées par groupes de quatre dans une clairière, à dix minutes du camp. Elles devaient trouver le chemin du retour. Ce n'était pas difficile, on leur avait donné une boussole et un indice : le réfectoire se trouvait sud-ouest par rapport à elles.

Le camp durait quatre semaines, et chaque dimanche les parents de Jocelyn faisaient le trajet en voiture depuis la ville — trois heures et demie de route — pour lui apporter les bandes dessinées du journal du dimanche. « Tout le monde l'aimait », avait dit Sylvia. C'était difficile à croire, même pour nous, qui toutes aimions énormément Jocelyn. « Elle n'était au courant de rien, c'était drôle pour nous. »

Les parents de Jocelyn l'adoraient au point qu'ils ne pouvaient pas supporter de la voir malheureuse. Ils ne lui avaient jamais raconté la moindre histoire qui finissait mal. Elle ne savait rien du DDT ou des nazis. Elle avait été tenue à l'écart de l'école pendant la crise des missiles à Cuba car ses parents ne voulaient pas qu'elle apprenne qu'on avait des ennemis.

« Il nous incomba à nous, les Chippewas, de lui parler des communistes, avait raconté Sylvia. Et des pédophiles. De l'holocauste. Des tueurs en série. Des règles chaque mois. Des cinglés échappés de l'asile avec des crochets à la place des mains. De la Bombe. Du destin des vrais Chippewas.

Bien sûr, on se trompait sur tout. Quel ramassis de fausses informations on a pu lui faire avaler. Mais au moins, c'était plus réel que ce qu'elle entendait à la maison. Et elle a été très courageuse, il y avait de quoi l'admirer.

Mais tout s'est effondré le jour où on a dû retrouver notre chemin vers le camp. Il lui est venu cette idée bizarre et paranoïaque que pendant qu'on marchait en vérifiant notre boussole, les autres pliaient bagage et partaient. Qu'on allait bien retrouver la hutte, le réfectoire, les latrines, mais tout le monde serait parti. Et même plus, il y aurait de la poussière et des toiles d'araignées et les planches seraient effondrées. Ce serait comme si le camp avait été abandonné depuis cent ans. On avait dû lui raconter trop d'épisodes de *Twilight Zone*. »

Mais voici le plus étrange. Le dernier jour, ses parents sont venus la chercher. Sur le chemin du retour, ils lui ont annoncé qu'ils avaient divorcé pendant l'été. En fait, elle avait été envoyée au loin à cause de ça. Tous ces voyages ensemble le dimanche pour lui apporter les bandes dessinées, alors qu'en fait ils ne pouvaient plus se supporter. Pendant le mois de son séjour, son père avait vécu dans un hôtel de San Francisco. « J'ai pris tous mes repas au restaurant de l'hôtel, lui avait-il dit. Je descendais pour le petit déjeuner et je me commandais tout ce qui me faisait envie. » Jocelyn a raconté qu'il s'était exprimé comme si c'était la seule raison de son départ, qu'il trouvait ça tellement chouette de manger au restaurant. Elle avait eu l'impression d'avoir été échangée contre des œufs pochés.

Quelques années plus tard, il lui avait téléphoné pour lui dire qu'il était un peu grippé. Rien qui doive inquiéter sa petite chérie. Ils avaient des billets pour un match de base-ball, mais il ne pensait pas pouvoir y aller, ça serait pour une autre fois. Allez, les Giants ! La grippe était en fait une attaque cardiaque. Il avait fini par aller à l'hôpital, mais il était déjà mort.

« Il ne faut pas s'étonner qu'elle ait grandi en voulant tout contrôler », dit Sylvia. D'un ton affectueux. Jocelyn et Sylvia étaient les meilleures amies du monde depuis plus de quarante ans.

« Il n'y a aucune chaleur chez Mr. Knightley », dit Allegra. Son visage était très expressif, comme celui de Lillian Gish dans un film muet. Elle fronçait les sourcils lorsqu'elle réfléchissait, elle faisait ça depuis qu'elle était toute petite. « Frank Churchill et Jane Fairfax se rencontrent en secret et se disputent et se réconcilient et mentent à toutes les personnes qu'ils connaissent. On croit qu'ils sont amoureux parce qu'ils se conduisent si mal. On peut les imaginer faire l'amour. On ne sent jamais cela avec Mr. Knightley. » Allegra avait une voix de berceuse, lente mais pénétrante. Elle perdait souvent patience avec nous, mais son intonation restait si apaisante que le plus souvent on ne s'en apercevait qu'après coup.

« C'est vrai », acquiesça Bernadette. Derrière les verres de ses minuscules lunettes ses yeux étaient ronds comme des cailloux. « Emma n'arrête pas de parler de la réserve de Jane, même Mr. Knightley est d'accord, et il est si perspicace au sujet de tout le monde. Mais elle est la seule personne de tout le livre » — les lumières se sont allumées, faisant sursauter Bernadette, mais il lui en fallait plus pour sauter un mot — « qui semble si désespérément amoureuse. Selon Austen, le mariage d'Emma et de Mr. Knightley est tout à fait banal. » Elle s'interrompit, l'air songeur. « De toute évidence elle l'approuve. Je suppose que le mot "banal" avait un tout autre sens du temps d'Austen. Par exemple, quelque chose dont on n'a pas à avoir honte. Rien qui puisse faire jaser. Ne jamais s'élever trop haut, ni s'abaisser trop bas. »

La lumière se déversait comme du lait sur la véranda. Plusieurs insectes aux longues ailes se sont précipités contre la porte moustiquaire, la cherchant avec frénésie, voulant la suivre jusqu'à la source. Ce qui aboutit à une suite de bruits sourds, certains assez forts pour que Sahara se mette à gronder.

« Aucune passion animale », dit Allegra.

Sahara se retourna. Passion animale. Elle avait vu des choses dans les chenils. Des choses qui vous font dresser les cheveux sur la tête.

« Pas de passion du tout. » Prudie répéta le mot, mais le prononça comme si c'était du français. Pah-si-ohn. Comme elle enseignait le français, ce n'était pas tout à fait aussi exaspérant que ç'aurait pu l'être.

Pourtant cela ne nous plaisait pas vraiment. Le mois dernier, l'esthéticienne de Prudie lui avait enlevé une bonne partie de ses sourcils, ce qui lui donnait l'air d'être perpétuellement étonnée. On avait hâte que l'effet disparaisse. « *Sans passion, amour n'est rien** », dit Prudie.

* Tous les mots ou expressions en italique suivis d'un astérisque sont en français dans le texte original.

« *Après moi, le déluge** », répondit Bernadette, juste pour éviter que les mots de Prudie soient suivis d'un silence qui aurait pu sembler hostile. Vraiment Bernadette était parfois d'une gentillesse excessive.

Aucune odeur intéressante dehors. Sahara s'écarta de la porte moustiquaire. Avec un soupir, elle s'approcha de Jocelyn. Puis elle tourna en rond trois fois, s'affala et finit par s'installer, le menton posé contre l'odorante chaussure de Jocelyn. Elle était détendue mais vigilante. Rien ne parviendrait à Jocelyn qui ne passerait d'abord par Sahara.

« Si je peux ? » Grigg s'éclaircit la voix, leva la main. « Ce que j'ai remarqué au sujet d'*Emma*, c'est la sensation de danger. » Il compta sur ses doigts. Il ne portait pas d'alliance. « Les gitans agressifs. Les vols inexpliqués d'objets sans valeur. L'accident de bateau de Jane Fairfax. Toutes les inquiétudes de Mr. Woodhouse. Il y a une sensation de menace qui plane. Qui projette son ombre. »

Prudie prit la parole, rapidement et résolument. « Mais tout le propos d'Austen est qu'aucune de ces choses n'est réelle. Il n'y a pas de menace réelle.

— Tu te trompes complètement, j'en ai bien peur », fit Allegra.

Grigg n'ajouta rien. Une fois ses longs cils baissés, son expression était difficile à déchiffrer. En tant qu'hôtesse, c'était à Jocelyn qu'il incombait de changer de sujet.

« J'ai lu un jour que l'intrigue d'*Emma*, la mortification d'une jolie jeune fille vaniteuse, est la plus populaire de tous les temps. Je crois que c'est Robertson Davies qui dit ça. Que c'est une histoire que tout le monde doit fatalement apprécier. »

À l'âge de quinze ans, Jocelyn avait rencontré deux garçons en jouant au tennis à son club de sport. L'un des deux s'appelait Mike, l'autre Steven. À première vue, deux garçons ordinaires. Mike était plus grand et plus mince, avec une pomme d'Adam proéminente et des lunettes qui changeaient de couleur au soleil. Steven avait une meilleure carrure, un joli sourire, mais un gros derrière.

La cousine de Mike, Pauline, était venue de New York pour quelque temps et ils s'étaient présentés à Jocelyn car ils avaient besoin d'un quatrième pour les doubles. Jocelyn avait travaillé son service avec les professionnels du club. Cet été-là, elle avait une queue-de-cheval haut placée, une frange comme Sandra Dee dans *Take Her, she's Mine*. Elle avait déjà des seins, pointus les premiers temps, plus ronds à présent. Sa mère lui avait acheté un maillot de bain deux-pièces avec coques renforcées, dans lequel Jocelyn se sentait merveilleusement consciente d'elle-même. Mais son meilleur atout, d'après elle, c'était son service. Ce jour-là, elle lança à la perfection, son corps étiré au maximum, avant de faire tournoyer la balle. Il semblait impossible qu'elle rate. Son moral, par conséquent, était au plus haut, débridé.

Ni Mike ni Steven ne gâchèrent la situation en se montrant trop compétitifs. Parfois ils se partageaient le jeu, parfois non ; personne ne comptait vraiment les points, sauf Jocelyn, secrètement. Ils changèrent de partenaires. Pauline était une telle petite morveuse, accusant les autres de faute de pied alors qu'il s'agissait d'un jeu amical, que Jocelyn, en comparaison, se sentait meilleure encore. Mike dit qu'elle était bonne joueuse, et Steven qu'elle n'était absolument pas bêcheuse, contrairement à la plupart des filles.

Ils continuèrent à se voir et à jouer après le départ de Pauline, même si trois était un chiffre vraiment peu commode. Parfois, Mike ou Steven essayait de courir d'un côté à l'autre du filet pour jouer dans les deux équipes à la fois. Ça ne marchait jamais mais ils continuaient d'essayer. Pour finir un adulte les accusait de ne pas jouer sérieusement et les expulsait du court.

Après le tennis, ils enfilaient leur maillot et se retrouvaient à la piscine. Pour Jocelyn, tout changeait avec la manière dont elle était habillée. Lorsqu'elle sortait du vestiaire pour dames, ses mouvements étaient raides, embarrassés. Elle enroulait une serviette autour de sa taille et l'enlevait juste avant de se glisser dans l'eau.

Et pourtant, elle aimait lorsqu'ils la fixaient ; leur regard lui procurait un plaisir qui courait le long de sa peau. Ils entraient dans la piscine après elle, la touchaient sous l'eau, où personne ne pouvait voir. L'un ou l'autre plongeait entre ses jambes et réapparaissait à la surface, ses genoux à elle accrochés autour des épaules du garçon, l'eau coulant de sa queue-de-cheval dans le creux entre ses seins. Un jour l'un d'eux, elle ne sut jamais lequel, avait défait la lanière du haut de son maillot. Elle l'avait rattrapé juste avant qu'il tombe. Elle aurait pu faire cesser tout cela d'un mot, mais ne le fit pas. Elle se sentait effrontée, elle aimait le risque. C'était comme jouer avec le feu.

Elle n'avait aucun désir d'aller plus loin. En fait elle ne les aimait pas tant que ça, ni Mike ni Steven, et certainement pas de cette manière. Lorsqu'elle était sur son lit ou dans la baignoire, se touchant plus intimement et plus efficacement qu'eux, le garçon qu'elle imaginait était le frère plus âgé de Mike, Bryan. Bryan était à l'université et travaillait l'été comme maître nageur à la piscine. Il avait le physique de l'emploi. Mike et Steven l'appelaient le patron, lui les appelait les minus. Il n'avait jamais parlé à Jocelyn, certainement il ne connaissait même pas son prénom. Il avait une petite amie qui n'appréciait pas particulièrement l'eau, mais restait allongée sur un fauteuil de plage en lisant des romans russes et en buvant du Coca-Cola. On pouvait savoir combien elle en avait bu au nombre de cerises au marasquin alignées sur sa serviette.

Vers la fin du mois de juillet il y eut une soirée dansante, où les filles choisissaient leur partenaire. Jocelyn choisit les deux, Mike et Steven. Elle pensait qu'ils étaient au courant, et qu'ils en discuteraient. Ils étaient de si bons amis. Elle pensait que ça blesserait l'un si elle choisissait l'autre, et elle ne voulait blesser personne. Elle devait porter une robe de soleil sans bretelles ; sa mère et elle allèrent acheter un soutien-gorge sans bretelles non plus.

Mike se présenta à la maison le premier, en chemise blanche et veste de sport. Il était nerveux ; ils l'étaient tous les deux ; ils avaient besoin de Steven. Mais lorsqu'il arriva, Mike fut stupéfait. Blessé. Furieux. « Amusez-vous bien tous les deux, dit-il, moi j'ai autre chose à faire. »

La mère de Jocelyn conduisit Steven et Jocelyn au club. Elle ne reviendrait les chercher qu'à onze heures. Trois heures entières à passer d'une manière ou d'une autre. Des torches de verre éclairaient le chemin qui menait au club, donnant l'impression que le paysage tout autour vacillait. Il y avait des gerbes de roses et des pots de lierre en forme d'animaux. L'air était frais et doux, la lune glissait doucement dans le ciel. Jocelyn ne voulait pas se trouver là avec Steven. C'était comme si elle était sa petite amie, et elle ne voulait pas être sa petite amie. Elle fut insolente et maussade, refusa de danser, parla à peine, ne retira pas son cardigan. Elle avait peur qu'il se fasse des idées, alors elle voulait être claire. Il finit par inviter une autre fille à danser.

Jocelyn se dirigea vers la piscine et s'installa sur l'une des chaises longues. Elle savait qu'elle s'était vraiment mal conduite avec Steven, elle aurait voulu ne jamais l'avoir rencontré. Elle ne portait pas de bas et elle avait froid aux jambes. Elle sentit l'odeur de son propre parfum « Chanson du Vent » mêlée à celle du chlore.

La musique flottait au-dessus de la piscine. « Duke of Earl. » « I want to hold your hand. » « There is a house in New Orleans. » Bryan vint s'asseoir à l'extrémité de sa chaise, ce qui lui fit battre le cœur.

« C'est ça qui te plaît ? » fit-il. La seule lumière autour d'eux était celle, bleue, qui provenait du fond de l'eau. Il tournait le dos, elle ne pouvait donc pas voir son visage, mais sa voix était pleine de mépris. « Il existe un mot pour les filles comme toi. »

Un mot que Jocelyn ignorait. Elle ne savait même pas qu'il y avait des filles comme elle. Et quel que soit ce mot, il ne le prononça pas.

« Tu as rendu ces garçons complètement dingues. C'est ça que tu aimes ? Je parie que oui. Sais-tu qu'avant ils étaient les meilleurs amis du monde ? Maintenant ils se haïssent. »

Elle avait tellement honte. Elle avait su tout l'été que quelque chose n'allait pas dans sa manière de se conduire, mais elle n'avait pas su quoi. Elle avait vraiment aimé ça. À présent elle comprenait que le tort venait de là.

Bryan empoigna l'une de ses chevilles assez fort pour que le lendemain matin elle ait un bleu là où son pouce avait appuyé. Il fit remonter son autre main le long de sa jambe. « C'est toi qui l'as voulu. Tu ne peux pas dire le contraire. » Ses doigts agrippèrent sa culotte, la firent glisser. Elle sentit la surface lisse de ses ongles. Elle ne lui dit pas d'arrêter. Elle se sentait trop honteuse pour bouger. Son doigt se fraya le chemin à l'intérieur d'elle. Il changea de position, répartit son poids de manière à s'allonger sur elle. Son aftershave était le même que celui que son père avait utilisé un temps.

« Bryan ? » C'était la voix de sa petite amie, venant du fond de la salle. « True Love Ways » s'échappait de la platine — Jocelyn ne pourrait plus jamais apprécier Buddy Holly, même après sa mort, le pauvre garçon — la petite amie continuait d'appeler. « Bryan ? Bryan ? » Bryan sortit son doigt, s'éloigna d'elle. Il se leva, remit sa veste en place et lissa ses cheveux. Il mit son doigt dans sa bouche, sachant qu'elle le regardait, l'enleva. « On finira plus tard », lui dit-il.

Jocelyn prit le chemin détrempé bordé de torches qui menait à la route. Le club était en pleine campagne, en haut d'une longue colline. Il fallait vingt minutes en voiture pour monter jusque-là. Les routes, sans trottoir et bordées d'arbres, tournaient sans cesse. Jocelyn se mit en chemin pour rentrer chez elle.

Elle portait des sandales avec un talon de trois centimètres. Elle avait mis du vernis sur ses ongles de pieds et, à la clarté de la lune, ses orteils avaient l'air d'avoir trempé dans le sang. Elle avait déjà une écorchure au talon. Elle avait très peur, depuis l'époque du camp de girl-scouts elle vivait dans un monde empli de communistes, de violeurs et de tueurs en série. Lorsqu'elle entendait une voiture approcher, elle s'éloignait de la route et s'accroupissait jusqu'à ce qu'elle soit passée. Les phares ressemblaient à des projecteurs. Elle fit semblant d'être une personne innocente, qui n'avait rien demandé. Elle fit semblant d'être une biche. D'être une Chippewa. D'être sur la Piste des Pleurs*, un épisode que Sylvia lui avait raconté

* *Trail of Tears*, nom donné au chemin parcouru en 1838 par les Indiens d'Amérique transférés de force dans des réserves à l'ouest du Mississippi et sur lequel nombre d'entre eux succombèrent à la maladie et aux mauvais traitements. (Note de la traductrice.)

avec des détails frappants à défaut d'être forcément exacts.

Elle pensait être à la maison avant que sa mère parte à leur recherche. Il lui suffisait de descendre la colline. Mais dans le faisceau lumineux d'une voiture qui passait, elle réalisa qu'elle ne reconnaissait plus rien. Au bas de la colline se trouvait un carrefour qu'elle n'avait jamais vu. À présent le chemin remontait, ce qui n'aurait pas dû être le cas, même pour un court trajet. Il n'y avait aucune indication, aucune maison. Elle continua d'avancer simplement parce qu'elle avait trop honte pour faire demi-tour. En fin de compte elle croisa une petite station-service, fermée, et tomba sur une cabine de téléphone, qui elle était en état de marche. En composant le numéro elle était certaine que sa mère ne répondrait pas. Elle devait être dehors, la cherchant désespérément. Ou peut-être, pendant que Jocelyn était au club, avait-elle entassé tous ses vêtements dans sa voiture et fichu le camp.

Il était minuit. Sa mère en fit tout un plat, mais Jocelyn réussit à la convaincre qu'elle avait simplement eu besoin d'un peu d'air, d'exercice, des étoiles.

« Ce que nous sommes censés voir, dit Prudie, n'est pas tant le manque de passion que le pouvoir de la contrôler. C'est l'un des thèmes favoris de Jane. » Elle sourit, ce qui fit disparaître ses lèvres.

Nous échangeâmes des regards en coulisse. *Jane.* C'était facile. C'était plus intime, certainement, que Miss Austen ne l'aurait souhaité. Aucune autre d'entre nous ne l'appelait Jane, et pourtant nous étions plus âgées et l'avions lue de plus nombreuses années que Prudie.

Seule Bernadette eut la gentillesse d'accorder attention à cette remarque. « C'est tout à fait vrai », dit-elle. Ses doigts étaient entrelacés et elle s'amusait avec ses pouces. « *Raison et sentiments* est tout entier consacré à ce sujet. C'est le premier livre d'Austen, mais elle y revient dans *Persuasion*, qui lui est le dernier. Un thème permanent. Tu as raison, Prudie. Knightley est violemment amoureux — je crois que ce sont les mots employés, violemment amoureux — mais il est tellement gentleman, être violemment amoureux ne suffit pas pour qu'il se comporte mal. Gentleman avant tout et à tout instant. Jocelyn, ton thé est excellent. Si parfumé. J'ai l'impression de boire le soleil.

— Il passe son temps à critiquer, dit Allegra. Je ne trouve pas ça tellement digne d'un gentleman.

— Emma seulement. » L'un des pieds de Grigg reposait sur son genou. Sa jambe était pliée comme une aile de poulet. Seul un homme peut s'asseoir de cette manière. « Seulement la femme qu'il aime.

— Et bien sûr c'est une raison suffisante ! s'écria Prudie. Un homme peut faire n'importe quoi à la femme qu'il aime. »

Cette fois ce fut Sylvia qui changea de sujet, mais pour faire plaisir à Jocelyn ; nous avions vu Jocelyn la regarder juste avant qu'elle prenne la parole. « Oublions Knightley, fit-elle. La plus difficile à défendre, c'est Emma. Elle est adorable, mais c'est aussi une snob impénitente.

— Mais c'est la seule héroïne d'Austen qui donne son nom au livre, dit Jocelyn, il me semble qu'elle doit être la préférée. »

Dans le chenil un des chiens n'arrêtait pas d'aboyer. Entre chaque éclat il y avait un silence assez long pour nous faire croire qu'il s'agissait du dernier. Les aboiements étaient éraillés, trompeusement, sournoisement fatigués. Quels imbéciles nous étions, guettant, notre livre à la main, un silence qui ne viendrait jamais.

« Je crois que le brouillard se lève. » L'intonation d'Allegra exprimait la satisfaction, et son joli visage mobile la joie. La lune brillait sans entrave, mais son temps était compté. Dehors, du côté des champs l'air commençait à s'infiltrer. Entre les aboiements nous entendîmes le bruit d'un train au loin. « Est-ce que je ne l'avais pas dit, maman ? Est-ce que je n'avais pas dit qu'il fallait qu'on se rencontre en ville plutôt qu'ici ? On aura de la chance si on arrive à rentrer maintenant. Il n'y a rien de plus dangereux que ces routes de campagne dans le brouillard. »

Grigg fut aussitôt sur pied. « Il faut que j'y aille, alors. Ma voiture n'est pas très fiable. Je n'ai pas l'habitude de conduire dans le brouillard. »

Bernadette se levait à son tour.

« Non, s'il vous plaît, dit Jocelyn. Pas encore. Nous sommes dans un creux ici. Sur la route il n'y aura plus du tout de brouillard. La lune est trop claire. J'ai préparé des rafraîchissements, restez au moins le temps de les prendre. Je vais les chercher tout de suite. Nous n'avons pas parlé d'Harriet encore. »

En troisième année, Sylvia changea de lycée et se retrouva dans celui de Jocelyn. Elles ne s'étaient pas revues depuis le camp de vacances. Elles s'étaient envoyé chacune deux lettres, la première très longue, la deuxième beaucoup moins, puis elles avaient cessé de s'écrire. Mais ce n'était la faute ni de l'une ni de l'autre, et elles furent enchantées de se retrouver un jour, pendant le cours d'anglais de Mr. Parker, à deux rangées à peine de distance, partageant le même étonnement devant ce qu'elles entendaient au sujet d'Ibsen. C'était un immense soulagement pour Sylvia de découvrir qu'elle connaissait déjà quelqu'un dans son nouveau lycée.

Ici c'était Jocelyn l'experte, qui connaissait les endroits où on pouvait fumer, les personnes avec lesquelles il était bien vu de se montrer, et celles qu'il valait mieux éviter, même si on les aimait bien. Son petit ami disposait déjà d'une voiture, et elle trouva rapidement un garçon pour Sylvia afin qu'ils puissent aller au cinéma ensemble, au centre commercial, à la plage le week-end quand il faisait assez beau. Lorsqu'ils sortaient ainsi tous les quatre, c'étaient surtout Sylvia et Jocelyn qui discutaient. Daniel et Tony conduisaient, et lorsqu'ils allaient au cinéma, c'étaient eux qui payaient.

Tony était donc le petit ami de Sylvia. C'était un bon nageur, et pendant la saison des compétitions, il rasait chaque poil de son corps pour être aussi lisse que du plastique. C'est pendant l'une de ces périodes, où il était loin d'être à son avantage, que Sylvia fit sa connaissance. Au bout de quelques semaines, il laissa ses poils repousser. Ils étaient bruns et doux. Tony était un très beau garçon.

Jocelyn sortait avec un garçon prénommé Daniel. Après les cours Daniel travaillait chez un marchand de vélos, « En Roue Libre ». Il avait déjà des responsabilités d'adulte. Son plus jeune frère était un enfant arriéré, un mongolien avec de grandes oreilles, une affection un peu collante, et une insouciante gravité, si forte que le reste de la famille était tombé dans son orbite.

Jocelyn avait quitté le club sportif juste après la soirée dansante. Malgré tout, elle avait rejoint l'équipe de tennis junior, à la quatrième place. La première et la deuxième de l'équipe étaient classées sixième et onzième de tout l'État. C'était une très bonne équipe. Mais dans ce lycée personne ne s'intéressait aux sports féminins. Les gens venaient regarder jouer les garçons, alors qu'ils n'étaient pas si bons, mais personne, même parmi les filles, ne pensait que les choses auraient dû se passer autrement.

Un jour, pendant un match à l'extérieur de la ville, Jocelyn remarqua Tony dans les gradins. Le ciel venait de se couvrir ; le match fut interrompu, reprit, puis s'arrêta pour de bon. « Je suis venu à cause du temps, lui dit Tony. Daniel m'a demandé de te ramener à la maison s'il pleuvait. »

C'était un mensonge. Dix minutes après qu'ils eurent quitté les courts, il pleuvait si fort que Tony ne voyait plus rien. Il s'arrêta pour attendre que ça se calme. Jocelyn était encore en sueur à cause du match, et il laissa le chauffage pour qu'elle ne prenne pas froid. La voiture fumait comme une bouilloire, et les fenêtres devenaient opaques. Tony commença à tracer des lettres avec son doigt dans l'eau condensée sur la vitre. *Je t'aime*, écrivit-il. Encore et encore. Sur toute la vitre du côté conducteur et au-dessus du volant. Il n'avait pas dit un mot. La pluie cognait contre le toit, rebondissait sur le capot. Le visage de Tony était blanc, ses yeux bizarrement agrandis. Silence à l'intérieur de la voiture, vacarme à l'extérieur.

« Sylvia n'a pas pu venir avec toi ? » demanda Jocelyn. Elle espérait encore que les mots tracés sur les vitres n'étaient pas pour elle.

« Je m'en fiche de Sylvia, dit Tony. Et je crois que tu t'en fiches de Daniel.

— Je ne m'en fiche pas, répondit vivement Jocelyn. Et Sylvia est ma meilleure amie.

— Je crois que c'est moi que tu aimes bien », dit Tony.

Jocelyn était abasourdie. Elle ne pouvait pas penser à une seule chose qu'elle ait faite et qui aurait pu donner cette impression. « Non. »

Le temps ne s'était pas arrangé, et les fenêtres étaient toujours obstruées par la vapeur. Tony remit néanmoins la voiture en marche, et avança lentement, essayant de voir à travers les *Je t'aime* au-dessus du tableau de bord. Les mots étaient déjà en train de disparaître. Il accéléra.

« Ne conduis pas si tu ne vois rien », lui dit Jocelyn. Elle-même ne distinguait absolument rien, seulement des torrents de pluie. Il y eut un coup de tonnerre juste au-dessus d'eux.

« Je ne peux pas rester assis à côté de toi sans t'embrasser, dit Tony. Si tu ne me laisses pas t'embrasser, alors il faut que je conduise. » Il accéléra encore. La voiture pencha au moment de quitter l'accotement. Il la redressa et fit remarquer : « C'était tout juste. Il y avait un arbre. » Il accéléra.

Jocelyn se tenait serrée du côté de sa porte, l'agrippant à deux mains. Une fois de plus elle était à peine habillée — une jupe de tennis, trop courte, un maillot sans manches dégageant les épaules. Pourquoi, dans ce genre de situations, était-elle toujours si désavantageusement habillée ? Tony se mit à chanter. « Dans ce froid glacé, je ne pense qu'à une chose, me retrouver devant un bon thé... » Il était complètement démonté, si agité qu'il n'arrivait même pas à chanter juste. La vitesse de la voiture, le coup de tonnerre — rien n'effraya Jocelyn autant que sa manière de chanter.

Elle alluma la radio et tomba sur la voix sucrée du DJ. « ... et nous allons retrouver une dame très spéciale de South Bay ». Et Tony qui chantait, le chauffage qui fumait, la pluie et encore la pluie. Le tonnerre.

« Dee dee, dee da la da, dee da dee dee. » Tony accéléra encore. « Dee — da dum. »

« Arrête, fit Jocelyn. Arrête immédiatement. » Elle prit le même ton que celui qu'elle utilisait avec le jeune frère de Daniel lorsqu'il fallait absolument qu'elle soit obéie.

Tony ne la regarda même pas. « Tu connais le prix. »

Il avait de toute évidence tout prévu avec soin. Son haleine sentait les bonbons à la menthe.

Jocelyn avait préparé pour tout le monde des flocons d'avoine. Un bon bol de bouillie, dit-elle. Nous avons apprécié la plaisanterie, mais il a d'abord fallu comprendre que c'en était une, et que des tranches de cake au bourbon du Kentucky, des carrés au citron et crème de menthe, des croissants aux amandes nous attendaient également dans la cuisine. Nous avons dit à Jocelyn que c'était la meilleure bouillie que nous avions jamais goûtée, ni trop épaisse ni trop fluide, trop chaude ou trop froide. Nous avons tous dit qu'on la mangerait de bon cœur, bien que Grigg ait été le seul à le faire.

Nous lui avions pardonné tout ce qui avait pu nous énerver ; en fait nous ne nous souvenions même pas de ce qui avait provoqué cet agacement. « Vous n'avez pas beaucoup parlé », lui avons-nous dit de manière encourageante. « Exprimez-vous ! Allez-y ! »

Mais il se renfrogna, alla chercher sa veste. « J'ai bien peur que le brouillard s'épaississe. Je crois vraiment qu'il faut que j'y aille. » Il prit deux croissants aux amandes pour la route.

Bernadette nous lança un regard sévère. Même le négligé de sa coiffure devint un négligé sévère. « J'espère qu'il viendra la prochaine fois. J'espère que nous ne l'avons pas fait fuir. Nous aurions pu être un peu plus agréables, il me semble. C'était sûrement embarrassant d'être le seul homme. »

Prudie prit avec affectation une minuscule portion de flocons d'avoine. « *Moi*, j'ai pu apprécier ses points de vue intéressants. Mais il est vrai que j'ai toujours aimé un peu de provocation. Tous ceux qui me connaissent pourront vous le dire ! »

Jocelyn savait qu'elle devait raconter à Daniel et Sylvia ce qui s'était passé, mais elle avait peur. Sur le moment elle semblait n'avoir eu qu'une alternative : embrasser Tony à plusieurs reprises, ou mourir dans un tragique accident de voiture dû à la pluie, comme l'héroïne du « Dernier Baiser ». Mais elle n'arrivait pas à imaginer comment raconter l'histoire de manière assez claire. Elle n'y croyait pas elle-même, la première concernée.

Deux jours plus tard elle n'avait toujours rien dit. Elle était en train de se préparer pour le lycée lorsque la sonnette d'entrée avait retenti. D'une voix pincée, sa mère l'avait appelée. Quelqu'un, on se demandait bien qui, avait laissé un chiot devant la porte, dans un cageot d'oranges, avec un énorme nœud et un ruban passé dans une carte où on pouvait lire « J'appartiens à Jocelyn ». L'écriture était facilement reconnaissable pour qui l'avait vue en tant d'exemplaires sur la condensation des vitres d'une voiture.

« Comment peut-on avoir l'idée d'offrir un chiot à quelqu'un ? avait demandé sa mère. Je croyais que Daniel était un garçon sensé. Je dois dire que je suis surprise, et pas dans le bon sens. » Jocelyn n'avait jamais eu le droit d'avoir un chien. Un chien, selon sa mère, c'était juste une histoire qui finissait mal.

Le chiot était un bâtard blanc, le poil frisé. Il était tellement excité de les voir qu'il se tint sur ses pattes arrière et se balança, battant l'air de ses pattes avant. Lorsque Jocelyn le prit il chercha aussitôt son visage, et colla sa minuscule langue contre ses narines. Il ne fut pas question de le rendre. En deux secondes Jocelyn était tombée éperdument amoureuse.

Sylvia et Tony, Jocelyn et Daniel se rencontrèrent ce jour-là, comme d'habitude, sur la pelouse du lycée pour le déjeuner. « Qui donc pourrait t'offrir un chiot ? » répétait sans arrêt Tony, longtemps après que les autres eurent changé de sujet.

« C'est forcément ta mère, dit Daniel. Quoi qu'elle dise. Qui d'autre se permettrait ? Un chien, c'est une grande responsabilité. »

Tony adressa un sourire de conspirateur à Jocelyn, laissant prudemment son genou retomber contre sa jambe. Elle se souvint de ce qu'elle avait ressenti en l'embrassant. Lorsqu'il n'était pas en train de sourire malicieusement, il la regardait d'un air implorant. Comment les autres pouvaient-ils ne rien remarquer ? Il fallait qu'elle dise quelque chose. Plus le temps passait, plus la situation empirait.

Sylvia ouvrit le sac de son repas pour s'apercevoir que sa mère avait emballé deux tranches de pain sans rien au milieu. C'était difficile de trouver quelque chose de nouveau, chaque midi, jour après jour. Sa mère avait fini par craquer. Jocelyn avait un petit gâteau et un œuf dur. Elle voulut les donner à Sylvia, qui ne les accepta pas.

Ce soir-là, avant de rentrer chez lui après le travail, Daniel passa faire la connaissance du chien.

« Salut, mon gars », fit-il, en lui tendant les doigts pour un petit mastiquage, mais il semblait moins charmé que distrait. « Et voilà donc », dit-il à Jocelyn, puis ils restèrent silencieux un long moment. Ils étaient chacun à un bout du canapé, ce qui permettait au chiot de courir de l'un à l'autre. Cette distance empêchait également Daniel de l'embrasser. Jocelyn avait décidé qu'elle ne pouvait pas le laisser l'embrasser avant de lui avoir tout raconté.

« J'aimerais que ce chien ne monte pas sur les meubles », cria la mère de Jocelyn du premier étage. Elle respectait trop l'intimité de Jocelyn pour entrer dans la pièce où ils se trouvaient, mais souvent elle écoutait.

« En fait », commença Daniel.

Il semblait essayer de lui dire quelque chose. Jocelyn n'était pas prête pour un échange de secrets. Elle lui raconta comment Mr. Parker avait voulu faire cours sur les questions de classe dans *Un ennemi du peuple* d'Ibsen, mais qu'ils avaient réussi à le faire parler des Frères Smothers à la place. Elle fit un long récit, dont le clou était « Stupides poulets ! ». Lorsqu'elle ne trouva plus rien à ajouter sur le sujet, elle passa au cours de maths. Tout ce qu'elle avait à faire c'était de parler sans s'arrêter pendant vingt minutes à peu près. Daniel n'ajouterait jamais à sa mère, qui avait déjà tellement à faire, le souci d'un retardataire à dîner.

Dans le chenil l'heure du coucher était enfin venue. On entendait parfois un aboiement épisodique, mais bref, et que personne ne reprenait. Les chiens étaient en train de rêver dans leurs maisons. Nous les femmes étions à présent profondément immergées dans le brouillard, flottant dans la véranda bien chaude et lumineuse, comme à l'intérieur d'une bulle. Sahara rampa pour se rapprocher d'un radiateur et s'étendit, la tête entre les pattes. Nous pouvions voir son échine se soulever et s'abaisser avec son souffle. Dans la paix cotonneuse du dehors nous entendions l'eau du torrent se déverser et rejaillir. Jocelyn nous donna du café dans des tasses décorées de minuscules violettes peintes.

« Il me semble », dit-elle, passant parmi nous avec la crème, sans s'arrêter devant Sylvia car elle savait comment elle prenait son café, et l'avait déjà préparé de la bonne manière, « il me semble qu'Austen se donne beaucoup de mal pour nous persuader que le comportement de Frank Churchill est moins répugnant qu'il ne l'est réellement. Trop de personnes bien dans le livre seraient blessées s'il se révélait aussi mauvais que son élégant et charmant "vilain" habituel. Les Weston seraient blessées. Jane Fairfax.

— Il n'est ni un homme bien comme Knightley ni un mauvais comme Elton », dit Bernadette. Lorsqu'elle bougeait la tête, ses lunettes glissaient légèrement sur son nez. Nous n'avions même pas le temps de le voir, nous le savions parce qu'elle les repoussait alors en arrière. « Il est compliqué. C'est ce que j'aime chez lui. Il pourrait venir voir Mrs. Weston immédiatement et ne le fait pas, mais lorsqu'il vient, il est attentif, plein d'attentions. Il ne devrait pas encourager Emma dans des conjectures au sujet de Jane qui l'embarrasseront plus tard, mais il ne lui en veut pas de les faire. Il ne devrait pas flirter autant avec Emma, mais il sait d'une manière ou d'une autre qu'il ne représente aucun danger pour elle. Il a besoin de ce subterfuge, et il se rend compte qu'avec Emma il n'y aura pas de malentendu.

— Mais c'est justement ce qu'il ne peut pas savoir ! » Le ton angoissé de Jocelyn incita Sahara à se lever et à s'approcher d'elle, remuant timidement la queue. « C'est justement là où les gens sont tout le temps dans le malentendu », ajouta-t-elle, atténuant l'intensité de sa voix en guise d'excuse.

Comme il fallait s'y attendre, Allegra réagit aussitôt. Elle secoua la tête, fronça les sourcils et agita sa petite cuillère. « Harriet s'imagine que Knightley l'aime beaucoup. Emma s'imagine qu'Elton ne l'aime pas. Dans ce livre tout le monde se trompe à ce sujet.

— Mais Elton n'aime *pas* Emma, dit Prudie. Ce qui l'intéresse, c'est l'argent et la position sociale.

— Et quand bien même. » Jocelyn reprit sa place sur le canapé. « Quand bien même. »

Il nous vint à l'esprit que le monde des chiens avait dû représenter un immense soulagement pour une femme comme Jocelyn, une femme qui prend à cœur les intérêts de chacun, avec un besoin prononcé de jouer les entremetteuses, et un instinct pour l'ordre. Dans le chenil, il suffit de choisir le père et la mère qui semblent avoir le plus de chance d'améliorer la race grâce à leur progéniture. Il n'y a pas besoin de leur demander. Il suffit de fixer avec soin le moment de leur rencontre, et de les laisser ensemble le temps que l'affaire se fasse.

Le week-end suivant le match de tennis avorté, le temps était si beau que la mère de Jocelyn proposa un pique-nique. Ils pourraient aller dans le parc avec le chien, baptisé Pride mais qu'on appelait Pridey, qui serait libre de pisser et déféquer n'importe où sans que certaine personne qui n'avait pas choisi d'avoir un chien soit obligée de nettoyer après son passage. Demande à Sylvia, suggéra-t-elle, puisque jusqu'à présent Sylvia n'avait pas vraiment eu l'occasion de jouer avec Pridey.

Finalement ils étaient tous venus, Pridey, Sylvia, Tony, Daniel, Jocelyn, et la mère de Jocelyn. Ils s'étaient assis sur un plaid de voiture tout rêche, avaient mangé des cuisses de poulet frites enrobées dans des lamelles de bacon, en finissant par des baies fraîches avec crème aigre et sucre roux. La nourriture était bonne mais l'assemblée mal à l'aise. Chaque mot qui sortait de la bouche de Jocelyn était un mot coupable. Tony jouait sur le mode caustique, mordant. Sylvia et Daniel ne parlaient pratiquement pas. Et pourquoi donc sa mère était-elle venue ?

Pridey était si heureux qu'il arrosa tous les buissons. Il courut vers la balançoire mais comme il n'était pas assez lourd, il eut du mal à la faire basculer. Puis le plongeon l'effraya, et il sauta droit dans les bras de Jocelyn. Deux secondes plus tard, complètement remis, il se dégagea en frétillant, saisit une feuille entre ses dents, et fit la course, ne la laissant tomber que lorsqu'il trouva dans l'herbe un rouge-gorge mort. Pridey vivait dans le moment même, et un moment avec un rouge-gorge mort était un grand moment. Jocelyn dut ramasser l'oiseau avec une serviette en papier et le jeter dans le vide-ordures, où il atterrit sur un sandwich au jambon à moitié mangé et une pomme moisie. Elle ne le toucha pas, mais son poids dans sa main avait été tellement — eh bien, mort — si raide mais en même temps caoutchouteux, et les yeux noirs étaient voilés comme une fenêtre couverte de buée. Elle se rendit aux toilettes et se lava. Sur le mur quelqu'un avait écrit « Prenez le train » au stylo-bille bleu et dessiné une locomotive avec le nom Erica inscrit dessus, suivi d'un numéro de téléphone. Bien sûr, il pouvait s'agir réellement d'un train, bien que Jocelyn sût ce que Sylvia dirait.

Lorsqu'elle fut de retour, Pridey était tellement heureux de la revoir qu'il se pissa dessus. Même cela ne suffit pas à la dérider. Sa mère avait allumé une cigarette et soufflait la fumée comme si elle avait l'intention de rester là pour l'éternité. Quelquefois elle rendait Jocelyn folle. Ces pantoufles qu'elle portait à la maison... parfois le soir le simple fait d'entendre ce bruit, de l'entendre traîner des pieds dans le couloir était plus que ce qu'elle pouvait supporter.

« J'étais en train de penser, dit Jocelyn. C'est drôle quand même que je me sente si sale parce que j'ai ramassé un oiseau mort, alors qu'un oiseau mort, c'est exactement ce que nous venons tous de manger. »

Sa mère fit tomber la cendre. « Franchement, ma chérie. C'étaient des pilons.

— Des pilons délicieux, fit Tony. J'adore cette façon de les préparer. »

C'est un idiot, décida Jocelyn. Ce sont tous des idiots. « Tu n'as donc nulle part où aller ? demanda-t-elle à sa mère. Des courses à faire ? Une vie ? »

Elle observa le visage de sa mère s'affaisser. Elle n'avait encore jamais pensé cela d'elle, mais c'était exactement ça. Une sorte d'avachissement.

Sa mère retira sa cigarette. « Si, en effet. » Elle se tourna vers Daniel et Sylvia. « Merci de m'avoir laissée venir avec vous, les enfants. Daniel, tu pourras raccompagner Jocelyn à ma place ? » Elle rassembla les affaires du pique-nique et partit.

« C'était plutôt vache, Jocelyn, fit Daniel. Alors qu'elle a préparé toutes ces choses à manger et tout le reste.

— Des morceaux d'oiseaux morts. Des pattes d'oiseaux morts. Ça m'a juste tapé sur les nerfs qu'elle ne l'admette pas. Tu sais comment elle est, Sylvia. » Jocelyn se tourna, mais Sylvia ne voulut même pas croiser son regard. « Il faut toujours qu'elle mette un voile sur tout. Elle croit que j'ai encore quatre ans. »

Pridey avait pardonné à Jocelyn pour le rouge-gorge. Il avait mâchouillé ses lacets en signe de pardon et d'oubli ; il avait été si rapide qu'elle ne s'en était pas rendu compte. Elle dut clopiner jusqu'à la voiture de Daniel pour pouvoir garder sa chaussure.

Nous ne sommes pas aussi saints que les chiens, mais les mères sont censées arriver en deuxième position tout de suite après eux. « C'était sympa », serait la seule remarque de sa mère au sujet de l'après-midi. « Tu as des amis si sympathiques. »

Daniel la raccompagna à la maison, Pridey debout sur les genoux de Jocelyn, ses petites pattes atteignant à peine la vitre, son souffle formant un petit nuage collant au dos de sa main. À présent elle était désolée d'avoir été aussi brutale avec sa mère. Elle l'aimait. Elle aimait ses morceaux de poulets frits entourés de lamelles de bacon. La culpabilité qu'elle ressentait à cause de Tony parvenait à saturation, et la chose la plus facile au monde aurait été de se mettre à pleurer. Et la plus difficile, de s'arrêter.

« En fait, dit Daniel, j'aime vraiment beaucoup Sylvia. Je suis désolé, Jocelyn. » Les mots venaient de loin, comme une chose qui aurait été dite plusieurs jours auparavant et ne serait comprise qu'à présent. « Elle se sent horriblement mal. » Daniel s'arrêta à une intersection alors qu'il n'y avait pas la moindre voiture en vue. Il conduisait de manière si prudente, si responsable. « Elle peut à peine se retrouver en face de toi. On se sent horriblement mal tous les deux. On ne sait pas quoi faire. »

Le jour suivant, au lycée, Daniel était le petit ami de Sylvia et Tony celui de Jocelyn. Les langues allèrent bon train dans les couloirs. Jocelyn n'avait pas fait d'objection, parce qu'en acceptant la situation ce serait la première fois dans l'histoire qu'un tel réarrangement satisferait toutes les parties, et aussi parce qu'elle n'était pas amoureuse de Daniel. En y pensant maintenant, Daniel était parfaitement accordé à Sylvia. Sylvia avait besoin de quelqu'un de plus sérieux que Tony. Quelqu'un capable de l'apaiser lorsqu'elle traversait ces moments où le monde lui semblait trop affreux pour y vivre. Quelqu'un qui ne passerait pas un après-midi à embrasser sa meilleure amie.

De plus, Tony lui avait donné Pridey. Et embrasser Tony n'avait pas été trop infect. Ce serait probablement pire, malgré tout, sans la pluie et la buée et la culpabilité. Jocelyn avait assez réfléchi à la manière dont les choses fonctionnaient pour savoir *cela*.

« Ce qui m'ennuie le plus dans *Emma,* dit Allegra, c'est la question de classe au sujet de son amie Harriet. À la fin, Emma, la nouvelle Emma, admonestée et améliorée, comprend qu'après tout Harriet n'était pas assez bien pour épouser l'odieux Elton. Tant qu'il y avait quelque espoir que son père naturel soit un gentleman, elle était assez bien, mais une fois qu'il est établi qu'il n'était qu'un marchand, alors Harriet a de la chance de pouvoir épouser un fermier. »

Il était suffisamment tard à présent pour que les radiateurs ne s'interrompent plus. Ils ronflaient et fumaient, et celles d'entre nous qui étaient assises à côté avaient trop chaud, et les autres trop froid. Il ne restait plus de café sinon des fonds de tasse au goût désagréable, et les carrés à la crème de menthe avaient disparu — signes manifestes que la soirée touchait à sa fin. Plusieurs parmi nous avaient mal à la tête.

« Le problème de classe dans *Emma* est compliqué. » Bernadette était profondément enfoncée dans son fauteuil, son ventre ballonnant sous sa robe, ses pieds rentrés comme ceux d'une petite fille. Elle avait fait du yoga pendant des années, et pouvait placer ses pieds dans des positions incroyables. « Tout d'abord, il y a le fait qu'Harriet est illégitime, et à ce sujet Austen semble tout à fait libérale. »

De toute évidence elle n'avait pas terminé, mais Allegra la coupa. « Elle dit que c'est une tache, à moins d'être blanchie par la noblesse ou la fortune. » Nous venions tout juste de soupçonner qu'Allegra peut-être n'aimait pas Austen autant que le reste d'entre nous. Jusqu'à présent ce n'était qu'un soupçon. Rien de ce qu'elle avait dit n'avait été injuste. Nous étions sur nos gardes, mais *honi* (sic) *soit qui mal y pense**.

« Je crois que de la part d'Austen c'est simplement de l'ironie », suggéra Prudie. Elle se trouvait à côté d'un radiateur. Ses joues pâles, lisses, étaient délicatement empourprées. « Sa tournure d'esprit est ironique, je crois que certains lecteurs passent à côté de cet aspect. Moi-même je suis souvent ironique, spécialement dans mes e-mails. Parfois mes amis me demandent : C'était une plaisanterie ?

— C'était une plaisanterie ? » demanda Allegra.

Sans se laisser démonter Bernadette continua : « Ensuite il y a l'exemple de Robert Martin. Certainement nous sommes supposés être du côté de Mr. Knightley au sujet de Robert Martin. Un simple fermier, mais à la fin Emma dit que ce sera un grand plaisir d'apprendre à le connaître.

— Nous avons tous une notion de rang, dit Jocelyn. Ce n'est peut-être plus tout à fait basé sur la classe, mais nous avons tous une notion de ce qui nous est permis. Les gens choisissent des partenaires qui sont presque leur égal dans l'apparence. Les beaux épousent les beaux, les laids épousent les laids. » Elle s'interrompit un instant. « Au détriment de la lignée.

— C'était une plaisanterie ? » demanda Prudie.

Sylvia avait très peu parlé de toute la soirée et Jocelyn s'en inquiétait. « Qu'allons-nous lire la prochaine fois ? lui demanda-t-elle. C'est toi qui choisis.

— J'ai bien envie de passer à *Raison et sentiments*.

— Je l'aime, celui-là, fit Bernadette. C'est peut-être mon préféré, excepté *Orgueil et préjugés*. Bien que j'aime *Emma*. J'oublie toujours à quel point jusqu'au moment où je le relis. Mon passage favori, c'est celui des fraises. Mrs. Elton, avec son chapeau et son panier. » Elle tourna les pages. Le coin de la page correspondant au passage avait été replié, mais comme il n'était pas le seul à l'être, ça ne servait pas à grand-chose. « Nous y voici, dit-elle. "Mrs. Elton, avec tout l'attirail nécessaire à son bonheur, son grand chapeau et son petit panier, se sentait tout à fait prête... De fraises, et de fraises seulement... il n'était plus question de parler d'autre chose que de ce 'délicieux fruit — quel dommage qu'il soit si riche qu'on ne puisse en manger en quantité — inférieur aux cerises'..." »

Bernadette nous a lu le passage entier. Il était magnifique, mais un peu long lorsqu'on le lit à voix haute.

Jocelyn et Tony continuèrent à sortir ensemble jusqu'en terminale, et la fin de leur relation lui fit malheureusement rater le Bal d'Hiver. Elle s'était déjà acheté une robe, dans un dégradé de tons argentés, dont elle aimait tellement les dentelles qu'elle aurait tenu le coup deux semaines de plus si elle avait pu. Mais à cette époque, chaque mot qu'il prononçait l'énervait, et pourtant il insistait pour continuer à discuter.

Trois ans plus tard Sylvia et Daniel s'étaient mariés, une grande cérémonie tout à fait dans les règles, ce qui n'était pas vraiment leur style. Jocelyn s'était toujours dit que la raison d'être de cette cérémonie était de lui fournir enfin une occasion de porter sa robe. Elle vint avec un petit ami, un parmi tous ceux qui ne duraient jamais longtemps, mais qui fut immortalisé sur les photos du mariage — levant son verre, debout, le bras autour de Jocelyn, assis à une table avec la mère de Jocelyn, les deux en pleine conversation.

Sylvia et Jocelyn étaient à présent en deuxième cycle. Elles s'inscrivirent à un groupe d'éveil à la conscience qui se réunissait sur le campus, au deuxième étage de la Maison internationale. À leur troisième réunion, Jocelyn parla de l'été avec Mike et Steven. Elle n'avait pas l'intention d'y consacrer beaucoup de temps, mais elle n'avait parlé à personne, pas même à Sylvia, de la soirée dansante. En plein milieu du récit, elle se mit à pleurer. Elle avait oublié, jusqu'à cet instant, la manière dont Bryan s'était assuré qu'elle était bien en train de regarder, avant de sucer son doigt et de le retirer de sa bouche.

Les autres femmes furent scandalisées pour elle. Elle avait été violée, affirmèrent certaines d'entre elles. C'était une honte qu'elle n'ait pas porté plainte contre lui.

Une honte. Après le soulagement initial, à présent que l'histoire était sortie à l'air libre et pouvait être examinée, ce que Jocelyn remarquait le plus, c'est à quel point elle avait opposé peu de résistance. Elle vit, comme si elle planait au-dessus, son propre corps allongé sur la chaise longue, inerte dans la robe sans bretelles et le léger cardigan. La suggestion selon laquelle Bryan aurait dû affronter les conséquences était pour elle une sorte d'accusation. Elle aurait dû faire quelque chose. Pourquoi ne s'était-elle pas défendue ? Pendant tout le temps où elle avait en elle le doigt de Bryan, son principal souci était l'espoir d'arriver à gagner son estime !

Personne ne la blâma. Passivité programmée culturellement, dirent les autres. L'impératif de la princesse de conte de fées. Mais Jocelyn se sentit de plus en plus humiliée. Dans le groupe, il y avait deux femmes qui avaient été réellement violées, l'une par son propre mari et à maintes reprises. Jocelyn avait l'impression qu'on avait fait toute une histoire à partir de rien. À cause de son silence, elle avait donné à Bryan un pouvoir qu'il ne méritait pas. Elle n'allait pas laisser quelque connard d'étudiant avoir son mot à dire au sujet de qui elle était.

Qui était-elle ?

« Qu'est-ce qu'il y a qui ne va pas avec moi ? » avait-elle demandé à Sylvia plus tard. Ce n'était pas une question destinée à un groupe. « La plus simple des choses. Tomber amoureuse. Amoureuse. Pourquoi est-ce que je ne peux pas faire ça ?

— Tu aimes les chiens. »

Jocelyn écarta cette réponse d'un air furieux. « Ça ne compte pas. C'est trop facile. Hitler aussi en était capable. »

Elle ne retourna pas à la quatrième réunion. Éveiller sa conscience s'était révélé être une chose de plus qui la rendait honteuse, et elle avait déjà eu sa part.

Daniel devint lobbyiste à Sacramento. Il avait pour clients une tribu indienne, un groupe écologiste et le gouvernement japonais. De temps en temps, on lui demandait d'accourir d'urgence, mais il savait résister à la pression. La politique, disait-il, vous veut tout entier. Sylvia travaillait à la bibliothèque municipale, dans la section Histoire de la Californie. Jocelyn faisait la comptabilité d'un petit viticulteur ; son propre chenil ne devait voir le jour que plusieurs années plus tard, et ne lui suffirait jamais complètement pour vivre. Pridey vécut jusqu'à l'âge de seize ans, et le dernier jour de son existence, ce furent Sylvia et Daniel qui quittèrent leur travail pour l'emmener chez le vétérinaire avec Jocelyn. Ils se retrouvèrent assis sur la minuscule pelouse à l'extérieur de la salle où Jocelyn le tenait pendant qu'il mourait. Puis ils se retrouvèrent assis dans la voiture tous les trois. Aucun d'eux ne pouvait s'arrêter de pleurer assez longtemps pour arriver à voir la route du retour.

—

« Comment te sens-tu ? » demanda Jocelyn à Sylvia. Toutes deux, dans la cuisine, elles avaient une minute à elles et mille choses à dire qui ne pouvaient l'être devant Allegra. Allegra était l'enfant adorée de Daniel, sa fille unique, et bien qu'elle ait immédiatement pris le parti de sa mère, et s'y était tenue, c'était une situation difficile qui attristait tout le monde.

La cuisine était, bien entendu, magnifiquement agencée, avec des comptoirs carrelés bleus et blancs, des installations en cuivre, et un poêle ancien. Sahara était assise à côté de l'évier, de manière à montrer son délicat profil africain. Lorsque tout le monde serait parti et que plus personne ne pourrait la voir, Sahara aurait le droit de lécher les assiettes, mais c'était un secret et Sahara était capable de garder un secret.

Jocelyn rinçait les verres. L'eau de la ville était si dure qu'ils étaient abîmés si on les mettait dans le lave-vaisselle, il fallait donc les laver à la main.

« Comme une morte qui marche, répondit Sylvia. Tu te souviens comme Daniel avait l'habitude de me rendre folle ? En fait j'étais très heureusement mariée. Pendant trente-deux ans. Il me manque à un point… comme si on m'avait enlevé le cœur de la poitrine. Quelles sont mes chances ? »

Jocelyn reposa un verre et prit les mains glacées de Sylvia dans les siennes, savonneuses et glissantes. « J'ai été très heureusement non mariée pendant toutes ces mêmes années. Tout se passera bien. » Il lui vint à l'esprit pour la première fois qu'elle perdait Daniel elle aussi. Elle l'avait remis à une autre, mais elle ne l'avait jamais abandonné. À présent, tandis qu'elle élevait ses chiens et époussetait ses ampoules et lisait ses livres, il avait fait ses bagages et déménagé. « Je t'aime très fort », dit-elle à Sylvia.

« Comment est-ce que j'ai pu oublier que la plupart des mariages se terminent par le divorce ? demanda Sylvia. On n'apprend pas ça avec Austen. Elle finit toujours par une noce ou deux. »

Pendant qu'elle parlait, Allegra, Prudie et Bernadette, portant leur tasse de café, les serviettes et les assiettes, firent leur apparition. Il y avait quelque chose, créé par les paroles de Sylvia peut-être, qui rappelait une procession nuptiale. La manière dont la lumière dorée se reflétait sur les vitres. Le silence du brouillard au-dehors. Les femmes qui, l'une après l'autre, entraient dans la cuisine, leurs assiettes sales devant elles, jusqu'au moment où nous nous sommes retrouvées toutes ensemble.

« *Le monde est le livre des femmes** », proposa Prudie.

Ce qui pouvait vouloir dire n'importe quoi. Ses lèvres étaient visibles, ce qui signifiait qu'elle était parfaitement sérieuse, à moins qu'il ne s'agît d'un de ses traits d'esprit ironiques. De toute manière, personne ne put trouver une réponse polie.

« Ma chère, ma bien-aimée Sylvia », dit Jocelyn. Une minuscule et distinguée goutte de bave fit un petit bruit métallique en tombant de la gueule de Sahara sur le sol de pierre. Nos fourchettes et nos cuillères glissèrent sous la mousse dans l'évier. Allegra mit ses bras autour de sa mère, posa la tête sur son épaule. « Nous ne sommes pas encore arrivées à la fin. »

Jocelyn explique une exposition canine :

Le juge commence généralement par demander aux maîtres-chiens de faire avancer leur chien au bord du podium puis de les faire attendre en file d'un côté. Lorsque les chiens évoluent, le juge est installé au centre, d'où il évalue la grâce, l'équilibre, la robustesse.

Lorsque le chien est à l'arrêt, dans une pose censée le montrer sous son meilleur jour — le juge examine à la main la mâchoire, la profondeur du poitrail, la disposition des côtes, l'articulation de l'épaule, le pelage et la condition physique. Avec les mâles, le juge confirme, à la main également, l'existence des deux testicules.

Ensuite, les maîtres-chiens de nouveau font avancer leur chien, chacun à son tour à présent. L'animal doit d'abord s'éloigner, pour que le juge puisse l'évaluer de dos, puis revenir pour être jugé de face. Les juges observent les fautes dans le mouvement : le chien bouge-t-il convenablement, ou bien ses pattes se croisent-elles ? Sa foulée est-elle libre ou retenue, facile ou contrainte ? Dans les étapes finales, le juge peut demander à deux maîtres-chiens en compétition d'avancer ensemble pour qu'une comparaison soit possible, avant de se décider pour le gagnant.

L'exposition canine met l'accent sur la lignée, l'apparence, le comportement, mais l'argent et la reproduction ne sont jamais éloignés des esprits.

AVRIL

CHAPITRE II

où nous lisons Raison et sentiments *avec Allegra*

Liste non exhaustive de choses qu'on ne trouve pas dans les livres de Jane Austen :

des meurtres en chambre close
des baisers exténuants
des filles habillées en garçons (et l'inverse, rarement)
des espions
des tueurs en série
des manteaux qui rendent invisible
des archétypes jungiens, ce qui est bien dommage, des doppelgänger
des chats

Mais ne nous fixons pas sur le négatif.

« Je ne crois pas qu'il y ait mieux dans toute l'œuvre d'Austen que ces pages où Fanny Dashwood persuade son mari, pas à pas, et pas à pas encore, de renoncer à donner la moindre somme d'argent à sa belle-mère et à ses sœurs », dit Bernadette. Elle répétait le même point de plusieurs manières toutes aussi peu éclairantes les unes que les autres, tandis qu'Allegra écoutait le léger bruit de percussion de la pluie sur le toit, les vitres, la terrasse. Bernadette aujourd'hui portait une robe qui ressemblait à celles qu'on met dans le désert, mais d'un bleu pervenche. Ses cheveux avaient été coupés, ce qui réduisait les possibilités d'improvisation, et elle avait très belle allure, ce qui était d'autant plus remarquable que cette sorte d'opération magique s'était déroulée sans le moindre miroir.

Dehors il faisait froid et humide, comme souvent en avril lorsque vous venez juste de vous persuader que le printemps est arrivé. Le dernier rire de l'hiver. Dans l'immense salon de Sylvia, le club Jane Austen avait pris place autour du poêle à bois, porte ouverte et flammes encerclant les bûches. Au-dessus, une centaine d'yeux d'oiseaux fixait la petite assemblée — les yeux du bois d'érable du plafond.

Le coude d'Allegra lui faisait souvent mal en temps de pluie, et elle le frottait sans même s'en rendre compte, jusqu'au moment où elle voyait que sa mère la regardait, ce qui la faisait arrêter et chercher quelque chose de divertissant à dire. « Moi aussi j'aime la progression, fit-elle. La répétition est ennuyeuse » — cela à l'intention de Bernadette, mais Allegra n'aurait rien dit s'il y avait eu la moindre chance que Bernadette saisisse l'allusion — « parce qu'elle supprime toute direction. Ce que j'aime, c'est une progression qui retourne complètement les choses. Conduit d'un pôle à l'autre. »

Allegra était une créature des extrêmes — gavée ou affamée, morte de froid ou de chaud, épuisée ou vibrante d'énergie. Elle était revenue vivre à la maison le mois dernier, lorsque son père était parti. Jocelyn regarda Allegra d'un air approbateur. Elle était très bien dans son rôle de fille. Sylvia se serait sentie très seule sans elle sur place.

Personne ne pouvait se sentir seul avec Allegra à la maison. Une présence tellement exubérante — sa compagnie devait être un grand réconfort. À part le fait — vraiment Jocelyn aurait souhaité ne pas penser cela — qu'Allegra, eh bien... Allegra ressentait les choses si profondément. C'était l'une de ses merveilleuses qualités ; elle pleurait avec ceux qui pleuraient.

Les garçons de Sylvia pouvaient être eux aussi d'un grand réconfort, surtout Diego. Andy ne pouvait fournir une compassion prolongée, mais il était efficace pour une heure ou deux. C'était vraiment dommage que Diego ne puisse venir. Bien sûr, qu'il ne pouvait pas ; il avait un travail et une famille. Mais Diego aurait remonté le moral à Sylvia. Alors qu'Allegra de temps en temps ressentait les choses si profondément que vous vous retrouviez en train de la consoler même si la tragédie était entièrement la vôtre.

Jocelyn imaginait Sylvia, obligée de faire bon visage à l'intention d'Allegra. D'avoir l'air heureux alors qu'elle était si triste. Qui d'autre qu'Allegra demanderait une chose pareille ? Elle imaginait Sylvia préparant de la soupe pour Allegra, et lui faisant couler des bains. Allegra effondrée sur le divan, enveloppée dans des châles et bourrée de thé. Vraiment, ça semblait trop, que Sylvia soit obligée de prendre soin d'Allegra dans un tel moment. Un regard furtif en direction des CD répandus autour du lecteur apprit à Jocelyn que quelqu'un s'était récemment et longuement apitoyé sur son sort, et ce quelqu'un n'était pas Sylvia, à moins qu'elle ait soudain développé un goût pour Fiona Apple. Comment Allegra pouvait-elle être aussi égoïste ?

Mais il est vrai qu'elle avait toujours été une enfant difficile. Belle, sans aucun doute. Elle avait les yeux sombres de Sylvia et les cheveux clairs de Daniel, son visage était la meilleure combinaison possible des deux réunis, sa silhouette ressemblait à celle de Sylvia, en plus sexy. Mais elle n'avait aucunement hérité de la stabilité et de la placidité de ses parents. Lorsqu'elle était heureuse, elle était incontrôlable, lorsqu'elle était triste, inconsolable, mais en un rien de temps son humeur avait changé, longtemps après que vous aviez renoncé. Sylvia avait un répertoire d'astuces qui avaient marché avec les garçons quand ils étaient petits. « Si tu étais un chien je te frotterais derrière les oreilles », disait-elle, enjoignant le geste à la parole. « Si tu étais un chat, je te gratterais sous le menton. Si tu étais un cheval, je flatterais ton museau. Si tu étais un oiseau, je caresserais ton estomac » — et elle caressait l'estomac — « mais puisque tu es un petit garçon » — elle soulevait la chemise et soufflait de longues bouffées d'air sur son ventre, jusqu'à ce qu'il ait le souffle coupé à force de rire. La même scène provoquait chez Allegra de la folie furieuse.

Un jour, à l'âge de quatre ans, en feuilletant les magazines de mode de Sylvia, Allegra s'était offusquée des nombreux espaces blancs qu'elle voyait. « Je n'aime pas le blanc, avait-elle déclaré. C'est tellement banal. » Elle avait éclaté en sanglots.

« C'est tellement banal et il y en a tellement. » Pendant plus d'une heure, elle était restée assise, en larmes, cherchant à travers les pages, coloriant le blanc des yeux des gens, leurs dents, l'espace entre les paragraphes, les cadres autour des publicités. Elle sanglotait parce qu'elle s'apercevait qu'elle n'en aurait jamais fini ; sa vie entière ne suffirait pas à la tâche désespérée et infinie de corriger ce simple manque de goût. Elle vieillirait, et il y aurait encore des draps blancs, des murs blancs, ses propres cheveux blancs.

De la neige blanche. « Toute la séquence d'introduction ressemble un peu à un conte de fées, dit Grigg. Très habilement détourné. Il était une fois... après la mort d'un époux bien-aimé, une gentille belle-mère fut obligée de vivre dans une maison régentée par sa mauvaise bru. »

Allegra était en quelque sorte l'hôtesse ce mois-ci, mais c'était la maison de Sylvia et la nourriture de Sylvia, donc on pouvait dire que l'hôtesse était plutôt Sylvia. Dans ce rôle, quel qu'il soit, Sylvia était déterminée à bien traiter Grigg aujourd'hui. Il était arrivé le dernier, de sorte qu'elle s'était demandé s'il allait venir, et elle avait été d'autant plus contente lorsqu'il était apparu. Bernadette ne leur pardonnerait jamais s'il partait tôt cette fois aussi. Il venait d'exprimer un point de vue très intéressant.

« C'est un point de vue si intéressant, fit Sylvia. En fait, dans une société où l'argent revient au fils aîné, ça ne devait pas être un cas si rare ? Mais quand le voit-on dans les livres ? Les problèmes des femmes plus âgées n'intéressent guère les écrivains. Faites confiance à Miss Austen !

— Mais le livre ne concerne pas tant Mrs. Dashwood que les magnifiques *jeunes* filles », fit remarquer Prudie. Elle sortait tout juste d'une réunion de professeurs, ce qui expliquait son rouge à lèvres et sa tournure d'esprit politisée. Ses sourcils avaient un peu repoussé, ou bien elle avait compensé avec le maquillage ; c'était mieux comme ça, mais elle avait pris sa voix de personne qui parle en public et c'était exaspérant. C'était, supposait Sylvia, un risque du métier, qu'il fallait plutôt plaindre. Sa manière d'articuler reviendrait sûrement à la normale au fur et à mesure que la soirée avancerait. « À l'époque où tout commence, le colonel Brandon n'est pas tellement plus jeune que Mrs. Dashwood, mais il tombe amoureux de la plus jeune de ses filles, et pas elle bien sûr. Un homme âgé peut toujours tomber amoureux. Une femme âgée, il vaut mieux pas. »

Prudie avait parlé sans réfléchir, mais la réflexion suivit aussitôt ses paroles. Quel *faux pas** venait-elle de commettre, bien que, en toute justice, elle ne fût pas tellement coutumière du fait. Bien sûr, sa prise de conscience ne fit qu'aggraver les choses. Selon la rumeur, Daniel avait rencontré quelqu'un. Avait, en fait, quitté Sylvia non pas parce que le mariage avait mal tourné, mais parce qu'il avait été frappé par le coup de foudre. Prudie chercha quelque chose à ajouter qui montrerait clairement qu'elle n'avait pas voulu parler de Sylvia, bien que, honnêtement, même si elle était encore plutôt attirante pour son âge, que pouvait-elle espérer à cinquante ans et quelque ?

« Mieux pas… » dit Prudie, mais Bernadette avait parlé en même temps et ce fut elle qui continua. La pluie battait la mesure tandis qu'elle parlait. Les flammes passèrent du bleu à l'orange, d'un pôle à l'autre. La bûche dégringola dans le poêle.

Bernadette était capable de parler et de savourer le calme de la scène en même temps. Rien ne dérangeait moins sa tranquillité que le son de sa propre voix. La maison de Sylvia était tellement plus silencieuse que celle de Jocelyn. Sylvia vivait en centre-ville, près du campus mais protégée de la rue, juste derrière la résidence des étudiantes Phi Beta Pi, à moins que ce soit Pi Beta Phi. C'était un endroit caché, tranquille, sauf avant le grand départ en vacances, lorsque les filles pendant une semaine se rassemblaient sur la pelouse et chantaient « Je veux être une Phi Beta Pi (ou autre), boom, boom », comme les sirènes aux marins. Bien sûr, le club ne se serait pas réuni ici une telle semaine. Si Daniel avait fichu le camp pendant l'une de ces périodes, Bernadette l'aurait tout à fait compris. Jocelyn lui avait dit que Daniel fréquentait quelqu'un d'assez jeune pour être sa sœur.

—

Jocelyn savait ce que ressent un enfant lorsque son père décampe. Mais certainement c'était différent lorsque l'enfant est devenu adulte et possède un endroit à lui. Allegra avait tout à fait le droit de souffrir de l'absence de son père ; mais pas de la même manière que Sylvia. Sylvia était désertée au quotidien. Pour Allegra c'était juste son Noël qui était gâché. À partir de maintenant elle n'aurait plus d'endroit où elle se sentirait tout à fait à la maison. Ses vacances seraient coupées en plein milieu, comme un pamplemousse.

Décembre était encore loin, mais Jocelyn connaissait assez Allegra pour deviner qu'elle y avait déjà pensé. Noël avait toujours signifié tant pour elle. Enfant, elle se torturait des jours à l'avance, ayant tellement peur de ne pas aimer ses cadeaux, ou que personne ne fasse attention à ses désirs les plus profonds. Elle pleurait la nuit, anticipant sa déception. Le matin de Noël toute la famille était épuisée, les nerfs à vif, à cause d'elle.

En fait, ses demandes n'étaient jamais difficiles ni onéreuses, il n'y avait aucune raison de ne pas les satisfaire. Dès que la remise des cadeaux commençait, Allegra manifestait une joie sauvage. Elle aimait les surprises et déchirait ses paquets, avec les mêmes cris de plaisir quel que soit le cadeau à l'intérieur. « Pour moi ? » demandait-elle, comme si c'était trop beau pour être vrai. « Et ça aussi ? »

Chaque année on lui donnait une somme d'argent pour qu'elle achète elle aussi des cadeaux. Elle le dépensait de manière très raisonnable, mais ce n'était jamais assez. Alors elle ajoutait des choses qu'elle faisait elle-même, des dessins pour ses frères et des livres avec des images agrafées pour ses parents et Jocelyn. Des cendriers et des bibelots. Des pommes de pin et des cailloux, décorés avec des paillettes. Des serre-livres et des calendriers. Au fur et à mesure qu'elle grandissait, ses cadeaux faits main dépassaient en importance ceux qu'elle achetait. Elle n'était pas une artiste, elle insistait sur ce point. Mais elle était habile. Son père lui avait appris à se servir d'outils électriques, et elle avait choisi l'option atelier au lycée, plutôt que les cours de cuisine. Elle avait bientôt été capable de concevoir du mobilier et des bijoux. Le dessus en verre de la table à café sur laquelle Jocelyn avait posé son sac à main était l'œuvre d'Allegra, et c'était aussi joli que tout ce qu'on pouvait trouver ici et là.

À présent elle vendait ses objets dans certains magasins, en ligne, et dans les foires d'artisanat. Son dernier projet, c'était de chercher dans les marchés aux puces des bijoux endommagés, des perles ternies et des camées abîmés, de les broyer, et d'assembler les morceaux en une mosaïque d'écailles. Sylvia portait un bracelet qu'Allegra venait de lui fabriquer avec des boucles d'oreilles dépareillées attachées en une délicate chaîne. C'était beaucoup plus joli que la description le laissait imaginer, et montrait que le cœur d'Allegra était à la bonne place, comme il l'avait toujours été. L'année dernière elle avait rejoint une chorale de chants de Noël à San Francisco, et passé la veille de Noël à jouer la seconde soprano dans une tournée d'hôpitaux et de maisons de retraite. Sylvia avait posé sur la cheminée une photo d'elle en robe violette, portant un cierge allumé. Dans un cadre d'argent fabriqué par Allegra. Une madone les joues en feu, les yeux brillants comme des miroirs.

« Les personnages secondaires d'Austen sont merveilleux, dit Grigg. Aussi bons que ceux de

Dickens. » Sylvia était très heureuse de voir que Grigg disait exactement ce qu'il fallait. Pour rien au monde elle n'aurait voulu s'inscrire en faux, et de toute manière, contre quoi aurait-il été possible ici de s'inscrire en faux ? Il y avait des auteurs dont elle n'aimait pas voir le nom accolé à celui d'Austen, mais Dickens en son temps a écrit de très bons livres. Particulièrement *David Copperfield*.

« En parlant de Dickens », continua Grigg — en aura-t-on jamais fini avec Dickens ? — « j'étais en train de chercher des écrivains contemporains qui accordent le même soin aux personnages secondaires, et il m'est venu à l'esprit que c'est un procédé habituel des sitcoms. On peut imaginer comment Austen de nos jours écrirait "L'Elinor Show", avec Elinor comme solide centre moral et tous les autres, avec leur vie de cinglés, dans leur appartement new-yorkais, entrant et sortant en titubant. »

Non, Sylvia ne pouvait imaginer une chose pareille. C'était parfait de signaler les thèmes de contes de fées chez Austen ; Sylvia l'avait fait elle-même. *Orgueil et préjugés* serait « La Belle et la Bête ». *Persuasion*, « Cendrillon », etc., etc. C'était acceptable de suggérer que Dickens avait réussi correctement ce qu'Austen avait accompli de manière suberbe. Mais « L'Elinor Show » ! Là, vraiment, non ! Quel gâchis ces longs cils sur le visage d'un homme qui regarde des sitcoms.

Même Bernadette gardait un silence réprobateur. La pluie tambourinait sur le toit, le feu crépitait. Les femmes regardaient leurs mains, ou le feu, mais ne se regardaient pas entre elles. Ce fut Allegra qui finalement prit la parole. « Même s'ils sont tous bons, je crois qu'Austen réussit mieux les personnages secondaires dans ses livres tardifs. Les femmes — Mrs. Jenning, Mrs. Palmer, et l'autre encore — toutes ensemble elles forment une sorte de cacophonie. Difficile de les discipliner. Et j'aime la langue acide de Mr. Palmer, malheureusement il se corrige et disparaît de manière très décevante. »

En fait, Allegra s'était aussitôt reconnue dans l'acerbe Mr. Palmer. Elle aussi avait souvent à l'esprit des choses dures à dire, et les disait plus souvent qu'elle l'aurait souhaité. Mr. Palmer ne supportait pas les imbéciles, Allegra non plus, mais ce n'était pas quelque chose dont elle était fière. Ce trait ne venait pas, comme Austen le laissait penser, d'un désir de paraître supérieur, à moins que le manque de patience soit une qualité supérieure. « De plus » — Allegra se permit encore un instant d'irritation à la pensée de la réduction au silence de Mr. Palmer — « je crois vraiment que *Raison et sentiments* met à rude épreuve notre crédulité à la fin du livre. Je veux dire, le mariage soudain de Robert Ferrars et de Lucy Steele ! Dans les livres plus tardifs l'intrigue est plus subtilement menée.

— Il faut y mettre du sien », acquiesça Grigg. (Le reproche implicite de ce moment de silence lui avait complètement échappé.) « On voit, bien sûr, l'effet tout d'abord visé par Austen, puis la direction totalement différente qu'elle finit par prendre, mais on aimerait qu'elle n'ait pas à passer par toutes ces longueurs pour y arriver. »

Le Comité de Défense de Jane Austen se forma sur-le-champ. Sylvia regarda Jocelyn, dont le visage restait stoïque, la voix calme mais ferme. « Il me semble qu'Austen l'explique très bien. Ma crédulité n'est pas mise à rude épreuve.

— Moi ça ne me pose aucun problème, fit Sylvia.

— Elle peint ses personnages à la perfection », dit Prudie.

Allegra fronça les sourcils de cette manière charmante qu'elle avait, tout en se rongeant un ongle. On pouvait voir qu'elle travaillait de ses mains. Ses ongles étaient courts, la peau tout autour rêche et sèche. On pouvait voir qu'elle prenait les choses à cœur. Les envies avaient été dégagées puis arrachées, laissant de petits bouts de peau douloureux sur ses pouces. Prudie aurait aimé l'emmener un jour chez la manucure. Lorsqu'on a de tels doigts longs et fuselés, la moindre des choses est d'en tirer parti.

« On peut supposer, concéda Allegra, que si un écrivain n'avait pas le droit de sortir de temps en temps un lapin de son chapeau, ça ne serait pas drôle du tout d'écrire un livre. »

Eh bien, se dit Prudie, Allegra serait bien la seule à savoir ce qui peut être drôle pour un écrivain. Prudie pour sa part n'avait pas de problèmes avec les filles « ensemble ». Elle ouvrit la bouche pour taquiner Allegra au sujet de sa petite amie qui écrivait des livres, ce qui montrerait sa largeur d'esprit, et aussi préviendrait Grigg de la configuration du terrain.

Mais Grigg une fois de plus était d'accord. Vraiment il était devenu très accordant lorsqu'il s'agissait d'Allegra. Il était assis à côté d'elle sur le canapé, et Prudie essaya de se souvenir comment les choses s'étaient passées. Est-ce que c'était la seule place libre, ou bien s'était-il arrangé pour se retrouver là ?

En général Allegra se débrouillait pour glisser une allusion à sa sexualité dans chaque conversation. C'était un sujet de dispute avec sa mère, qui trouvait impoli d'assaillir des personnes qu'on connaît à peine avec des détails sur sa vie sexuelle. « Ton vendeur de journaux n'a pas besoin d'être au courant, disait-elle. Ton mécanicien s'en fiche. » Allegra ne voulait pas croire que ce n'était pas l'homosexualité le fond du problème. « Je ne vais pas rester dans le placard, déclarait-elle. Ce n'est pas dans ma nature. » Mais à présent, alors que l'information aurait été utile, elle gardait subitement et de manière plutôt contrariante le silence sur le sujet.

« Comment va Corinne ? » demanda Prudie d'un ton malicieux. « En parlant d'écrivains.

— Corinne et moi nous sommes séparées », répondit Allegra, et Prudie se rappela qu'on le lui avait dit. Le visage d'Allegra était devenu de pierre. Mais ça datait de plusieurs mois déjà, certainement. Prudie aurait cru que ce sujet n'était pas trop sensible pour être abordé. Personne ne lui avait dit qu'il ne fallait pas mentionner le nom de Corinne, on la supposait capable de tenir sa langue si nécessaire.

Grigg feuilletait l'énorme volume œuvres-complètes-de. Pourquoi est-ce toujours les hommes qui s'encombrent des plus gros livres ? Il n'était pas évident qu'il ait même entendu.

—

Bien qu'Allegra aimât se décrire elle-même comme une lesbienne ordinaire, elle savait que la vérité était plus compliquée. La sexualité peut être naturelle sans être simple. Allegra n'était pas tout à fait indifférente aux hommes, seulement à leur corps. Elle était souvent attirée par les hommes dans les livres. Dans les livres, ils semblent, en règle générale, plus passionnés que les femmes, bien que dans la réalité les femmes semblent plus passionnées que les hommes. En règle générale.

Ce qui stimulait le plus Allegra, c'était la passion en elle-même. Les poèmes dits confessionnels. Les vues panoramiques, de toutes sortes, même marécageuses. La musique grandiloquente. Le danger. Elle avait besoin de ressentir pour se sentir vivante.

Sa drogue de prédilection, c'était l'adrénaline. Ce n'était pas quelque chose dont elle parlait facilement, surtout aux gens qui connaissaient sa mère. Sylvia croyait en la prudence, même si elle croyait aussi que souvent la prudence ne suffit pas. Elle voyait le monde comme une course d'obstacles. Il fallait se frayer le chemin tandis que le sol glissait, les choses tombaient ou explosaient ou les deux. Les désastres arrivaient, sous la forme d'accidents, de meurtres, de tremblements de terre, de maladies, et du divorce. Elle avait essayé d'élever des enfants réfléchis et pleins de bon sens. Pendant ses années de lycée, tandis qu'Allegra savait que sa mère se félicitait du bon appétit de sa fille, de ses bons résultats, de ses gentils amis, de sa manière, plutôt sobre, de s'habiller, en fait elle faisait l'école buissonnière plus souvent qu'à son tour.

Allegra et Corinne s'étaient rencontrées dans un petit avion le jour des vingt-huit ans d'Allegra. Le matin, son père lui avait préparé des gaufres. Elle avait passé la soirée avec ses parents, puis elle était sortie, leur disant qu'elle devait rencontrer des amis en ville. En fait, elle s'était rendue dans un minuscule aéroport à Vacaville, où elle avait pris, des mois auparavant, un rendez-vous. C'était son premier saut en solo. À la dernière seconde, avec le ciel rugissant devant elle — elle n'était pas folle —, elle hésita, se demanda si elle allait y arriver. Elle avait plus peur que le jour de son premier saut en tandem. On l'avait prévenue, mais elle fut quand même surprise. Si elle avait pu faire marche arrière sans que personne soit au courant, elle l'aurait fait. Au lieu de cela, simplement pour ne pas perdre la face, elle se jeta dans le vide. Elle tira le cordon trop tôt. À l'instant même où elle le fit, elle regretta de ne plus être en chute libre. C'était le meilleur moment, et elle comprit qu'elle devrait recommencer, et faire mieux la prochaine fois. Le parachute s'ouvrit, la fit basculer vers le haut, lui coupa le souffle, les sangles compressant sa poitrine. Elle saisit les cordons, se remit dans une meilleure position. Comme c'était étrange de se soucier de sangles mal mises alors qu'elle était en train de plonger vers le sol depuis un avion. « C'est un grand pas pour l'homme, et il fait un peu chaud dans cette combinaison spatiale. »

La chute devint tranquille, contemplative. Allegra fut surprise de voir comme elle paraissait longue, et de la précision avec laquelle elle expérimentait chaque seconde. Elle atterrit brutalement, tomba sur les fesses, puis se renversa et cogna la pointe de son coude. Ses fesses lui firent mal immédiatement, mais pas son coude. Elle était couchée, les yeux au ciel, le parachute répandu derrière elle. Les nuages flottaient, les oiseaux volaient. Son sang battait de manière délicieuse. Corinne et son partenaire de saut dérivaient au-dessus d'elle. Allegra pouvait voir le bas des bottes de Corinne, ce qui signifiait qu'elle était dans la mauvaise position. Comme Mary Poppins.

Allegra essaya de se relever. Alors qu'elle se mettait debout, un fil de métal chauffé à blanc explosa dans son bras. Ses oreilles se remplirent de bruits de mer, ses yeux de lumière. Elle sentit une odeur de goudron. Elle fit un pas, et bascula en avant dans le vide.

Elle revint à elle avec la voix de Corinne. « Ça va ? Tu peux me répondre ? » Les mots passèrent au-dessus d'elle comme des ombres d'oiseaux, puis l'obscurité se déploya à partir de ces ombres. Lorsqu'elle reprit conscience à nouveau, elle était dans les bras de Corinne.

C'était une manière irrésistible de se rencontrer. Le temps d'arriver à l'hôpital, elles étaient associées dans le crime. Sylvia ne devait pas être mise au courant pour le saut, mais Allegra était encore trop faible, perdant et reprenant conscience, pour se sentir capable de parler au téléphone à sa mère. « Ne lui raconte rien », dit Allegra. Elle se souvenait du jour où elle s'était cassé le pied des années auparavant, à la maternelle, en tombant d'un trapèze dans la salle de jeux. Elle avait passé la nuit à l'hôpital et Sylvia était restée avec elle tout le temps, assise à côté du lit dans une de ces horribles chaises en plastique, sans jamais fermer l'œil. Allegra avait cru être plus proche de Daniel que de Sylvia — même à l'intérieur de la famille Sylvia gardait une sorte de réserve — mais à présent, avec son bras qui la faisait horriblement souffrir, elle voulait sa mère. « Fais-la venir. »

Elle était allongée sur le brancard métallique, l'esprit à la dérive, suivant du regard les contours du plafond qui tourbillonnaient comme de la neige. Corinne composa le numéro sur son téléphone cellulaire, prit la main non blessée d'Allegra, la caressa avec son pouce. « Madame Hunter ? commença Corinne. Vous ne me connaissez pas, mais je suis une amie d'Allegra. Elle va bien. Nous pensons que son bras est cassé, mais je suis ici avec elle au Vacaville Kaiser et tout va bien. » Corinne se mit à décrire, avec force détails, une malheureuse chaîne d'événements. Un gentil chien, un garçon avec un ballon, un tronçon de route gravillonné, Allegra à bicyclette. Sylvia avala tout. Ces choses-là arrivent, même lorsque les chiens sont gentils, même lorsqu'on met son casque de vélo. Parfois toute la prudence du monde ne suffit pas. Daniel et elle seraient là aussi rapidement que possible. Ils espéraient pouvoir remercier Corinne en personne.

Allegra fut impressionnée. Une personne capable de mentir aussi facilement que Corinne… il valait mieux l'avoir de son côté. Il valait mieux qu'elle mente pour vous, plutôt qu'à vous.

Mais Corinne se révéla ne *pas* être une amatrice de sensations fortes. Plus tard, lorsque Allegra fit quelques suggestions qui auraient dû ajouter un peu d'adrénaline à leurs jeux amoureux, Corinne ne fut pas réceptive. Pour elle, le parachute n'avait été qu'un antidote à un blocage d'écrivain. Elle avait espéré se défaire de quelque chose de vague, d'imprécis. Le vide était une sorte de page blanche ; elle s'y était jetée. Le parachute avait été une métaphore.

Mais cela n'avait servi à rien, et ce serait stupide de répéter l'expérience. « Tu t'es cassé le bras », disait-elle, comme si Allegra ne le savait pas. Corinne voulait rester au sol, à vitesse modérée, dans son appartement, à boire fébrilement tasse de thé sur tasse de thé. Elle était assistante dentaire — c'était loin d'être une vocation —, elle avait choisi ce travail car il lui laisserait certainement assez de temps pour écrire. En fait, elle vivait la plus ennuyeuse des vies, mais, le temps qu'Allegra en prenne conscience, elle était déjà tombée complètement amoureuse. Le seul aspect de Corinne qu'Allegra avait clairement vu pendant ces heures d'hôpital, alors qu'elle planait à cause des analgésiques, tombait, plongeait, amoureuse, c'était sa faculté à mentir.

Sylvia avait débouché un agréable petit syrah, qui s'accordait avec le fromage et les crackers, la pluie et le feu. Jocelyn avait juste assez bu pour se sentir d'une compagnie agréable, pas assez pour se sentir pleine d'esprit. Elle leva son verre de manière à voir l'éclat du feu à travers. Il était en cristal lourd, à facettes. Un cadeau de mariage, qui avait subi trente-deux années de l'eau calcaire du lave-vaisselle. Si seulement Sylvia en avait pris mieux soin.

« Dans *Raison et sentiments* on trouve l'un des personnages préférés d'Austen — le beau séducteur, dit Jocelyn. Elle se méfie beaucoup des hommes qui ont un physique agréable, je crois. Ses héros ont tendance à être tout à fait quelconques. » Elle tournait et retournait son verre de manière à voir son vin former une vague rouge qui montait et redescendait. Daniel était un homme quelconque, bien que Jocelyn ne le dise pas, et que Sylvia ne l'aurait jamais admis. Bien sûr, dans le monde d'Austen, c'était tout à fait en sa faveur.

« À part Darcy, dit Prudie.

— Nous n'en sommes pas encore à Darcy » — on entendit un avertissement dans la voix de Jocelyn. Prudie ne s'aventura pas plus loin.

« Ses héros ont meilleur cœur que ses vilains. Ils sont méritants. Edward est quelqu'un de bien, dit Bernadette.

— Bien évidemment », fit Allegra de sa plus douce et mélodieuse intonation. Certainement seules sa mère et Jocelyn savaient à quel point entendre une telle évidence l'irritait. Allegra but une si grande gorgée de vin que Jocelyn l'entendit l'avaler.

« Dans la vie réelle, dit Grigg, les femmes veulent la force, pas l'âme. » Il s'exprimait avec une grande amertume, battant des cils. Jocelyn connaissait un grand nombre d'hommes qui pensaient cela. Les femmes ne veulent pas des hommes gentils, se lamentent-ils au-dessus de leur bière, devant la première femme assez gentille pour les écouter. Ils se fustigent eux-mêmes à voix haute, déplorant leur maudite et incontrôlable gentillesse personnelle. En fait, quand on les connaît mieux, la plupart d'entre eux ne sont pas aussi gentils qu'ils se l'imaginent. Mais il ne servait à rien de le faire remarquer.

« Mais, à la fin du livre, Austen n'est pas tout à fait hostile à Willoughby, dit Bernadette. J'aime ce passage où il se confesse à Elinor. On peut sentir Austen s'adoucir exactement comme Elinor s'adoucit, malgré elle. Elle n'ira pas jusqu'à dire qu'il est quelqu'un de bien, puisque ce n'est pas vrai, mais elle vous laisse compatir avec lui, juste un moment. Il faut qu'elle tienne tout cela sur le fil du rasoir — un peu trop et on finirait par souhaiter qu'il puisse avoir Marianne malgré tout.

— Du point de vue de la composition cette confession termine en boucle la longue histoire que Brandon lui raconte. » Un autre point de vue d'écrivain de la part d'Allegra. Corinne était peut-être partie, se dit Jocelyn, mais son fantôme était encore là, lisant les livres d'Allegra, influençant les idées d'Allegra. Peut-être Jocelyn avait-elle été un peu trop dure avec elle tout à l'heure. Elle avait négligé le facteur Corinne dans ses calculs au sujet de la perte de Daniel. Pauvre petite.

« Pauvre Elinor ! Willoughby d'un côté, Brandon de l'autre. Elle est tout à fait entre deux feux. » Prudie avait un peu de rouge à lèvres sur les dents, à moins que ce soit du vin. Jocelyn aurait aimé s'approcher et l'enlever avec une serviette en papier, comme elle le faisait lorsque Sahara avait besoin d'un petit nettoyage. Mais elle se retint ; Prudie ne lui appartenait pas. Le feu sculptait son visage, laissait bien creux le creux de ses joues, éclairait ses yeux profondément enfoncés. Elle n'était pas jolie comme Allegra, mais elle était séduisante, d'une manière intéressante. Elle attirait le regard. Elle vieillirait certainement bien, comme Anjelica Huston. Si seulement elle pouvait arrêter de parler français. Ou alors qu'elle aille en France, où cela se ferait moins remarquer.

« Et Lucy, également, dit Bernadette. Ça vient d'Elinor. Tout le monde veut lui confier ses secrets. Elle encourage l'intimité, sans même le vouloir.

— Pourquoi Brandon ne tombe-t-il pas amoureux d'elle, je me le demande ? » répondit Jocelyn. Jocelyn ne se serait jamais permis de se mettre à la place d'Austen, mais c'est le genre de mariage qu'elle-même aurait arrangé. « Ils vont si bien ensemble.

— Non, il a besoin de la vivacité de Marianne, dit Allegra. Car lui-même n'en a aucune. »

Corinne était avide de confessions. Alors qu'Allegra préférait se sentir légèrement intimidée avant de faire l'amour, Corinne voulait être rassurée par des secrets après. « Je veux tout savoir de toi », disait-elle, ce qui était juste ce qu'une amante était supposée dire, et n'éveillait aucun soupçon. « Spécialement les choses que tu n'as jamais racontées à personne.

— Si je les raconte, elles ne seront plus les mêmes, protesta Allegra. Elles ne seront plus des secrets.

— Mais si, dit Corinne. Elles seront *nos* secrets. Fais-moi confiance. »

Alors Allegra lui raconta :

1. Il y avait un cours spécial dans mon collège. Un cours pour enfants arriérés. De temps en temps on les voyait, mais la plupart du temps on nous les cachait. Ils avaient leur récréation, leur heure de cantine. Ils ne venaient peut-être que la moitié de la journée.

L'un de ces enfants était un garçon qui s'appelait Billy. Il emportait un ballon de basket partout avec lui, et parfois il lui parlait. Du charabia, des bêtises. Je me disais qu'il singeait la conversation humaine, qu'il ne comprenait pas qu'elle supposait des mots réels et des gens qui répondaient. Il portait un chapeau, écrasé sur sa tête, qui faisait ressortir ses oreilles comme Simplet dans Blanche-Neige. Son nez bougeait tout le temps. Ça me rendait triste de penser à lui, ou à n'importe lequel d'entre eux. Alors j'évitais d'y penser.

Un jour je l'ai vu au bord de la cour de récréation, un endroit où il n'était pas censé être. J'ai pensé qu'il aurait des problèmes si quelqu'un d'autre le voyait. Le professeur du cours spécial était en train de crier après un élève. Alors je suis allée vers Billy, me félicitant moi-même d'être aussi attentionnée, et de la manière dont j'allais lui parler exactement comme s'il était un garçon normal. Mais lorsque j'ai été plus près j'ai vu qu'il tenait son pénis à la main. Il me l'a montré — il l'avait mis à plat contre sa paume pour que je puisse le voir. Puis il a eu un mouvement convulsif, comme s'il avait été piqué avec des aiguilles. Je suis retournée avec mes amies.

Quelques semaines plus tard, mon père est venu me chercher après les cours. Il avait l'air distrait. Je me suis sentie ignorée. Alors je lui ai dit qu'il y avait ce garçon à l'école qui m'avait montré son pénis. Un garçon plus âgé. Papa fut plus contrarié que je l'avais supposé ; j'ai aussitôt regretté d'avoir dit ça. Il a exigé le nom du garçon, s'est arrêté au drugstore pour chercher l'adresse de la famille, a roulé jusqu'à leur maison, frappé à la porte. Une femme est venue. Elle avait des tresses comme un enfant, mais des cheveux gris ; ça m'a fait un effet très bizarre. Elle portait des lunettes papillon. Papa s'est mis à parler et elle s'est mise à pleurer. Sans être en colère au début. « Tous autant que vous êtes vous vous foutez complètement des gens comme nous. » Je n'avais pas l'habitude d'entendre jurer, alors j'ai été choquée. Pourtant elle n'était pas encore en colère ; ça ressemblait plutôt à du désespoir. « Et que voulez-vous donc que je fasse ?

— Je veux que vous parliez à votre garçon » était en train de dire papa, mais Billy est apparu derrière elle, tenant son stupide ballon et marmonnant. Papa s'est arrêté en plein milieu de sa phrase.

Papa avait eu un jeune frère arriéré. Il était mort à l'âge de quinze ans, heurté par une voiture. J'ai toujours eu peur d'être incapable d'aimer un enfant s'il n'était pas un bel enfant. J'ai toujours eu peur d'avoir des enfants à cause de ça. Mais papa disait que sa mère aimait son fils arriéré plus que les autres. Elle avait l'habitude de dire que l'amour d'une mère va là où on a besoin de lui.

Après la mort de son frère, mon père avait essayé de forcer sa mère à sortir un peu. Lui et maman ont tenté de l'emmener au cinéma, au concert, au théâtre. Mais presque toujours elle refusait. Il faisait un saut pour voir comment elle allait, et il la trouvait assise devant la table de la cuisine, fixant la fenêtre. « Je n'arrive pas à imaginer une seule chose que je pourrais encore désirer faire », disait-elle.

Et donc Billy était debout derrière sa mère, parlant à son ballon de basket d'une voix de plus en plus agitée. Papa était en train de s'excuser, mais la mère ne voulait rien entendre. « Qu'est-ce que vous savez de tout ça ? Avec votre mignonne petite fille qui va un jour se retrouver à l'université. Qui va se marier. Avoir de nouveaux mignons enfants pour vous. »

Nous avons regagné la voiture et nous sommes rentrés à la maison. Papa a dit : « Pour rien au monde je n'aurais ajouté aux soucis de cette femme. » Et aussi : « Tu devais bien savoir qu'il y avait une partie de l'histoire que tu avais passée sous silence. » Et aussi : « Pourquoi ne m'as-tu rien dit ? Je n'aurais pas réagi comme ça », « Va dans ta chambre. » Je ne savais pas que je pouvais le mettre autant en colère. J'ai eu peur qu'il cesse de m'aimer. Il n'a pas voulu prendre ma main. Il n'a pas voulu me regarder.

Je n'avais rien à dire pour ma défense, même à mes propres yeux. J'ai essayé. Je me suis dit que je n'avais aucune idée qu'il serait aussi contrarié, et elle aussi. Je ne savais pas qu'il y aurait des larmes. Je n'aurais rien dit du tout si j'avais su. Mais pourquoi avais-je dit quelque chose ? Parce que je cherchais bêtement à obtenir un peu d'attention. Je n'avais pas raconté à papa que Billy était arriéré, parce que je savais qu'il ferait plus attention à moi si je ne disais rien. Cela ne m'avait même pas dérangée qu'il me montre son pénis. Il avait fait cela gentiment, comme un signe d'amitié.

2. Un jour, nous sommes allés dans un musée où j'ai vu des tableaux de Van Gogh. Leur épaisseur m'a plu. Papa a dit que les artistes peignent de la manière dont ils voient, ou peut-être a-t-il dit autre chose, mais moi c'est ce que j'ai compris. J'ai réfléchi à Van Gogh qui voyait un monde épais comme celui-là. Je ne m'étais jamais demandé si je voyais le monde de la même manière que les autres ou si ce que je voyais était mieux, ou faux, ou différent. Comment savoir ? Comment Van Gogh aurait-il posé la question : Est-ce que tout vous semble épais à vous aussi ? Il ne lui serait pas venu à l'esprit de dire une chose pareille.

Le jour suivant je me suis allongée sur la pelouse dans notre jardin derrière la maison et j'ai fixé le soleil, comme ma mère m'avait dit de ne jamais le faire parce que ça m'abîmerait les yeux. Je me disais que je deviendrais une artiste célèbre et que toutes les choses et tous les gens que je verrais, et que je peindrais, m'aveugleraient de cette façon.

3. Beaucoup de temps libre, et du rêve : c'était le credo de mes parents pour leurs enfants. J'ai eu

des leçons de piano, pendant très peu de temps, mais ça n'a rien donné, et je ne suis pas allée aux activités sportives de l'après-midi, ni à aucune autre, avant le lycée. Je lisais beaucoup, et je fabriquais des choses. J e cherchais des trèfles à quatre feuilles. J'observais les colonies de fourmis. Les fourmis ont très peu de temps pour le non-planifié, l'imprévu. Des endroits où aller, des visites à faire. J'ai choisi un nid, près d'une pierre de gué dans le jardin espagnol de maman. J'ai d'abord été très bonne avec mes fourmis. Je leur apportais des morceaux de gâteaux aux épices. Je leur créais des paysages avec des coquillages et je pensais à quel point *moi* je serais heureuse de trouver un coquillage tellement immense que je pourrais l'escalader et l'explorer.

Je fabriquais de minuscules journaux avec les événements des fourmis, de la taille d'un timbre-poste d'abord, puis un peu plus grands, trop grands pour les fourmis, ce qui m'angoissait, mais sinon je n'arrivais pas à caser les histoires et je voulais de vraies histoires, pas seulement quelques lignes pour faire semblant. De toute manière, imagine à quel point un journal pour fourmis devrait être petit, en réalité. Même un timbre ressemblerait à un terrain de basket.

J'inventais des bouleversements politiques, des complots et des *coups d'État**, et je rédigeais des comptes rendus. Je devais avoir lu une biographie de Mary reine d'Écosse. Tu as lu ces biographies à la couverture orange, quand tu étais petite ? Celles qui racontent l'enfance des gens célèbres, et dans le dernier chapitre, on trouve les exploits ou les œuvres qui ont fait d'eux ces célébrités. Qu'est-ce que j'ai pu les aimer, ces livres ! Je me souviens de Ben Franklin, et de Clara Barton, Will Rogers et Jim Thorpe, Amelia Earhart et Mme Curie, et celui qui parlait du premier enfant blanc né dans la colonie de Roanoke — Virginia Dare — mais je suppose que la plupart ont été fabriqués de toutes pièces.

Quoi qu'il en soit, les fourmis avaient leur gazette quotidienne. J'étais à court d'intrigues politiques, ou bien j'en avais marre d'elles. Alors j'ai pris un verre d'eau et j'ai créé une inondation. Les fourmis se sont précipitées pour s'échapper, nageant pour sauver leur vie. J'avais un peu honte, mais ça me fournissait un bon sujet. Je me disais que ça apportait un peu d'animation dans leur traintrain quotidien. Le jour suivant, j'ai jeté un caillou sur elles. C'était un météorite tombé du ciel. Elles se sont rassemblées autour, ont commencé à l'escalader ou à le contourner. De toute évidence elles ne savaient pas quoi faire. L'événement a provoqué trois lettres au rédacteur en chef. En fin de compte je les ai incendiées. J'avais toujours été un peu trop fascinée par les allumettes. La situation m'a échappé, et le feu s'est étendu depuis leur colline jusqu'au jardin. Juste un peu — ce n'était pas aussi catastrophique que ça en a l'air. Diego est venu et l'a piétiné, et je me souviens que je criais et je voulais qu'il arrête, parce qu'il écrasait mes fourmis.

Mais quelle reine horrible, sans cœur j'étais devenue. Je ne chercherai jamais à être présidente de quoi que ce soit.

4. Il y avait ce garçon avec qui j'ai baisé à vingt-deux ans, simplement parce qu'il en avait tellement envie. C'était un étudiant de Galway, on s'est rencontrés à Rome et on a voyagé ensemble pendant trois semaines. La dernière nuit qu'on a passée ensemble, juste avant que je sois obligée de repartir, on était à Prague. On est allés dîner puis dans des bars, et j'ai bu jusqu'à devenir bêtement sentimentale, et j'ai voulu qu'on échange un souvenir. Il m'a donné une photo de lui, tenant un chat dans ses bras. J'ai voulu lui mettre au doigt ma bague en argent. Ça a bloqué à la jointure, mais j'ai réussi à la faire passer.

Il a dit qu'il était très touché. Il a juré qu'il ne l'enlèverait jamais, mais aussitôt il a essayé de le faire et il n'y est pas arrivé. Son doigt a commencé à enfler et à prendre une couleur bizarre. On est allés dans les toilettes du pub et on a essayé de la faire partir avec du savon, mais c'était trop tard, le doigt était bien trop enflé. On a demandé du beurre, on nous l'a donné, mais ça n'a pas marché non plus. Son visage devenait de la même couleur bizarre, une sorte de blanc chair-à-poisson. Tu sais comme les Irlandais sont pâles, ils ne vont jamais en plein air. On est retournés à l'hôtel et j'ai essayé de lui faire penser à autre chose en baisant avec lui, mais la diversion n'a duré qu'un temps. Son doigt était comme une saucisse et il ne pouvait plus le plier.

Alors on a été chercher un taxi pour aller à l'hôpital. Il était bien trois heures du matin, les rues étaient sombres, froides, complètement silencieuses. On a marché un moment, et il a commencé à gémir, comme un chien. On a fini par trouver une voiture, mais le chauffeur ne parlait pas un mot d'anglais. J'ai imité le bruit d'une sirène, et je lui ai montré le doigt, encore et encore. J'ai mimé un stéthoscope. Si tu veux imaginer la scène, tu ne dois pas oublier que j'étais très saoule. Je ne sais pas ce que le chauffeur avait d'abord pensé, mais il a fini par comprendre, et en fait l'hôpital n'était qu'une rue plus loin. Il a avancé sans mettre le compteur et nous a déposés. Il a dit quelque chose en redémarrant, on n'a pas compris mais on pouvait deviner.

L'hôpital était fermé, mais il y avait un interphone et on a parlé à quelqu'un qui ne comprenait pas l'anglais non plus. Il nous a priés de nous exprimer de manière intelligible puis il a renoncé et il a actionné l'ouverture. Tous les couloirs étaient sombres, on en a parcouru plusieurs avant d'apercevoir de la lumière dans une salle d'attente. Je faisais parfois des rêves comme ça, des couloirs sombres, des pas qui résonnent. Des labyrinthes qui tournent et tournent, avec les directions imprimées sur les murs dans un alphabet inconnu. Je veux dire que je faisais déjà ces rêves avant de me retrouver là, et je les fais encore de temps en temps : je suis perdue dans une ville étrangère ; les gens parlent, mais je ne les comprends pas.

On a donc suivi la lumière et on est tombé sur un médecin qui, lui, parlait anglais, on peut dire qu'on a eu de la chance. On lui a expliqué pour la bague, et il nous a regardés fixement « Vous êtes en médecine interne, nous a-t-il dit. Je suis chirurgien du cœur. » J'étais prête à rentrer à l'hôtel plutôt que de causer autant d'embarras, mais ce n'était pas mon doigt (même si c'était ma bague). Mais Conor — il s'appelait comme ça — n'a pas renoncé.

« Ça fait plus mal que je ne peux le dire. » On aurait dit une énigme zen, c'est ce que j'ai pensé sur le moment.

« Vous êtes saouls, n'est-ce pas ? » a demandé le médecin. Il a emmené Conor et il a enlevé la bague en la dévissant de force. Ce qui a été incroyablement douloureux, mais moi pendant ce temps je dormais dans la salle d'attente.

Plus tard j'ai demandé à Conor où était la bague. Il l'avait laissée dans le bureau du médecin. Je l'imaginais posée dans l'un de ces plats en forme de rein. Conor m'a dit qu'elle avait été complètement cabossée pendant l'opération, mais je l'avais fabriquée moi-même, alors j'étais un tantinet blessée qu'il l'ait oubliée. J'aurais été la rechercher si le médecin n'avait pas été de si mauvaise humeur. « Je voulais que tu la gardes en souvenir », ai-je dit à Conor.

« Je crois que je me souviendrai de toi, tu sais », m'a-t-il répondu.

Le téléphone a sonné dans la cuisine et Allegra est allée répondre. Daniel était au bout du fil. « Comment va ta maman, mon petit pois-de-senteur ? a-t-il demandé.

— *Bueno*. Elle est en forme. On a une soirée. Pose-lui la question toi-même. » Elle reposa le téléphone et retourna dans le salon. « C'est papa, dit-elle à Sylvia. Un appel de culpabilité. »

Sylvia alla jusqu'au téléphone, avec son verre. « Bonjour, Daniel. » Elle éteignit la lumière de la cuisine, et s'assit dans l'obscurité, le verre d'une main, le téléphone de l'autre. On entendait très fort la pluie ; une des gouttières se déversait juste devant la cuisine.

« C'est tout juste si elle me parle », dit-il.

Sylvia espérait qu'il ne lui demanderait pas d'intercéder. Ce serait vraiment trop. Mais elle savait à quel point Daniel aimait Allegra ; elle ne pouvait s'empêcher d'avoir de la peine pour lui, vraiment, il fallait qu'elle cesse. Le réfrigérateur émit l'un de ses bruits bizarres. Le côté familier, si domestique du son faillit la faire craquer. Elle appuya son verre contre son visage. Il lui fallut un long moment pour être sûre que sa voix ne la trahirait pas. « Donne-lui du temps.

— J'ai quelqu'un qui passe samedi regarder la douche à l'étage. Tu n'as pas besoin d'être là, je viendrai et je m'en occuperai. Je veux juste t'avertir en toute loyauté. Au cas où tu ne veuilles pas me voir.

— Ce n'est plus ta maison.

— Si, c'est encore ma maison. C'est le mariage que je quitte, ce n'est pas toi. Tant que tu seras dans la maison, je m'occuperai de la maison.

— Va te faire foutre », répondit Sylvia.

On entendit un éclat de rire en provenance du salon.

« Je te laisse à tes invités, fit Daniel. Je viendrai samedi entre dix heures et midi. Va au marché, achète ces pistaches que tu aimes tant. Tu ne verras même pas que je serai passé, sauf que la douche sera réparée. »

Corinne se joignit à un groupe d'écriture qui se réunissait une fois par semaine. Elle espérait qu'il agirait comme une sorte de « dernier délai », la forçant à travailler. Elle ne semblait pas passer plus de temps à l'ordinateur, mais son humeur s'était améliorée, et le soir pendant le dîner elle parlait abondamment de points de vue, de rythmes et de structure profonde. Toujours de manière très abstraite.

Le groupe d'écriture se réunissait dans une salle de réunion des Quakers, et au départ une question se posa : les Quakers étant assez aimables pour les laisser utiliser le lieu sans rémunération, le groupe devait-il respecter les principes quakers dans les textes qu'ils apportaient là ? Après de nombreuses discussions, le groupe décida qu'il était parfois nécessaire qu'une œuvre soit violente pour aboutir à une non-violence efficace. Ils étaient des écrivains. Plus que quiconque, ils se devaient de résister à la censure, quelle que soit l'apparence qu'elle prenait. Les Quakers ne pouvaient s'attendre à moins de leur part.

Les autres écrivains du groupe prirent beaucoup d'importance pour Corinne, à tel point qu'Allegra s'inquiéta de voir qu'elle était supposée ne jamais les rencontrer. Elle entendait parler d'eux, mais en version abrégée seulement. Le cercle critique était bâti sur la confiance ; la confidentialité était de mise, disait Corinne.

Corinne ne savait pas garder les secrets. Allegra apprit qu'une femme était venue lire un poème sur l'avortement, écrit à l'encre rouge pour symboliser le sang. Un homme travaillait sur une sorte de comédie en chambre à la française, l'humour en moins, avec un texte surchargé de flèches et de renvois qu'il n'arrivait pas à lire, et pourtant semaine après semaine il ajoutait consciencieusement un nouveau chapitre, avec un nouveau mari cocu. Une autre femme écrivait un roman fantasy, l'intrigue était bonne, avançait bien, seulement tout le monde avait des yeux d'ambre, ou bien d'émeraude, d'améthyste, de saphir. Aucune remarque des autres membres du groupe ne pouvait la persuader de les remplacer par des yeux bruns ou bleus, ou même de ne pas mentionner du tout ces fichus yeux.

Un soir, après le dîner, Corinne dit nonchalamment qu'elle allait à une lecture de poésie. Lynne, de son groupe d'écriture, lisait un texte érotique au Good Vibrations, le magasin d'accessoires érotiques. « Je viens avec toi », dit Allegra. Corinne ne s'attendait certainement pas à ce qu'elle reste à la maison pendant que de la poésie osée était lue à haute voix dans un environnement de cravaches et de godemichés.

« Je ne veux pas prendre le risque que tu te moques de quiconque. » Corinne de toute évidence était très mal à l'aise. « Tu peux vraiment être dure quand tu penses que quelqu'un n'a pas de goût. Nous sommes tous des débutants dans le groupe. Si je t'entends te moquer de Lynne, je me sentirai ridicule, moi aussi. Je ne peux pas écrire si j'ai l'impression d'être ridicule.

— Jamais je ne penserai que tu es ridicule, protesta Allegra. C'est impossible. Et j'aime la poésie. Tu le sais bien.

— Tu aimes ton style de poésie, dit Corinne. Des poèmes qui parlent d'arbres. Ce n'est pas ce que Lynne va lire ce soir. » Corinne ne dit jamais qu'Allegra pouvait venir, mais Allegra vint, autant pour prouver qu'elle pouvait se tenir bien que pour avoir un aperçu de l'autre vie de Corinne. La vraie vie de Corinne, se disait-elle parfois. La vie dont elle ne ferait peut-être jamais partie.

Good Vibrations avait mis à disposition cinquante chaises, dont sept étaient occupées. Des entrejambes gonflables étaient accrochées sur les murs derrière le podium, à des stades variés d'ouverture, comme des papillons. Il y avait des vitrines derrière lesquelles des corsets et des sangles avaient été jetés et mélangés. Lynne était nerveuse, d'une façon tout à fait charmante. Elle lut, mais leur fit part également des problèmes, personnels et artistiques, que sa poésie lui posait. Elle termina avec un poème dans lequel les seins d'une femme parlaient, en plusieurs strophes, de leurs anciens admirateurs. La structure du poème était très formelle, et Lynne confia qu'elle se demandait si c'était vraiment la voie à suivre. Elle pria son auditoire de le considérer comme un travail en cours.

Les seins eux-mêmes s'exprimaient d'une voix « lecture de poésie », avec cette modulation à la fin de chaque vers, comme Pound ou Eliot ou Dieu sait qui en avait malheureusement lancé la mode. Le public applaudissait aux passages les plus brûlants, et Allegra fit attention à applaudir elle aussi, même si sa notion de « passage brûlant » différait quelque peu de celle des autres. Ensuite elle alla avec Corinne féliciter Lynne. Elle lui dit à quel point elle avait apprécié la soirée — on ne pouvait imaginer formulation plus anodine, mais Corinne lui jeta un regard acéré. Elle se rendait compte que Corinne était ennuyée de sa présence. Elle s'était imposée, alors qu'elle savait que Corinne ne voulait pas qu'elle vienne. Allegra s'excusa et se rendit aux toilettes. Elle prit son temps, se lava le visage, se peigna, pour laisser à Corinne le temps de parler à Lynne, sans une Allegra pour entendre.

Ce week-end-là, Sylvia et Jocelyn étaient venues assister à une exposition canine au Palais Bovin, et Allegra les retrouva pour déjeuner. Corinne avait été invitée, mais l'inspiration coulait à flots, avait-elle dit, elle ne pouvait prendre le risque de la stopper. Jocelyn était de très bonne humeur. Thembe avait été déclaré grand vainqueur dans sa lignée, le juge ayant remarqué son allant, la longueur de ses pattes, ainsi que sa ligne magnifique. Il devait concourir comme Chien Courant dans l'après-midi. De plus, Jocelyn avait en poche les cartes de plusieurs bêtes prometteuses, destinées à la saillie. Le futur s'annonçait brillant. Le Palais Bovin était retentissant et odorant. Elles emportèrent leur déjeuner vers les tables de pique-nique, pour éviter de manger en face des chiens.

Pour Allegra c'était un grand soulagement de pouvoir enfin parler à quelqu'un de la soirée de poésie. Elle se souvenait de certains passages bien choisis. Sylvia rit tellement fort qu'elle recracha son sandwich sur ses genoux. Puis Allegra eut des remords. « J'aimerais que Corinne me fasse un peu plus confiance, dit-elle. Elle a peur qu'on se moque d'elle. Comme si je pouvais me moquer *d'elle*.

— Un jour j'ai rompu avec un garçon parce qu'il m'avait écrit un horrible poème, dit Jocelyn. "Tes yeux jumeaux." Est-ce que tout le monde n'a pas "des yeux jumeaux" à part quelques malchanceux ? Tu te dis que ça ne devrait pas avoir d'importance. Tu te dis que ce qui compte, ce sont les sentiments, et tout le travail qu'il y a mis. Mais plus tard quand il est sur le point de t'embrasser, impossible de penser à autre chose qu'à "Tes yeux jumeaux".

— Je suis sûre que Corinne est un merveilleux écrivain, dit Sylvia. Tu ne crois pas ? »

Et Allegra avait répondu oui ! Bien sûr ! Merveilleux ! En fait, Corinne ne lui avait pas encore montré un seul mot. Les livres qu'elle aimait lire étaient tous de très bons livres, c'était déjà ça.

« Le fait est, dit Allegra (ce qui, d'après l'expérience de Jocelyn, annonçait rarement quelque chose de bon), que si elle devait choisir entre l'écriture et moi, je sais qu'elle choisirait l'écriture. Est-ce que ça devrait m'ennuyer ? Non, je ne crois pas. Moi-même, je suis quelqu'un qui se donne à fond.

— Le fait est, répondit Sylvia, qu'elle n'a pas besoin de choisir. Alors tu n'as pas besoin de te poser la question. »

Lorsque Allegra rentra à la maison, elle eut la surprise de tomber sur Lynne, qui sortait tout juste de l'appartement. Elles restèrent un instant sur le seuil, à échanger des civilités. Allegra avait remonté à pied plusieurs rues, depuis la seule place de parking qu'elle avait pu trouver — elle aurait pu tout aussi bien laisser la voiture à Daly City —, elle avait chaud, elle était essoufflée, de mauvaise humeur. Mais elle parvint à redire à quel point elle avait apprécié la poésie de Lynne. Ce n'était pas un mensonge. Elle l'avait tout à fait appréciée. « Je suis passée apporter des biscuits pour vous remercier toutes les deux d'être venues, dit Lynne. Ça m'a fait tellement plaisir de trouver Corinne en train de travailler. Elle est tellement douée. »

Allegra sentit la morsure de la jalousie : Lynne avait vu le travail de Corinne. Même la femme qui écrivait des poèmes d'avortement à l'encre rouge avait vu le travail de Corinne. « Des histoires merveilleuses. » Lynne appuyait, frappait sur la première syllabe de « merveilleuses » comme un gong. « Celle qui parle du garçon arriéré, "Le ballon de Billy" ? Ça fait penser à Tom Hanks dans ce truc de laissé-pour-compte, c'est de l'émotion pure.

— Corinne a écrit une histoire au sujet d'un garçon arriéré ? » demanda Allegra. Et elle n'a même pas changé le nom ? Corinne ne ferait pas ça. *Nos secrets. Fais-moi confiance.*

Lynne se couvrit la bouche d'une main, souriant derrière ses doigts. « Oh ! Tout ce qui se passe pendant les séances de critique est top secret ! Je n'aurais même pas dû dire ça. Évidemment, je croyais qu'elle te l'avait montré, à toi. Il faut que tu me promettes de ne rien dire. S'il te plaît, ne dis rien. » Elle continuait avec des allures de petite fille cajoleuse tellement déplaisantes qu'Allegra promit, juste pour la faire cesser.

Allegra entra, se dirigea vers le bureau, où Corinne était toujours en train de travailler devant son ordinateur, et la vit appuyer sur la touche « Veille ». Le temps qu'Allegra traverse la pièce, les mots avaient disparu de l'écran. « Fini, le blocage de l'écrivain ? » demanda-t-elle. Il suffisait d'appuyer sur n'importe quelle touche et les mots réapparaîtraient.

« Fini, dit Corinne. L'inspiration est revenue. »

Cette nuit-là Corinne demanda une histoire, bien qu'elles n'aient pas fait l'amour. Allegra se cala contre un oreiller et la regarda. Elle avait les yeux fermés, une oreille pointant à travers ses cheveux d'un côté de la tête. Son menton était relevé, son cou ressemblait à une pente enneigée. Ses mamelons visibles sous son débardeur. L'innocence séductrice.

Allegra dit :

5. Il y avait une fille que je connaissais au lycée, et qui est tombée enceinte. Je l'avais bien aimée lorsque je l'avais rencontrée la première fois, et j'ai été désolée pour elle quand ça lui est arrivé. Mais à cette époque je ne l'aimais plus vraiment. Il y a tout un milieu dans cette histoire, mais je suis trop fatiguée pour le raconter.

Allegra était saoule. Elle ne pensait pas être la seule. Elle pouvait voir que Prudie avait les joues rouges et les yeux vitreux. Le petit syrah avait disparu comme par magie, et Jocelyn l'avait envoyée à la cuisine chercher une bouteille de graffina malbec et voir comment allait Sylvia puisqu'elle n'était pas revenue après l'appel de Daniel. Lorsqu'elle se leva, Allegra comprit qu'elle était vraiment saoule.

Sylvia était assise dans la cuisine sombre, le combiné du téléphone remis sur son support. « Tiens, ma chérie », dit-elle, et sa voix semblait tout à fait normale.

Il n'y avait nul besoin d'une telle feinte, surtout devant Allegra. « Comment peux-tu réagir aussi calmement ? demanda-t-elle. On dirait presque que tu t'en fiches. » Elle savait que son intonation sonnait faux. Elle pouvait entendre sa voix, avinée et un peu détonante, s'échapper de sa bouche.

« Je ne m'en fiche pas.

— Ce n'est pas la peine de le cacher. Personne ici ne pensera du mal de toi si tu jettes un verre ou si tu cries ou si tu vas te coucher ou bien si tu leur dis à tous d'aller se faire foutre.

— Il faudra que tu me laisses être telle que je suis, ma chérie, fit Sylvia. Sais-tu où nous étions lorsque Daniel m'a dit qu'il voulait divorcer ? Il m'avait emmenée au restaurant. Chez Biba. J'avais toujours voulu aller chez Biba, mais on n'avait jamais trouvé le temps. Ça vient juste de me venir à l'esprit : il avait dû réserver longtemps à l'avance, et pendant des semaines il a fait comme si de rien n'était. Quelle prévenante façon de plaquer sa femme.

— Je suis sûre qu'il n'a pas tout planifié comme ça ! Je suis sûre qu'il ne savait pas quand, ni où ni comment il allait te le dire. Il y a des gens qui font des choses sans tout prévoir et préparer comme toi !

— Tu as probablement raison. On n'est pas plus raisonnable quand on cesse d'aimer que lorsqu'on commence, j'imagine. Dieu merci, il se met à pleuvoir. Nous n'avons pas eu assez de pluie cette année. »

Le visage de Sylvia se reflétait faiblement dans la fenêtre de la cuisine. Allegra se dit que c'était comme si elle voyait ses deux profils en même temps. Sa mère avait été une si jolie femme, mais après être restée elle-même pendant longtemps, elle avait pris plusieurs années d'un seul coup. On pouvait voir comment elle allait vieillir maintenant ; on pouvait voir où le marteau allait bientôt frapper.

Allegra s'agenouilla, en équilibre un peu instable, et posa la tête sur les genoux de sa mère. Elle sentait sa main dans ses cheveux. « Qu'est-ce qu'on peut savoir de tout ça, toi et moi ? demanda-t-elle à Sylvia. On ne fait pas partie de ceux qui cessent d'aimer, tu ne crois pas ? »

Lorsqu'elle fut certaine que Corinne dormait, Allegra se leva, se dirigea vers le bureau. Elle vida la corbeille à papiers sur le sol. Il n'y avait pas grand-chose, et ce pas grand-chose avait été déchiré en petits morceaux, désespérément minuscules, dont aucun ne semblait provenir de l'imprimante de Corinne. Allegra trouva le mot « Zyzzyva » imprimé en relief sur un morceau. Elle persista, triant par couleur, et fit trois tas. Elle ne portait rien d'autre que le T-shirt lui arrivant aux genoux qu'elle mettait pour dormir, alors elle alla chercher une couverture dans l'armoire à linge, s'enroula dedans, et s'installa par terre pour rassembler les petits bouts de papier.

« Nous avons le regret de ne pas donner suite à la nouvelle que vous nous avez fait parvenir, finit-elle par lire. “Le Ballon de Billy” n'est pas exempte de qualités, et bien qu'elle ne semble pas correspondre exactement à ce que nous publions, nous serions heureux de lire vos prochains travaux. Bonne chance pour la poursuite de vos projets, La Rédaction. »

Quinze minutes plus tard : « Nous vous retournons votre nouvelle “Adieu, Prague”, étant donné que nous ne publions que des écrits lesbiens. Nous nous permettons de vous suggérer de faire meilleure connaissance avec notre revue. Ci-joint un formulaire d'abonnement. Avec nos remerciements, La Rédaction. »

Dix minutes plus tard, une lettre standard de refus : « Ne correspond pas à nos objectifs présents » — mais quelqu'un avait ajouté une petite phrase au bas de la lettre au stylo-bille : « Qui parmi nous n'a jamais torturé de fourmis ? »

Allegra balaya les morceaux de papier, les mélangea à nouveau, les déversa dans la corbeille. Elle avait l'impression d'avoir été dépouillée, dénudée, exposée. Ainsi le désir de Corinne de la tenir en dehors de ses écrits n'avait rien à voir avec la tendance à l'ironie d'Allegra. Ce n'était vraiment pas gentil de la part de Corinne de lui faire croire que c'était elle, Allegra, la coupable.

Bien sûr, ce léger manque de gentillesse n'était rien comparé à la trahison de la confiance. La pluie s'était mise à tomber, mais Allegra ne s'en rendit compte qu'une fois dehors. Et même alors elle la sentit à peine, bien qu'elle n'ait que son T-shirt sur elle. Elle marcha jusqu'à sa voiture, trois rues plus loin, et roula pendant deux heures jusqu'à la maison de ses parents — il lui fallut plus de temps que d'habitude, car elle avait oublié d'emporter de l'argent pour le péage du pont (elle avait même oublié son permis de conduire) et elle avait dû se garer, sortir avec son seul T-shirt sur le dos, et se lancer dans des explications. On finit par lui faire signe de passer, si grand est le pouvoir de persuasion des pleurs incontrôlés lorsqu'on est pratiquement nue.

Il était trois heures du matin lorsqu'elle était arrivée à la maison, trempée jusqu'aux os. Son père lui avait préparé une tasse de lait chaud ; sa mère l'avait directement mise au lit. Pendant trois jours, elle ne s'était levée que pour se rendre à la salle de bains. Corinne avait téléphoné plusieurs fois, mais Allegra avait refusé de lui parler.

Comment Corinne pouvait-elle écrire les histoires secrètes d'Allegra et les envoyer dans des revues pour être publiées ?

Comment Corinne pouvait-elle les écrire si mal que personne ne voulait les prendre ?

—

Ce n'était pas la faute d'Austen si l'amour tournait mal. On ne pouvait même pas dire qu'elle ne vous avait pas prévenu. Ses héroïnes s'en sortent assez bien, mais il y a toujours d'autres personnages pour qui la fin n'est pas heureuse — la petite Eliza de Brandon dans *Raison et sentiments* ; dans *Orgueil et préjugés*, Charlotte Lucas, Lydia Bennet ; dans *Mansfield Park*, Maria Bertram. C'est à ces femmes-là qu'on devrait accorder attention, mais on ne le fait pas.

Allegra faisait de gros efforts pour n'exprimer aucune opinion venant de Corinne, mais chaque fois qu'elle parlait, c'étaient les mots de Corinne qui venaient. Corinne n'était pas du genre à faire l'éloge d'un auteur comme Austen, qui a tant écrit sur le sujet de l'amour alors que le monde est plein d'autres sujets. « Tout chez Austen est en surface, dit Allegra. Ce n'est pas un écrivain qui utilise des images. L'image est la manière d'introduire le non-dit dans le texte. Avec Austen, tout est dit. »

Prudie secoua la tête avec vigueur ; ses cheveux voletèrent autour de ses joues. « La moitié de ce que dit Austen est dit ironiquement. L'ironie est un moyen de dire deux choses en une seule fois. » Prudie essayait d'exprimer quelque chose qu'elle n'avait pas encore tout à fait conçu. Elle ouvrit les mains, comme les deux moitiés d'un livre, puis les referma. Allegra fut déconcertée par le geste, mais vit que Prudie croyait profondément à ce qu'elle était en train d'essayer de dire. « Dans un même temps, la chose qu'on dit, et la chose opposée », s'écria-t-elle. Elle avait la dignité soigneusement composée des personnes qui ont trop bu. La dignité de Prudie semblait toujours un peu affectée, si bien que la différence était à peine perceptible.

Une légère difficulté à articuler, et quelques postillons.

« Oui, bien entendu. » Bien entendu, Bernadette ne savait pas plus qu'Allegra où Prudie voulait en venir. Elle choisissait l'accord simplement parce que ça semblait plus poli que le désaccord, même si personne ne savait sur quoi portait le point en question. « Et je crois que c'est son humour qui fait que nous la lisons encore deux siècles plus tard. En tout cas, c'est ce que j'apprécie le plus. Je ne crois pas être la seule dans ce cas. Dites-le-moi, si je suis la seule.

— Les gens aiment les histoires d'amour, fit Grigg. Les femmes, en tout cas. Je veux dire, moi aussi, je les aime. Je ne voulais pas dire que je ne les aime pas. »

Sylvia revint dans la pièce. Elle remua le feu qui lança des étincelles, remonta en tournoyant le long du tuyau. Elle ajouta une bûche, qui écrasa et fit expirer la dernière petite flamme. « Brandon et Marianne, dit-elle. À la fin, est-ce qu'on ne dirait pas que Marianne a été vendue ? Sa mère et Elinor, qui insistent tellement. On a l'impression qu'elle tombe amoureuse de Brandon, mais seulement *après* l'avoir épousé. Il s'est tellement bien conduit que la mère de Marianne et Elinor veulent absolument qu'il soit récompensé.

— Mais c'est ce que je veux dire, reprit Prudie. Jane *veut* vous faire ressentir ce malaise. Le livre se termine avec ce mariage et avec tout ce qu'Austen ne dit pas à son sujet. »

Sylvia s'assit à côté d'Allegra, ce qui força Grigg à se pousser. « Ça me fait de la peine. Marianne est peut-être égocentrique et tout le reste, mais qui veut réellement la voir assagie, rangée ? Personne. Personne ne pourrait désirer la voir être autre chose que ce qu'elle est exactement.

— Tu la veux avec Willoughby, alors ? demanda Allegra.

— Pas toi ? » Sylvia se pencha pour s'adresser à Prudie : « Je crois que tu devrais laisser Jocelyn te ramener à la maison. Ne t'inquiète pas pour ta voiture. Daniel la ramènera demain matin. » Il y eut un silence. Sylvia mit la main devant sa bouche.

« C'est moi qui le ferai, dit Allegra. Je te ramènerai ta voiture. »

Lorsque Allegra avait fini par quitter la chambre, trois jours seulement après s'être sauvée de son appartement avec rien d'autre sur le dos que son T-shirt, elle avait pris sa voiture et s'était rendue à l'école de parachute de Vacaville. Tout d'abord on lui avait dit que personne ne pouvait la prendre. Elle n'avait pas rendez-vous ; elle connaissait les règles. Et si c'était à cause de son bras cassé qu'elle revenait, ils n'étaient pas responsables ; il y avait des formulaires qu'elle devait bien se souvenir d'avoir signés. Qu'elle rentre chez elle, et réfléchisse, avaient-ils dit. Qu'elle prenne rendez-vous et revienne quand elle aurait bien réfléchi.

Allegra avait discuté. Elle avait beaucoup ri, pour que personne ne puisse se tromper sur son humeur et ses intentions. Elle avait fait du charme, avait laissé les hommes la draguer en retour. Elle leur avait dit que c'était une urgence parachutière, et en fin de compte Marco, qui avait été l'un de ses instructeurs et ne savait pas trop ce qu'il en était de la sexualité d'Allegra — non pas qu'elle ne lui ait pas dit et répété, mais son comportement ce jour-là venait de toute évidence de soulever la question à nouveau —, accepta d'être son partenaire de saut. Sauter en tandem, ce n'était pas ce qu'elle désirait, elle était venue là pour sauter en solo, mais ça semblait définitivement impossible.

Allegra avait revêtu la ridicule combinaison orange et ils avaient embarqué. Marco s'était attaché derrière ses épaules et ses hanches. « Tu es prête ? » avait-il demandé et, avant qu'elle ait pu répondre, il l'avait poussée dans le vide. Il y avait l'autocollant d'un visage souriant à l'intérieur de l'avion, juste à l'endroit où on posait la main avant de sauter. Les mots « Go Big » étaient inscrits au marqueur dessous.

Ils avaient glissé à travers l'air. Le vent était fort, Marco très près. Mais elle avait eu ce qu'elle avait voulu. Le ciel bleu au-dessus, les collines marron au-dessous. Derrière elle, l'Université et les grandes étendues de champs cultivés de tomates géantes, les hiboux blottis dans leur cachette, les vaches laitières. Quelque part à l'est, ses parents étaient en train de déjeuner. Ses parents, qui l'aimaient. Marco avait tiré le cordon, et elle avait entendu le parachute se déployer, l'avait senti se mettre en place. Ses parents qui l'aimaient et aimaient ses frères et ses nièces et s'aimaient tous les deux, et pour toute la vie.

Chère Mademoiselle Austen,

Nous avons le regret de vous informer que votre travail ne corrrespond pas à ce que nous recherchons actuellement.

En 1797, le père de Jane Austen avait envoyé *Premières Impressions* à un éditeur de Londres nommé Thomas Cadell. « Comme j'ai bien conscience qu'il est important qu'une œuvre de ce style fasse sa première apparition sous un nom respectable, je fais appel à vous », avait-il écrit. Il avait demandé à combien s'élèveraient les frais d'une publication « à compte d'auteur », et quelle avance pourrait être offerte si le manuscrit était apprécié. Il était prêt à payer lui-même, s'il le fallait.

Le paquet avait été retourné immédiatement, avec un « Refusé par retour du courrier » écrit de biais sur le dessus.

Le livre fut publié seize ans plus tard. Son titre était devenu *Orgueil et préjugés*.

En 1803, un éditeur de Londres nommé Richard Crosby avait acheté un roman (intitulé plus tard *Northanger Abbey*) signé Jane Austen, pour dix livres. Il l'a annoncé dans une brochure, mais ne l'a jamais publié. Six années ont passé. Austen écrivit alors à Crosby, proposant de remplacer le manuscrit s'il avait été perdu, et si Crosby avait l'intention de le publier rapidement. Sinon, disait-elle, elle s'adresserait à un autre éditeur.

Crosby avait répondu, niant qu'il avait la moindre obligation de publier le livre. Il renverrait le manuscrit, à condition qu'elle renvoie les dix livres. *Northanger Abbey* ne serait publié que six mois après la mort d'Austen.

Les livres de Jane Austen, également, sont absents de cette bibliothèque. À cause de cette seule omission, une prétendue bonne bibliothèque ne vaut guère mieux qu'une bibliothèque qui ne contiendrait pas un seul livre.

MARK TWAIN.

Je suis bien incapable de comprendre pourquoi les gens tiennent en si haute estime les romans de Miss Austen, qui me semblent vulgaires dans le ton, stériles du point de vue de l'invention artistique, emprisonnés dans les misérables conventions de la société anglaise, sans génie, esprit, ou connaissance du monde. Jamais la vie n'a été aussi pincée et étroite... La seule question que semble soulever chaque personnage, (c'est) : a-t-il (a-t-elle) assez d'argent pour être épousé(e) ?... Le suicide est plus respectable.

RALPH WALDO EMERSON.

MAI

CHAPITRE III

où nous lisons Mansfield Park *avec Prudie*

"*Sa parfaite sérénité dans ce tête-à-tête... était inestimablement appréciable pour un esprit qui n'avait que rarement cessé d'être dans l'embarras et la peine.*" (Mansfield Park.)

Prudie et Jocelyn s'étaient rencontrées deux ans auparavant, un dimanche après-midi lors d'une séance de *Mansfield Park*. Jocelyn était assise juste derrière Prudie. La femme placée à gauche de Prudie s'était lancée dans un monologue chuchoté adressé à une amie où il était question de mouvements d'esquive dans un centre équestre du coin. Quelqu'un couchait avec l'un des vétérinaires — un vrai cow-boy, bottes et blue-jean, et un charme qui semblait naturel, mais quiconque sachant apaiser un cheval devait connaître à la perfection l'art d'amener une femme dans son lit. Les chevaux, évidemment, étaient les grands perdants dans l'affaire. Rajah ne mangeait plus rien. « Comme s'il imaginait *qu'elle* est à lui, disait la femme, simplement parce que je l'ai laissé la monter de temps en temps. »

Elle doit parler du cheval, se dit Prudie. Elle ne réagit pas. Elle resta assise à bouillonner dans ses Red Vines et envisagea de changer de place, mais elle aurait aimé le faire sans avoir l'air accusateur ; elle était, tout le monde le savait, d'une courtoisie qui frisait l'excès. Elle commençait juste à s'intéresser, d'une manière importune et déconcentrante, à l'appétit de Rajah lorsque Jocelyn s'était penchée en avant, et leur avait dit : « Allez bavarder au vestiaire. » On voyait qu'elle n'était pas le genre de femme dont on pouvait se moquer. Plutôt du genre à s'occuper de vos cow-boys et à nourrir vos chevaux si sensibles, les pauvres.

« Je vous demande pardon », répondit la femme d'un ton plein de ressentiment. « On dirait que votre film est plus important que ma vie réelle. » Mais elle ne dit plus un mot, et ça ne gênait pas trop Prudie qu'elle soit offensée, un silence offensé étant aussi silencieux qu'un silence réjoui. Ce silence dura tout le long du film, et c'était l'essentiel. Les bavardes quittèrent la salle dès le générique de fin, mais l'authentique Janeite semblait totalement sous le charme et resta jusqu'aux tout derniers accords et à l'écran blanc. Prudie n'avait pas besoin de la voir pour savoir qu'elle serait encore là lorsqu'elle se retournerait pour la remercier.

Elles se faufilèrent à travers les sièges tout en bavardant. Jocelyn se révéla aussi peu convaincue que Prudie par le traitement infligé à l'histoire originelle. Ce qui est extraordinaire, c'est la solidité de l'écrit. On peut changer soi-même, et lire de manière tout à fait différente, mais le livre demeure ce qu'il est. Un grand livre vous surprend du début à la fin la première fois, puis vous devient familier.

Les films, c'est bien connu, ne respectent pas cet aspect des choses. Tous les personnages ont été modifiés — l'horrible tante de Fanny, Mrs. Norris, trop rapidement ébauchée, devient banale ; son oncle, Mr. Bertram, un héros dans le livre, est ici accusé de commerce d'esclaves et de sévices sexuels ; et tout le reste est présenté en traits grossiers ou réinventés. Plus provocateur est l'amalgame entre Fanny et Austen elle-même, qui parfois fait grincer des dents, les deux n'étant semblables en rien — Fanny si craintive et Austen si malicieuse. Le résultat donne un personnage qui pense et parle comme Jane, mais agit et réagit comme Fanny. Ce qui n'a aucun sens.

Bien sûr, on peut comprendre les motivations du réalisateur. Personne n'aimait Austen plus que Prudie, tout le monde le savait. Mais même Prudie trouvait le personnage de Fanny Price tout à fait impossible. Fanny est la petite sainte qui, en classe, jamais, au grand jamais, ne se conduit mal, et qui donne la bonne réponse au professeur, alors que tous les autres restent silencieux. Comment empêcher le public de la détester ? Tandis qu'Austen, d'après les témoignages, était une enjôleuse, pleine de vie et de charme. Qui ressemblait plutôt à l'abominable Mary Crawford de *Mansfield Park*.

Son propre esprit, son propre éclat, Austen les avait donc entièrement donnés à Mary, et n'avait rien laissé pour Fanny. Prudie s'était toujours demandé pourquoi, dans ces conditions, non seulement Fanny mais aussi Austen, semblaient détester Mary à ce point.

Exprimer tout cela prit du temps. Prudie et Jocelyn s'arrêtèrent au Café* Roma, pour commenter plus en détail leurs réactions et boire une tasse de café. Dean, le mari de Prudie, les laissa là et rentra à la maison réexaminer le film dans la solitude, tout en s'attaquant à la deuxième partie de son jeu Viking-43.

Dès la première lecture, *Mansfield Park* avait été, des six romans, le préféré de Prudie. Cette préférence n'avait fait que s'accentuer au fil des années. À tel point que lorsque Sylvia l'avait choisi pour le mois de mai, Prudie avait proposé que la réunion se passe chez elle, bien que personne ne soit plus occupé qu'un prof de lycée au mois de mai.

Elle s'attendait à un échange animé. Elle-même avait tellement de choses à dire que depuis plusieurs jours elle remplissait de nombreuses fiches, pour ne rien oublier. Prudie avait une grande foi en l'organisation, une authentique girl-scout. Elle faisait des listes de choses à nettoyer, à cuisiner, à dire. Elle prenait son rôle d'hôtesse au sérieux. De pair avec le pouvoir — la responsabilité.

Mais — était-ce un présage ? — la journée commença par un imprévu. Elle semblait avoir attrapé un virus dans son e-mail. Elle avait un mot de sa mère : « Ma chérie me manque. Envisage une petite visite. » Mais il y avait ensuite deux autres messages avec l'adresse de sa mère et des pièces jointes, alors qu'elle ne savait pas encore les envoyer. Les e-mails annonçaient : « Voici un outil puissant. J'espère que vous l'apprécierez » et « Voici quelque chose qui vous fera sans doute plaisir ». Le même message « outil puissant » réapparaissait dans un autre courrier. Qui semblait provenir de Susan, d'un bureau voisin du sien au lycée.

Prudie avait pensé envoyer une note précisant qu'à cause de la chaleur, le club se réunirait ce soir à huit heures au lieu de sept, mais elle ne voulait pas prendre le risque de répandre l'infection. Elle éteignit sans même répondre au mot de sa mère.

La température annoncée pour la journée était de 41 degrés. Ça aussi, c'était une mauvaise nouvelle. Prudie avait prévu de servir une compote, mais personne ne voudrait quelque chose de chaud. Elle ferait mieux de s'arrêter au magasin après le travail et d'acheter des fruits pour un sorbet. Peut-être une île flottante à la fleur de bière. Facile, mais inattendu.

Dean était sorti en titubant de son lit juste à temps pour lui dire au revoir. Il ne portait rien d'autre qu'un T-shirt, ce qui lui allait bien, et de combien d'hommes pouvait-on dire cela ? Dean s'était couché tard pour regarder du foot. Il se préparait pour la Coupe du Monde, ces matchs qui bientôt seraient retransmis en direct quel que soit le décalage horaire avec le Japon et la Corée. « Je rentrerai tard ce soir », lui avait-il dit. Il travaillait dans une compagnie d'assurances.

« J'ai le club du livre.

— Lequel, ce soir ?

— *Mansfield Park.*

— Je crois que je sauterai mon tour alors. Je louerai peut-être le film.

— Tu as déjà été voir le film », répondit Prudie. Elle se sentit un peu peinée. Ils y étaient allés ensemble. Comment pouvait-il avoir oublié ? Alors seulement elle se rendit compte qu'il la faisait marcher. Cela montrait à quel point elle était distraite, d'habitude elle saisissait tout de suite la plaisanterie. Tout le monde le savait.

> *"Depuis combien de temps, ma tante, répétons-nous la liste chronologique des rois d'Angleterre, avec la date de leur accession au trône, et la plupart des principaux événements de leur règne !" "... et celle des empereurs romains depuis Sévère ; sans oublier une grande quantité de mythologie païenne, et tous les métaux, semi-métaux, les planètes, et les philosophes illustres."* (Mansfield Park.)

Prudie donna à ses élèves du troisième cours de la journée un chapitre du *Petit Prince* à traduire — « *La seconde planète était habitée par un vaniteux** » — et s'assit au fond de la salle pour mettre la dernière main à ses notes pour la réunion du club. (Le secret de l'enseignement, c'est de se placer là où on peut voir sans être vu. Et rien de plus mortel que l'inverse. Seules les gourdes vont au tableau noir.)

Il commençait déjà à faire trop chaud. L'air était immobile, avec une odeur qui rappelait celle d'un congélateur. La nuque de Prudie était zébrée de sueur. Sa robe collait dans son dos, alors que ses doigts glissaient sur le stylo. Les bâtiments prétendument temporaires (qui dureraient moins longtemps que les pièces de Shakespeare) dans lesquels elle enseignait n'avaient pas l'air conditionné. C'est difficile de retenir l'attention des étudiants en mai. C'est *toujours* difficile. Avec la température, ça devenait impossible. Prudie regarda la salle et vit plusieurs d'entre eux avachis sur leur bureau, aussi flasques qu'une vieille feuille de laitue.

Elle ne vit pas beaucoup de signes de travail en cours. Elle voyait plutôt des élèves qui dormaient ou chuchotaient entre eux ou regardaient par la fenêtre. Sur le parking, l'air brûlant dégageait des ondes nauséabondes au-dessus des capots de voiture. Lisa Streit avait les cheveux sur la figure et son devoir sur les genoux. Il y avait en elle quelque chose de particulièrement fragile aujourd'hui, l'aura d'une personne qui vient de se faire plaquer. Elle sortait avec un lycéen de dernière année qui devait la harceler tous les jours — Prudie l'imaginait — pour qu'elle aille jusqu'au bout. Prudie espérait qu'elle s'était fait plaquer parce qu'elle n'avait pas cédé, plutôt que le contraire. Lisa était une gentille fille qui voulait que tout le monde l'aime. Avec un peu de chance elle tiendrait le coup jusqu'au deuxième cycle, où la gentillesse ne serait plus un obstacle à ce but. Trey Norton dit à voix basse quelque chose de déplaisant, et tout le monde put l'entendre rire. Si elle se levait pour aller voir, Prudie était certaine de trouver Elijah Wallace et Katy Singh en train de jouer au pendu. Elijah était probablement gay, mais ni lui ni Katy ne le savait encore. Ce serait trop espérer que le mot à trouver soit un mot français.

Au fond, pourquoi se faire du souci ? Pourquoi même se soucier d'envoyer des adolescents en cours ? Leur esprit est tellement saturé d'hormones qu'ils peuvent à peine apprendre un système compliqué comme le calcul et la chimie, encore moins la jungle inextricable d'une langue étrangère. Pourquoi demander à tout le monde d'aggraver la situation en les forçant à essayer ? Prudie se disait souvent qu'elle pouvait s'occuper de tout le reste — surveiller les signes annonciateurs de suicide, de port d'arme, de grossesse, de drogue ou de violences sexuelles — mais lui demander en même temps de leur apprendre le français, c'était vraiment trop.

Il y avait des jours où la simple trace d'une acné juvénile, d'un mascara mal appliqué, ou d'un peu de peau infectée autour d'un nouveau piercing, touchait profondément Prudie. La plupart des élèves étaient bien plus beaux qu'ils ne le sauraient jamais. (Il y avait aussi les jours où les adolescents semblaient une véritable infestation dans sa vie qui sans cela aurait été bien agréable. Et souvent, c'étaient les mêmes jours.)

Trey Norton, d'un autre côté, était beau et le savait — regard ténébreux, vêtements nonchalamment négligés, démarche assurée, balancée. *Beauté du diable**. « Une nouvelle robe ? » avait-il demandé à Prudie en prenant place tout à l'heure. Il l'avait examinée du regard, et son air franchement appréciateur avait été à la fois troublant et exaspérant. Prudie savait évidemment s'habiller comme il convenait pour son travail. Si elle exhibait plus de peau que d'habitude, c'était parce que la température allait atteindre ces foutus 41 degrés. Est-ce qu'elle était censée porter un tailleur ? « Torride », avait-il dit.

Il cherchait à obtenir une meilleure note que celle qu'il méritait, et Prudie avait tout juste l'âge de s'y laisser prendre. Elle aurait voulu être assez vieille pour être blindée. Alors qu'elle approchait de la trentaine, elle s'était mise, subitement et de façon tout à fait malvenue, à avoir envie de coucher avec tous les hommes qu'elle voyait ou presque.

L'explication était peut-être simplement chimique, car ce n'était pas dans le caractère de Prudie. Ici à l'école il était impossible de respirer sans absorber un bouillon de phéromones préadolescentes. Trois années d'exposition quotidienne et concentrée — comment cela aurait-il pu rester sans effet ?

Elle avait essayé de désamorcer ce type de pensées en les tournant, de manière thérapeutique, vers Austen. Dentelles et chapeaux à brides. Chemins et danses de campagne. Domaines ombragés avec leurs agréables perspectives. Mais la stratégie avait échoué, avait eu l'effet inverse. La plupart du temps maintenant, lorsqu'elle pensait au whist, le sexe lui venait aussi à l'esprit. De temps en temps elle imaginait mettre tout ça sur le tapis dans la salle des profs : « Est-ce qu'il ne vous est jamais arrivé... », commencerait-elle. Bien sûr elle ne le ferait jamais !

En fait, c'était depuis le lycée qu'elle menait une vie sexuelle très régulière, un fait qui ne pouvait que la consterner à présent. Il n'y avait rien pendant ces années-là dont elle puisse se souvenir avec plaisir. Elle avait grandi très tôt et, à onze ans, elle était déjà bien trop grande. « Ils te rattraperont », lui avait dit sa mère (sans qu'on lui demande, ce qui montre à quel point le problème sautait aux yeux). Et elle avait tout à fait raison. Lorsque Prudie avait passé son bac, la plupart des garçons la dépassaient d'au moins cinq centimètres.

Ce que sa mère ne savait pas, ou n'avait pas dit, c'était comme ces choses auraient peu d'importance le moment venu. Dans le royaume féodal de l'école, le rang était déterminé très tôt. On pouvait changer de coiffure et de style de vêtements. On pouvait, ayant appris sa leçon, ne pas rédiger un devoir sur *Jules César* entièrement en pentamètres iambiques, ou bien, si on l'avait fait, on pouvait le garder pour soi. On pouvait abandonner ses lunettes pour des lentilles de contact, compenser son intelligence en ne faisant pas ses devoirs à la maison. Tous les garçons de l'école pouvaient grandir de trente centimètres. Le soleil pouvait aller se faire une nova. On restait éternellement la même godiche.

Pendant ce temps, au restaurant, à la plage, au cinéma, les hommes qui auraient dû regarder sa mère commencèrent à regarder Prudie à la place. À l'épicerie, ils la frôlaient en passant, effleuraient délibérément ses seins. Ils s'asseyaient trop près dans le bus, laissaient leurs jambes contre elle au cinéma. Les vieux de trente ans la sifflaient lorsqu'elle passait devant eux. Prudie était mortifiée, et il semblait que c'était bien là le but ; plus elle était mortifiée, et plus les hommes semblaient contents. La première fois qu'un garçon avait voulu l'embrasser, elle avait cru qu'il se moquait d'elle.

Ainsi, Prudie n'était pas jolie et n'était pas populaire. Il n'y avait aucune raison qu'elle ne soit pas gentille. Mais, pour renforcer sa position sociale à l'école, elle décidait parfois de participer lorsque les véritables parias recevaient leur dose quotidienne de tourment. À l'époque, ça lui semblait être une tactique de diversion, honteuse mais nécessaire. À présent, elle ne supportait pas d'y repenser. Se pouvait-il qu'elle ait été si cruelle ? C'est peut-être quelqu'un d'autre qui avait fait trébucher Megan Stahl sur le trottoir et dispersé ses livres d'un coup de pied. Megan Stahl, Prudie s'en rendait compte aujourd'hui, devait être légèrement attardée, et d'une pauvreté écrasante.

En tant que professeur Prudie était attentive à repérer ces enfants et à essayer de les aider au mieux. (Mais que pouvait faire un prof ? Sans aucun doute elle empirait la situation aussi souvent qu'elle l'améliorait.) Cette expiation avait dû être la véritable raison du choix de sa carrière, bien qu'à l'époque cela semblât concerner son amour de la France et son manque d'inclination pour l'érudition pure. Certainement chaque prof de lycée arrivait avec des comptes à régler, des balances à rééquilibrer.

Dans *Mansfield Park*, la possibilité d'une réforme fondamentale est presque inexistante. « Le caractère est posé d'emblée. » Prudie nota ces mots sur une fiche, suivie d'exemples : Henry Crawford, le libertin, s'améliore pendant un certain temps, mais ça ne dure pas. La tante Norris et la cousine Maria sont, tout au long du livre, aussi constantes dans leur mesquinerie et leur péché que Fanny et le cousin Edmund le sont dans leur bonne volonté. Seul le cousin Tom, après avoir frôlé la mort, à l'extrême fin du livre, réussit à s'amender.

C'était assez pour donner de l'espoir à Prudie. Elle n'était peut-être pas aussi horrible qu'elle le craignait. Peut-être n'était-elle pas au-delà du pardon, même de celui de Jane.

Mais à l'instant même où elle se disait cela, ses doigts, glissant le long du stylo, lui firent penser à quelque chose de résolument, impardonnablement non austénien. Elle leva les yeux et vit que Trey Norton s'était retourné et l'observait. Jusque-là rien d'étonnant. Mais il lui souriait d'un sourire qu'aucun garçon ne devrait adresser à sa prof de lycée (ou bien, aucune prof de lycée ne devrait donner autant de sens au simple fait de découvrir ses dents. Ma pauvre Jane. *Pardonnez-moi**).

« Tu as besoin de quelque chose, Trey ? » demanda Prudie. Elle lâcha son stylo, l'essuya sur sa jupe.

« Vous savez de quoi j'ai besoin », répondit-il. Puis il se tut, délibérément. Ensuite il leva sa feuille, la lui montra.

Elle se leva pour aller voir, mais la sonnerie retentit. « *Allez-vous-en* ! » dit Prudie d'un ton espiègle, et Trey fut le premier debout, le premier sorti. Les autres étudiants réunirent leurs papiers, leurs classeurs, leurs livres. Se préparèrent à aller dormir dans le cours d'un autre prof.

"Telle que vous la voyez cette chapelle a été aménagée à l'époque de Jacques II." (Mansfield Park.)

Prudie avait un moment de libre. Elle traversa la cour carrée pour se rendre à la bibliothèque, où il y avait la climatisation, et deux stations informatiques avec l'accès à Internet. Elle essuya la sueur de son visage et de son cou d'une main, puis essuya sa main sur son ourlet, et regarda ses e-mails. Passa outre les offres pour fusionner ses dettes, agrandir son pénis, connaître l'enchantement avec un peu d'action corsée interdite aux mineurs, se procurer des objets d'artisanat, des recettes, des blagues, des personnes disparues, des médicaments bon marché. Passa outre tout ce qui semblait contenir une pièce jointe suspecte ; il y en avait six. Tout effacer ne lui prit qu'une minute, mais c'était une minute qu'elle donna à contrecœur, car qui voulait recevoir tout cela ? Qui avait le temps ? Et demain, tout serait revenu. C'était *la mer à boire**.

Cameron Watson s'installa au terminal voisin du sien. Cameron était un gamin au dos voûté, au nez recourbé, qui avait l'air d'avoir onze ans mais en avait dix-sept. Il avait été l'élève de Prudie deux ans plus tôt et habitait tout près de chez elle, trois maisons plus loin. Sa mère et Prudie étaient membres du même groupe de placements. Un jour, ce groupe avait réussi une opération à vous tourner la tête. Les actions d'une entreprise de fibres optiques avaient semblé une aubaine, de lourdes grappes attendant qu'on les cueille. À présent tout n'était plus qu'un ramassis de désespoir et de récriminations. Ces derniers temps Prudie voyait très peu la mère de Cameron.

Cameron avait dit à Prudie qu'il avait un ami en France. Ils correspondaient par e-mails, il voulait donc apprendre la langue, mais n'avait montré aucune capacité, bien que ses excellents devoirs à la maison aient fait soupçonner à Prudie qu'ils étaient l'œuvre de l'ami français. Ayant de toute évidence l'intelligence d'une abeille, Cameron faisait preuve de ce mélange de compétence et d'ignorance qui signale le banlieusard accro à l'informatique. Prudie s'était adressée à lui pour tous ses problèmes d'ordinateur et faisait de son mieux, en échange, pour essayer de l'apprécier sincèrement.

« J'ai peur d'envoyer quoi que ce soit depuis la maison, lui dit-elle. J'ai reçu des e-mails qui semblaient provenir de mon carnet d'adresses mais c'était faux. Ce sont des pièces jointes, je ne les ai pas téléchargées, ni même lues.

— Ça ne change rien. Vous avez attrapé un virus. » Il ne la regardait pas, penché sur son propre écran. Cliquant avec la souris. « Auto-reproductible. Vicieux. L'œuvre d'un gamin de treize ans à Hong-Kong. Je pourrais passer et vous en débarrasser en un rien de temps.

— Ce serait magnifique, dit Prudie.

— Si vous aviez l'ADSL je pourrais le faire de chez moi. Comment pouvez-vous supporter d'être aussi limitée géographiquement ? Vous devriez vous mettre à l'ADSL.

— Tu habites à trois maisons de chez moi, fit Prudie. Et la dernière fois j'ai dépensé tellement d'argent (Cameron l'avait conseillée pour chaque achat. Il connaissait son équipement mieux qu'elle-même). Ça fait deux ans à peine. Dean n'en verra pas la nécessité. Est-ce que tu crois que je peux avoir une actualisation sans acheter tout un nouvel ordinateur ?

— Non, pas par là », dit Cameron, ne s'adressant apparemment pas à Prudie mais à l'écran. À moins que ce soit quand même à elle. Cameron aimait énormément Dean et ne voulait pas entendre la moindre critique à son sujet.

Trois nouveaux élèves entrèrent, sous le prétexte d'une recherche à effectuer pour un devoir. Ils consultèrent le fichier, prirent des notes dans leur carnet, échangèrent quelques mots avec le bibliothécaire. L'un de ces trois élèves était Trey Norton. Il y avait un deuxième garçon, que Prudie ne connaissait pas. Une fille, Sallie Wong. Sally avait de longs cheveux lisses et de minuscules lunettes. Une bonne oreille pour les langues, un accent agréable. Elle portait un débardeur bleu avec des bretelles croisées dans le dos, et ses épaules luisaient de sueur, et de cette lotion à paillettes que toutes les filles utilisaient. Pas de soutien-gorge.

Après s'être avancés vers les rayons, ils prirent trois directions différentes. Trey et Sallie se retrouvèrent immédiatement du côté poésie. À travers la vitre de la station informatique, Prudie avait une vue dégagée sur quatre allées. Elle vit Trey prendre les cheveux de Sallie entre ses mains. Il murmura quelque chose. Ils se réfugièrent dans l'allée voisine juste avant que l'autre garçon, un lourd jeune homme avec une expression honnête et déconcertée, fasse son apparition. De toute évidence il les cherchait. Il regarda dans l'allée suivante. Ils venaient juste de tourner.

Cameron n'avait pas cessé de lui parler pendant tout ce temps, d'un ton passionné, sans arrêter de faire défiler son propre écran. Tâches multiples.

« Ce qu'il vous faut, c'est passer au numérique, disait-il. Pour améliorer votre système, ce n'est plus une question de processeur ni de mémoire. Ce qu'il vous faut, c'est pouvoir vous *situer* sur la toile. Ce paradigme de bureau, c'est dépassé. Ça ne marche plus. Ne pensez plus comme ça. Je vais vous installer un tueur gratuit. »

Trey et Sallie avaient refait surface au rayon des revues. Elle était en train de rire. Il glissa sa main sous l'une des bretelles, déploya ses doigts sur son épaule. Ils entendirent l'autre garçon approcher, Sallie rit plus fort encore, et Trey la tira dans une autre allée, hors de la vue de Prudie.

« C'est comme une ligne longue distance gratuite, disait Cameron. Une vidéo non stop en temps réel, IRC. Vous pourrez déplier votre ordinateur comme un mouchoir. Vous vivrez dedans. Vous serez planétaire. » Ils s'étaient mis à parler comme dans *Matrix*. Prudie n'avait pas fait attention mais de toute manière, même en étant attentive, elle n'aurait pu comprendre comment ils en étaient arrivés là. L'air conditionné commençait à la faire frissonner. Rien qu'un peu de marche jusqu'à sa salle de cours ne puisse guérir.

Trey et Sallie réapparurent près des revues. Il l'appuya contre les *National Geographic* et ils s'embrassèrent.

« Votre ordinateur n'est plus un simple nom maintenant, dit Cameron. Votre ordinateur est devenu un f-foutu verbe. »

Le lourd jeune homme s'approcha de la station informatique. S'il s'était retourné, il aurait vu les lèvres de Sallie se refermer autour de la langue de Trey Norton. Il ne se retourna pas. « Tu n'es pas censé être ici, dit-il à Cameron d'un ton accusateur. On est censé être tous ensemble en train de travailler.

— Je suis là dans une minute. » Cameron n'avait l'air ni de s'excuser ni de s'en soucier. « Trouve les autres.

— Je n'y arrive pas. » Le garçon s'assit. « Pas question de faire quoi que ce soit tout seul. »

Sallie, légèrement cambrée, se tenait à la nuque de Trey. L'air conditionné ne gênait plus Prudie. Elle se força à ne plus regarder, et revint à Cameron.

« Je ne vais pas me taper tout le devoir tout seul et ensuite mettre vos noms dessus, disait le garçon, si c'est ce que vous vous imaginez. »

Cameron continua à taper. Il pouvait repérer un canular en deux secondes, mais il n'avait aucun sens de l'humour. Il pensait que les dessins de Doom étaient absolument horribles — ses doigts étaient pris de tremblements convulsifs quand il en parlait — mais il était tombé raide mort lorsque *Du sang sur l'autoroute* était passé au drive-in. Bien sûr, cela avait porté un coup fatal à sa réputation au lycée, mais Prudie avait été contente de l'apprendre. Ce n'était pas un garçon qui risquait un jour d'ouvrir le feu dans les couloirs. C'était un garçon qui faisait encore la distinction entre ce qui était réel et ce qui ne l'était pas.

Une seconde, la prenant en traître, une image vint à l'esprit de Prudie. Sur cette image elle était appuyée contre les *National Geographic*, en train d'embrasser Cameron Watson. Elle effaça aussitôt l'image (Dieu merci !), garda une expression impassible, et se concentra sur les paroles de Cameron, quelles qu'elles puissent bien être. C'est-à-dire :

« Que se passerait-il s'ils changeaient le paradigme et que personne ne vienne ? » Cameron fit un geste étrange avec ses mains, les pouces sur les touches, les doigts recroquevillés.

« Qu'est-ce que c'est ? lui demanda Prudie.

— Un visage en train de sourire. Emoticon. Comme ça, vous savez quand je plaisante. »

Il ne la regardait toujours pas, mais s'il l'avait fait, elle aurait été incapable de lui rendre son regard. Quelle chance avaient les gens de sa génération de se faire tous ces amis qu'ils ne rencontreraient jamais dans la réalité ! Dans le cyberspace, personne ne se retrouve dans des situations ridicules.

> *"S'il est une faculté de notre nature dont on puisse dire qu'elle est plus merveilleuse que les autres, c'est bien la mémoire... La mémoire est parfois si fidèle, si complaisante, si obéissante — et parfois, si hésitante et si faible — et parfois encore, si tyrannique, si difficile à maîtriser !"* (Mansfield Park.)

Prudie aimait tout particulièrement le début de *Mansfield Park.* Ce passage sur la mère et les tantes de Fanny Price, les trois sœurs si belles, et comment chacune s'est mariée. Il avait une certaine ressemblance avec l'histoire des Trois Petits Cochons. Une sœur épouse un homme riche. Une autre épouse un homme respectable mais avec des revenus modestes. Et la dernière, la mère de Fanny, épouse un homme de paille. Sa pauvreté devient telle que Fanny Price est envoyée, toute seule, vivre avec la tante et l'oncle riches. Puis tout se met à ressembler à « Cendrillon » et la véritable histoire commence. Quelqu'un d'autre avait mentionné les contes de fées la dernière fois. Était-ce Grigg ? Prudie avait lu une multitude de contes de fées dans son enfance, et n'avait jamais arrêté de les relire. Son préféré était « Les Douze Cygnes ».

Une chose qu'elle avait remarquée très tôt : les parents et les aventures ne font pas bon ménage. Pour sa part, elle n'avait pas de père — juste le portrait, dans l'entrée, d'un jeune homme en uniforme. Il avait trouvé la mort, lui avait-on raconté, lors d'une mission secrète au Cambodge quand elle avait neuf mois. Prudie n'avait aucune raison de croire cette histoire et, en dépit de ses attraits évidents, elle n'y crut pas. Le problème venait de sa mère ; malgré tous les efforts de Prudie, elle ne parvint jamais à en savoir plus.

La mère de Prudie était gentille, affectueuse, tolérante et joyeuse. Elle était également étrangement fatiguée. Tout le temps. Elle prétendait travailler dans un bureau, et c'était ce travail, selon elle, qui l'épuisait au point que le simple fait de s'allonger sur le canapé pour regarder la télévision semblait trop éprouvant. Elle passait ses week-ends à somnoler.

Tout cela donna des soupçons à Prudie. Il était vrai que sa mère quittait la maison après le petit déjeuner et ne rentrait pas avant l'heure du dîner, il était vrai que Prudie lui avait rendu visite dans son bureau (quoique jamais à l'improviste) et qu'elle l'avait toujours trouvée là, mais elle n'était jamais en train de travailler vraiment. En général, elle parlait au téléphone. Sa mère aurait dû essayer de travailler un jour dans une garderie ! Là, un « Je suis trop fatiguée » ne suffisait pas.

Le jour de son quatrième anniversaire, sa mère n'eut pas assez d'énergie pour faire face aux exigences d'une fête dont la majeure partie des invités aurait vraisemblablement quatre ans. Pendant plusieurs jours, elle dit à Prudie que l'anniversaire approchait — après-demain, ou peut-être après-après-demain — jusqu'au moment où elle finit par donner un cadeau (non emballé) à Prudie, le disque *Sesame Street*, en s'excusant pour le retard. L'anniversaire de Prudie, elle le reconnut, était passé depuis un temps indéterminé.

Prudie jeta le disque sur le sol, avant de s'y jeter elle-même. Elle avait le droit de son côté, et l'opiniâtreté de ses quatre ans. Sa mère n'avait que ses trente-trois ans de ruse. L'affaire aurait dû trouver une issue heureuse en moins d'une heure.

C'est donc avec une confiance considérable que Prudie se coucha sur le tapis, tambourinant des orteils, frappant des poings, entendant à peine ce que sa mère disait à travers ses propres gémissements. Mais le peu qu'elle comprit lorsqu'elle s'interrompit pour respirer fut assez choquant pour la réduire complètement au silence. Oui, l'anniversaire de Prudie était passé, soutenait à présent sa mère. Mais, bien sûr, il y avait eu une fête. La mère de Prudie se mit à la décrire. Ballons, petits gâteaux recouverts d'un glaçage rose et de sucre glace, une pomme de pin qui ressemblait à une fraise. Prudie avait porté son chemisier avec la licorne et soufflé toutes les bougies. Elle était une si bonne hôtesse, une enfant si merveilleuse, extraordinaire, qu'elle avait ouvert tous les cadeaux et insisté pour que les invités les reprennent, même l'écureuil en peluche qui suçait son pouce, qu'elle avait vu un jour chez Discoveries au rayon des jouets et qu'elle n'arrêtait pas de réclamer depuis. Les parents des autres enfants avaient tous été stupéfaits de voir à quel point elle était généreuse. La mère de Prudie n'avait jamais été aussi fière.

Prudie regarda à travers un écran de cheveux humides et emmêlés. « Qui étaient les invités ? demanda-t-elle.

— Personne que tu connaisses », avait répondu la mère de Prudie, sans se laisser démonter.

Et sa mère ne fit pas marche arrière. Au contraire, les jours suivants, elle ne cessa d'enjoliver. Il ne se passait guère de repas (le dîner de prédilection étant des bagels au beurre, qui laissaient derrière eux un seul couteau à laver) sans la vivante description d'une chasse au trésor, chapeaux de pirates en guise de petits cadeaux, pizzas juste comme les aiment les enfants de quatre ans, avec rien dessus sinon un tout petit peu de fromage. Elle alla même jusqu'à exhiber un paquet ouvert de serviettes en papier (déniché au fond du placard) , avec des coccinelles dessus. « C'est tout ce qui reste », dit sa mère.

Les autres enfants ne s'étaient pas aussi bien conduits que Prudie. Quelqu'un avait été poussé sur le toboggan, il avait fallu lui mettre un pansement. Quelqu'un avait été traité de tête de poulet et avait pleuré. Et sa mère produisait tous ces détails avec un brio conspirateur. « Tu ne te rappelles pas ? » demandait-elle régulièrement, invitant Prudie à la rejoindre à l'intérieur du monde riche et gratifiant de l'imagination.

Prudie tint le coup moins d'une semaine. Elle buvait du jus de fruit dans une petite orange en plastique que sa mère lui avait dit qu'elle pourrait rincer et garder. Cette perspective lui faisait infiniment plaisir. « Je me souviens d'un clown, proposa prudemment Prudie. Pour mon anniversaire. » En fait, elle commençait bel et bien à se souvenir de la fête, du moins de certains moments. Elle fermait les yeux et voyait : le papier d'emballage et ses étoiles imprimées ; le fromage glissant et débordant de sa part de pizza ; une grosse fille avec des lunettes scintillantes qu'elle avait vue un jour dans le parc et qui avait gagné au lancement d'anneaux. À la garderie, elle avait déjà mentionné la pomme de pin à Roberta. Mais le clown était une ruse, une dernière tentative de résister. Prudie ne détestait rien autant que les clowns.

Une fois de plus sa mère évita le piège. Elle enlaça Prudie, pressa sa joue contre le dessus de sa tête puis s'écarta, se rétracta comme un stylo-bille. « Jamais je n'aurais amené un clown dans cette maison », dit-elle.

Le stratagème avait tellement bien fonctionné qu'il fut réutilisé pour Halloween, et chaque fois que sa mère en avait besoin. « J'ai acheté du lait ce matin, disait-elle. Tu l'as déjà bu. » Ou bien : « Ce film, on l'a déjà vu. Tu ne l'as pas aimé. » Toujours avec le sourire, comme si c'était un jeu auquel elles jouaient toutes les deux. (Lorsqu'elles jouaient réellement, la mère de Prudie la laissait jeter les dés et déplacer les pions à sa place. Elle laissait toujours gagner Prudie.)

Parfois il semblait à Prudie qu'elle avait eu une enfance pleine de fêtes merveilleuses, de voyages à Marine World, de repas pris chez Chuck. E. Cheese, où des rongeurs géants jouaient de la guitare et chantaient des chansons d'Elvis pour elle. Certainement quelques-unes de ces choses avaient dû se passer. Mais elle était incapable de dire lesquelles. Elle commença à tenir un journal, à faire des listes, mais il se révéla étrangement difficile de noter les choses avec fidélité.

Il était particulièrement difficile d'être honnête vis-à-vis de son propre comportement, et elle commença à ressentir, bien avant de pouvoir le mettre en mots, qu'il y avait quelque chose de fabriqué en elle, pas seulement dans son journal, mais dans le monde réel. (Quoi qu'il puisse bien être.) Les années s'éloignaient d'elle comme sur une carte sans repère, un peu d'air, un peu d'eau, et rien d'autre. De toutes les choses qu'elle devait inventer, la plus difficile était elle-même.

À l'âge de huit ou neuf ans, un soir, pendant l'interruption publicitaire au milieu du film *Le Plus Grand des Héros d'Amérique* (la mère de Prudie raffolait des vies de superhéros tristes et bourrés de culpabilité. Dans *Le Plus Grand des Héros d'Amérique*, un professeur de lycée reçoit un costume magique rouge et des superpouvoirs, qu'il utilise pour combattre espions et criminels ; comme si la salle de cours n'était pas l'endroit où des super-pouvoirs sont justement nécessaires), sa mère lui rappela un Noël où elles étaient allées chez Macy pour rencontrer le père Noël. « On a pris le petit déjeuner là-bas, dit-elle. Tu as mangé des crêpes aux éclats de chocolat. Le père Noël est venu s'asseoir à table avec nous et tu lui as demandé des voitures Matchbox. »

Prudie interrompit son dîner (du beurre de cacahouète avec du lait), le laissant ramollir dans sa bouche. Quelque chose d'inconnu éclata dans sa poitrine, s'élargit et prit toute la place libre autour de son cœur. Ce quelque chose était une certitude. Jamais, de toute sa vie, elle n'avait désiré des voitures Matchbox. Elle avala, et le beurre de cacahouète roula dans sa gorge avec un bruit sourd et inquiétant. « Ce n'était pas moi », affirma-t-elle.

« Les menus étaient découpés en forme de flocon de neige. »

Prudie lança à sa mère un regard qu'elle imaginait être d'acier. « Je suis une pauvre orpheline. Personne ne m'emmène voir le père Noël.

— Le père Noël n'a mangé qu'un seul gâteau. Sa barbe était saupoudrée de grains de sucre rouge et vert. *Je suis* ta mère », dit la mère de Prudie. Elle cligna des yeux une fois, deux, trois fois. Elle prit le chemin de la facilité. « Qu'est-ce que je deviendrais sans mon petit trésor ? »

Mais un enfant de huit ou neuf ans n'a pas de cœur, sauf peut-être lorsqu'il s'agit d'animaux. Prudie resta impassible. « Ma mère est morte.

— De quoi ?

— Du choléra. » Prudie avait à l'esprit *The Secret Garden.* Si elle avait été en train de lire *Irish Red*, elle aurait dit « la rage ». (Non pas que tout le monde ait la rage dans *Irish Red*. Ils ont failli mourir de faim dans une tempête de neige à la montagne, en allant chasser la martre. La rage n'était même pas mentionnée. C'est seulement que tous les livres avec des chiens y font penser.)

Sa mère n'était pas disposée à lui accorder la moindre grâce. « Je vois », dit-elle lentement. Autour des yeux et des lèvres, son visage semblait tristement affaissé. « Le choléra. Une mort très pénible. Des vomissements. De la diarrhée. Et très, très douloureuse. Comme si on vous mettait les tripes à l'air. »

Prudie avait imaginé quelque chose de moins violent. « Je l'aimais beaucoup », dit-elle pour compenser. Mais c'était déjà trop tard, sa mère déjà se levait.

« Je ne savais pas que tu aimais faire semblant d'être une orpheline », dit-elle. En plein dans le mille ! Combien de fois Prudie avait-elle imaginé sa mère morte ? De combien de manières différentes ? Noyades, accidents de voiture, kidnappings par des bandits, mésaventures au zoo. Elle commença à pleurer de honte, à la pensée d'être une si horrible et indigne fille.

Sa mère se rendit dans sa chambre et ferma la porte, bien que le feuilleton ait repris sur l'écran — William Katt, qui, sa mère disait toujours, était super, super, et quiconque préférait Tom Selleck ne savait pas se servir des yeux que Dieu lui avait donnés. Si tout cela avait été *vraiment* un jeu, Prudie aurait été incapable de dire si elle avait gagné ou perdu. Mais si c'était un jeu, c'était justement ce style de jeux, où on ne sait pas qui gagne et qui perd.

Pour son dixième anniversaire Prudie économisa son argent de poche pendant quatre mois pour acheter ses propres invitations, qu'elle envoya elle-même, et un gâteau glacé, qu'elle servirait sur des assiettes en carton et des serviettes assorties. Elle invita sept camarades de classe. Le jour où elle distribua les invitations, elle se retrouva le temps du repas de midi le centre d'attraction. Ce qu'elle trouva finalement plus inquiétant qu'agréable.

Le jour de la fête, comme sa mère avait pris ses mesures pour une robe qu'elle avait vue dans le catalogue Sears sans trouver le temps de la commander, elle laissa Prudie porter son pendentif à perles qui venait d'Hawaii. La chaîne était trop longue pour Prudie, alors elles l'avaient accroché à un cordon noir qui pouvait se nouer à la longueur voulue.

Prudie reçut trois livres, tous pour des plus petits qu'elle, un cerf-volant, un Trivial Pursuit pour enfants, une sonnette pour vélo, et un poisson rouge dans un bocal en plastique, et elle ne rendit aucun de ces cadeaux. Le tout — cadeaux et fête — lui sembla horriblement vieux jeu. Les filles étaient bien sages. C'était une bien triste déchéance comparée à ce dont elle avait l'habitude.

> "Ce fut un mariage tout à fait convenable. La mariée était très élégante, les deux demoiselles d'honneur un peu moins comme il se doit... sa mère se tenait debout, les sels à la main, prête à se mettre dans tous ses états — sa tante s'efforçait de pleurer." (Mansfield Park.)

Prudie s'était acheté une revue pour lire dans la salle des profs à l'heure du déjeuner. Elle était prête à faire un effort si une conversation intéressante se profilait, mais deux des professeurs avaient des cors aux pieds et compatissaient l'une avec l'autre. Prudie était trop jeune pour s'entendre dire qu'acheter des chaussures pouvait devenir un cauchemar. On suggéra des chaussons d'infirmières. Des chaussures orthopédiques. C'était insupportable. Prudie ouvrit sa revue. Elle vit que Dean avait répondu au Quizz, une série de questions pour déterminer à laquelle des filles de *Sex and the City* on ressemblait le plus. Elle examina ses réponses :

Pour faire bonne impression un samedi soir, Dean choisirait « *(a)* de porter un haut séducteur et une jupe fendue ». Si un homme attirant s'installait à ses côtés dans un bar, Dean « *(d)* lui dirait qu'il avait de magnifiques biceps — et lui demanderait de faire une petite démonstration de sa force ».

Prudie et Dean s'étaient rencontrés dans un bar. Elle était de sortie avec ses amies Laurie et Kerstin, célébrant une chose ou une autre. Les résultats des examens de la semaine précédant les examens de la semaine précédente encore. « On veut juste rester entre filles », l'avait averti Kerstin, mais les mots n'eurent aucun effet. Dean s'était penché au-dessus de Kerstin sans même la regarder et avait invité Prudie à danser.

Tous les autres dansaient à un rythme effréné. Dean mit ses bras autour d'elle, l'attira contre lui. Sa bouche était juste derrière son oreille ; son menton effleurait sa nuque. On jouait « Don't Look Back » d'Al Green. « Je vais t'épouser », lui avait-il dit. Laurie avait pensé que c'était bizarre.

Pour Kerstin, c'était effrayant. Elles ne pouvaient pas savoir, ce n'était pas leur nuque.

Dean avait cette confiance particulière qui ne vient de rien sinon d'avoir été populaire au lycée. Il avait été un bon sportif, avait fait partie de l'équipe de foot dès la première année, marqueur, aile gauche, avec son groupe de supporters. Il était ce type de garçon qui, quelques années auparavant, n'aurait même pas vu Prudie si elle avait été juste devant lui. À présent, il la choisissait dans un bar bondé. Elle était flattée, tout en supposant qu'elle n'était pas la première femme à être ainsi demandée en mariage de cette façon. (Elle sut plus tard qu'elle avait été la première.)

Aucune importance. Ses paupières lourdes, ses pommettes, ses jambes d'athlète, ses dents orthodontiques — rien n'avait d'importance. On pouvait même oublier le fait qu'il aurait si belle allure marchant à ses côtés lorsqu'il l'accompagnerait à ses réunions au lycée. Certaines personnes seraient tellement surprises.

Non, la seule chose qui se révéla importante était que, dès qu'il avait levé les yeux sur elle, il avait pensé qu'elle était jolie. L'amour au premier coup d'œil est aussi ridicule qu'irrésistible. En fait, Prudie n'était pas jolie. Elle faisait simplement semblant de l'être.

À cause de cette entrée en matière, elle supposa que Dean était du genre romantique. Sa mère fut plus lucide. « Ce jeune homme a les pieds sur terre », avait-elle dit. La mère de Prudie n'était pas très fanatique des jeunes hommes qui ont les pieds sur terre. (Mais en fait elle allait beaucoup aimer Dean. Ils regardaient tous les deux *Buffy le tueur de vampires* le mardi soir et se téléphonaient ensuite pour discuter des rebondissements de la semaine. Dean raffolait des vies de super-héros tristes et bourrés de culpabilité. À présent il avait la mère de Prudie soutenant un footballeur américain sans aucun superpouvoir et discutant de hors-jeu comme si elle savait ce que c'était et à quel moment les utiliser.)

Prudie perçut la critique sous-entendue dans l'évaluation de sa mère et la retourna en faveur de Dean. Que peut-on trouver à redire au fait d'être un type solide ? Que vaut-il mieux, un mariage plein de surprises, ou bien un type sur lequel il est possible de s'appuyer ? Quelqu'un dont on sait, quand on le regarde, à quoi il ressemblera dans cinquante ans ?

Elle posa la question à Laurie, car Laurie avait une théorie sur tout. « Il me semble, avait dit Laurie, qu'on peut épouser quelqu'un qu'on a la chance d'avoir trouvé, ou bien on peut épouser quelqu'un qui a eu la chance de vous trouver. J'ai toujours pensé que la première hypothèse était la meilleure. Maintenant je ne sais plus. Est-ce que ça ne serait pas mieux de passer ta vie avec quelqu'un qui pense qu'il a de la chance d'être avec toi ?

— Pourquoi ne serions-nous pas deux à avoir de la chance ? demanda Prudie.

— Tu peux toujours attendre ça, si tu veux. » (Mais Laurie ne s'était toujours pas mariée.)

Évidemment Prudie dut s'occuper du mariage elle-même. Il y eut une petite fête sans prétention, dans le jardin de sa mère. Elle entendit plus tard que la nourriture avait été bonne, fraises, oranges et cerises avec des mousses aux chocolats noir et blanc. Elle était trop occupée pour goûter quoi que ce soit. Trop ahurie. Lorsqu'elle regardait les photos — sa robe à plis, les fleurs, les amis de Dean modérément saouls — elle pouvait à peine se souvenir d'avoir été là. C'était un très gentil mariage, dirent les gens plus tard, et à l'instant où ils le dirent, Prudie comprit qu'elle n'avait pas voulu un gentil mariage. Elle aurait voulu un mariage inoubliable. Ils auraient dû s'enfuir pour se marier sans rien dire à personne.

Mais ce qui comptait, c'était l'union. Jane Austen prenait rarement la peine d'écrire au sujet de la cérémonie. Prudie avait épousé Dean, qui, pour une raison inconnue de Prudie, pensait qu'il avait de la chance de l'avoir trouvée.

Elle apprenait encore à quel point elle aussi avait de la chance. Dean était tellement plus que solide. Il était généreux, amical, facile à vivre, travailleur acharné, bel homme. Il partageait les tâches ménagères, ne se plaignait jamais, et il n'y avait jamais besoin de rien lui demander. Pour l'anniversaire de leur mariage, il avait acheté deux billets pour la France. Cet été même Prudie et Dean devaient se rendre en France.

Et c'était là le problème. Prudie aimait la France ; elle avait organisé sa vie autour de son amour de la France. Elle n'y était jamais allée, mais elle pouvait l'imaginer à la perfection. Et bien sûr, elle ne voulait pas y aller réellement. Et si le voyage était une déception ? Et si, une fois là-bas, elle n'aimait pas du tout ? Que lui resterait-il ? Il lui semblait que son mari, l'amour de sa vie, aurait dû la comprendre suffisamment pour savoir cela.

Le mari de Kerstin était un bon imitateur. Il savait imiter les gens, mais des objets aussi — tondeuses à gazon, tire-bouchons, fouets à gâteaux. Il pouvait imiter toute la distribution de *Star Wars*, et il excellait en Chewbacca. Dean était un amant attentionné qui n'avait rien contre le sexe oral, même lorsqu'il s'agissait de *sa* bouche. Malgré tout, si un soir Prudie avait ressenti un désir brûlant pour Chewbacca, Dean n'aurait strictement rien pu y changer. Il était toujours égal à lui-même.

Prudie avait cru que c'était cela qu'elle voulait. Quelqu'un de fiable. Sans prétention. La plupart du temps elle était profondément amoureuse de Dean.

Mais de temps en temps, elle se sentait plus chanceuse dans son mariage que vraiment satisfaite. Elle pouvait imaginer mieux. Elle savait qui était à blâmer, et ce n'était pas Dean. La fille de *Sex and the City* à laquelle Dean ressemblait le plus était Miranda.

> *"Ce serait la dernière — vraisemblablement la toute dernière scène qui se jouerait sur ce théâtre ; mais il était certain qu'il ne pourrait en exister de plus belle. Le théâtre fermerait ses portes avec le plus bel éclat."* (Mansfield Park.)

Prudie avait un mal de tête atroce. L'air était si brûlant que tout l'oxygène semblait en avoir été expulsé. Elle prit deux aspirines et but un peu d'eau tiède au seul robinet dont l'embout n'était pas bloqué par une boulette de chewing-gum. Sans se soucier de son maquillage, elle se passa de l'eau sur le visage. Le temps d'arriver à son avant-dernier cours, son mal de tête était supportable, même s'il lui martelait encore les tempes comme un tambour lointain.

Karin Bhave l'attendait avec un mot : Ms. Fry, la prof de théâtre, demandait si Karin pouvait être dispensée d'un cours. La troupe du lycée qui devait jouer *Brigadoon* aurait sa première répétition en costumes dans l'après-midi et la deuxième dans la soirée, et le filage de quelques scènes n'était toujours pas terminé.

Karin avait joué Maria dans *La Mélodie du bonheur* en première, et Marian la bibliothécaire l'année suivante. Le jour où la distribution avait été établie pour *Brigadoon*, Prudie l'avait trouvée en pleurs dans les toilettes, les larmes rayant son fard à joues, le transformant en peinture de guerre. Prudie avait supposé, en toute vraisemblance, que le rôle principal avait été donné à quelqu'un d'autre. Elle avait prononcé quelques mots bien intentionnés, personne ne voulait refaire sans arrêt la même chose, même si cette chose était une bonne chose. Elle l'avait dit en français, tout sonne tellement mieux en français. Prudie était une personne meilleure en français – plus sage, plus sexy, plus sophistiquée. « *Toujours perdrix** », dit-elle pour finir, exaltée par l'expression. (En y repensant plus tard, elle se dit qu'il y avait peu de chance que Karin l'ait comprise. La voie normale — l'anglais — aurait été plus utile. Son ego avait pris le pas sur son intention. *Tout le monde est sage après le coup* [sic]*.)

Par bonheur, elle s'était de toute manière méprise sur le problème. Karen une fois de plus avait obtenu le principal rôle féminin. Bien évidemment. Aucune autre n'avait sa voix flûtée et sa silhouette mince et son visage innocent. Karin pleurait parce que le premier rôle masculin avait été donné à Danny Fargo et non pas, comme elle l'avait secrètement espéré, à Jimmy Johns qui, à la place, jouait Charlie Dalrymple. Karin serait donc obligée de tomber amoureuse de Danny Fargo devant toute l'école. Ils s'embrasseraient sous les yeux de tout le monde, et pour cela, seraient obligés de s'exercer à s'embrasser. Voilà ce qui l'attendait dans les mois à venir — embrasser d'innombrables fois Danny Fargo pendant que Mrs. Fry se tiendrait derrière elle, exigeant de plus en plus de passion. « Regarde-le dans les yeux d'abord. Plus lentement. Désir à l'état pur. » Karin avait déjà embrassé sous la direction de Mrs. Fry bien souvent.

De plus, il ne se produirait plus d'autres circonstances dans lesquelles une fille comme Karin pouvait espérer embrasser un garçon comme Jimmy. Tout le monde avait été surpris que Jimmy ne se désiste pas lorsqu'il était apparu que les répétitions seraient incompatibles avec la saison de base-ball. L'entraîneur de Jimmy avait dit aux garçons de son équipe qu'ils ne pouvaient pratiquer aucun autre sport. Même dans ses rêves les plus débridés il n'aurait pu imaginer devoir interdire la comédie musicale.

Jimmy était son seul lanceur fiable. Un compromis fut trouvé, bien que le choix de la comédie musicale au détriment du base-ball ait complètement abasourdi et abattu l'entraîneur Blumberg. « Il ne me reste plus tellement de saisons », avait-il dit à un groupe de femmes dans la salle des profs.

Toute cette histoire avait cruellement fait naître l'espoir chez Karin. Si Jimmy avait eu le rôle de Tommy, ils auraient passé beaucoup de temps ensemble. Il aurait pu la regarder vraiment. Il aurait pu remarquer qu'elle pouvait, bien maquillée et bien coiffée, ressembler à une vraie star d'une comédie musicale de Bollywood. Danny Fargo aurait peut-être cette même révélation, mais qui espérait cela de lui ?

« Est-ce que vous viendrez nous voir ? » demanda Karin à Prudie, et Prudie répondit qu'elle ne voudrait pas manquer ça. (Mais quelle chaleur ferait-il dans le théâtre ? Et elle-même, comment réagirait-elle au spectacle de Jimmy Johns, avec ses bras de lanceur de base-ball, en train de chanter « Come to Me, Bend to Me » ?)

Elle donna à ses élèves du dernier cours le même passage du *Petit Prince* à traduire, mais comme ils étaient en troisième année, de l'anglais au français au lieu du contraire. « La seconde planète était habitée par un vaniteux. »

Prudie retourna à ses fiches. Il lui était venu à l'esprit pendant le déjeuner qu'aucune autre héroïne de Jane n'est aussi dévote que Fanny, loin s'en faut. Le club n'avait pas encore fait la moindre allusion à la religion.

Les autres livres d'Austen sont remplis de charges ecclésiastiques — promises, offertes, désirées — mais qui soulèvent des questions financières plus que spirituelles. Fanny est la seule héroïne à parler avec enthousiasme de foi religieuse et à admirer autant le clergé. Six livres. Tant de scènes de villages, tant de soirées dansantes et de dîners si précisément décrits. Pas un seul sermon. Et le père de Jane était lui-même pasteur. Quelle ample matière à discussion ! Bernadette certainement aurait beaucoup à dire sur le sujet. Prudie remplit six nouvelles fiches avant que la chaleur eût raison d'elle.

Son mal de tête revint en force. Elle pressa ses tempes et regarda l'heure. Sallie Wong avait écrit un mot, l'avait plié comme une grue, et l'avait fait tomber de son bureau d'un coup de coude. Teri Cheyney l'attrapa, le déplia, le lut. « Oh my God », fit-elle avec les lèvres (et non pas *Mon Dieu**). Le nom de Trey apparaissait certainement sur ce mot. Prudie envisagea de le confisquer, mais pour cela il lui aurait fallu se lever. Elle avait tellement chaud qu'elle se dit qu'elle risquait de s'évanouir. Et de quoi les élèves ne seraient-ils pas capables, une fois qu'elle serait inconsciente ? De quels ébats et batifolages ? Des petits points noirs surnageaient devant ses yeux comme des têtards. Elle posa la tête sur le bureau, ferma les yeux.

Dieu merci, c'était presque l'heure de rentrer à la maison. Elle ferait un peu de ménage avant le club. Un petit coup d'aspirateur. Époussetage superficiel. Il ferait peut-être assez frais, à huit heures, pour rester sur la terrasse. Si la bise du Delta pouvait se mettre à souffler, ce serait agréable. Dans la salle de cours, le niveau sonore augmentait subtilement. Il lui fallait se lever avant qu'il devienne incontrôlable. Ouvrir les yeux, s'éclaircir la gorge. Elle s'apprêtait à le faire, lorsque la sonnerie retentit.

Au lieu de rentrer directement à la maison, Prudie se retrouva dans la salle polyvalente. Les gosses qui font du théâtre forment en général un groupe intéressant. Ils prennent essentiellement de l'herbe, ce qui les distingue des étudiants en gestion (l'alcool), des sportifs (les stéroïdes), ou de ceux qui s'occupent de l'album de l'année (la colle). Tant d'ensembles et de sous-ensembles distincts. C'était d'une complexité digne des mandarins. Prudie regrettait parfois de ne pas avoir étudié l'anthropologie. Elle aurait pu écrire des articles. Bien sûr, il y aurait eu le mauvais côté des choses. Écrire des articles aurait représenté un effort. Elle n'était pas la fille de sa mère pour rien.

De la musique traversait la porte de la salle polyvalente, lui parvenait un peu assourdie. Derrière cette porte, c'étaient les Highlands d'Écosse. Brumes et collines et bruyère. Un peu de fraîcheur bien agréable. Alors que le retour à la maison, aussi désirable soit-il, impliquait d'entrer dans une voiture restée sur le parking vitres fermées depuis huit heures du matin. Elle serait obligée d'envelopper sa main dans sa jupe pour ouvrir la porte. Le siège serait si brûlant qu'il serait impossible de s'asseoir, tout comme il serait impossible de toucher le volant. Pendant plusieurs minutes, elle conduirait en rôtissant littéralement.

Rien de tout cela ne s'améliorerait en repoussant le moment de l'affronter, mais la perspective était si peu attrayante que Prudie choisit la porte B. Elle fut récompensée par une bouffée d'air frais sur le visage. Un garçon qui n'avait jamais mis les pieds à un cours de français jouait de la cornemuse. Sur la scène les joueurs répétaient la poursuite d'Harry Beaton. Ms. Fry les faisait courir sur l'estrade, d'abord lentement, ensuite plus vite. De sa place, Prudie pouvait voir la scène, et aussi les acteurs, qui attendaient en coulisses. En même temps, au fond, la cornemuse jouait l'enterrement d'Harry. Prudie n'aimait pas vraiment cet instrument, mais admira l'interprétation. Où donc un jeune Californien a-t-il appris à souffler et expirer de cette manière ?

Les garçons sautèrent de la scène, leur kilt au vent. Jimmy Johns mit son bras autour de la fille blonde (élève en première) qui jouait sa *fiancée**. Dans *Brigadoon*, leur amour brise le cœur d'Harry ; à Valley High, le cœur brisé était celui de Karin. Elle s'assit quelques rangs plus loin et seule, à distance respectable de Danny.

Prudie se sentit brusquement pleine de compassion pour l'entraîneur Blumberg. Était-ce vraiment sage, après tout, d'encourager ces enfants à jouer au grand amour ? De leur dire que le grand amour vaut la peine qu'on meure pour lui, que la seule ténacité est plus puissante qu'aucune autre force au monde ? Ce en quoi l'entraîneur Blumberg croyait (que ces neuf garçons obligés de lancer, jeter, frapper et courir plus vite que neuf autres garçons représentent quelque chose d'important) semblait, par comparaison, une supercherie bien inoffensive. Jane Austen a écrit six histoires de grand amour, et personne ne meurt d'amour dans aucune d'entre elles. Prudie observa un instant de silence en l'honneur d'Austen et son impeccable retenue. Puis elle resta silencieuse sans raison particulière.

Trey Norton se glissa sur le siège derrière elle. « Qu'est-ce que tu fais ici ? Tu n'as pas cours ? » lui demanda-t-elle.

« Il faisait plus de 44 degrés dans le préfabriqué. Un cinglé avait apporté un thermomètre, et on nous a fait sortir. Je viens chercher Jimmy. » Trey souriait d'une manière déconcertante, qui n'était pas sa manière déconcertante habituelle. « Je vous ai vue à la bibliothèque. Vous étiez en train de me regarder. »

Prudie se sentit rougir. « Une démonstration d'affection en public est publique.

— D'accord, pour "publique". Mais je ne dirais pas "affection". »

Il était grand temps de changer de sujet. « Le joueur de cornemuse est vraiment bon », dit Prudie.

Si seulement elle l'avait dit en français ! Trey émit un petit bruit de ravissement. « Nessa Trussler. Une fille. Si on peut dire. »

Prudie regarda à nouveau Nessa. Il y avait là, elle s'en rendait compte à présent, une certaine lourdeur ambiguë. Peut-être ne répéterait-il à personne ce qu'elle venait de dire. Peut-être Nessa était-elle parfaitement à l'aise avec elle-même. Peut-être était-elle admirée de toute l'école pour ses talents musicaux. Peut-être les poules ont-elles des dents.

La meilleure chose qu'on pouvait dire au sujet de Nessa, c'était qu'elle ne devait rester ici que trois ans. Ensuite elle pourrait partir aussi loin qu'elle le désirait. C'était Prudie qui restait là. Elle eut la soudaine révélation que tout cela était comme dans *Brigadoon*, où rien jamais ne change. Les seules personnes qui vieillissent, ce sont les professeurs. C'était une pensée terrible.

Elle eut une idée plus concrète. « Je ne porte pas mes lentilles », avança-t-elle. Bêtement et tardivement.

« Mais si, vous les avez. » Trey la regardait droit dans les yeux ; elle pouvait sentir son haleine. Une légère odeur de poisson, mais pas désagréable. Comme celle d'un chaton. « Je les vois. Des petits anneaux autour de vos iris. Comme des petites assiettes. »

Le cœur de Prudie battait vite et semblait sonner creux. Trey releva le menton. « Et ça tombe bien. Une foule de A à tribord ! »

Prudie se retourna. Droit devant elle, dans les coulisses, derrière la scène vide mais avec un assez grand nombre de gosses encore dans les parages, Mr. Chou, le professeur de musique (célibataire) glissait ses mains sur les seins de Ms. Fry (mariée), les pressait comme s'il choisissait des cantaloups. Et de toute évidence, pas pour la première fois ; ces mains connaissaient ces seins. Quel drôle d'établissement décidément ! Le mal de tête de Prudie atteignit son apogée. La cornemuse exhala un soupir désespéré.

La deuxième réaction de Prudie fut de se calmer. Ce n'était peut-être pas si mal. Ça distrairait Trey de son malheureux *faux pas** au sujet de Nessa. Nessa ici était une innocente ; Prudie ne regrettait pas le change.

Même au sujet de Ms. Fry et Mr. Chou, Prudie ne pouvait pas faire semblant d'être surprise. Ms. Fry avait de gros seins. Prenez les phéromones, ajoutez la musique, des répétitions jour et nuit, des gens qui se meurent d'amour. Qu'attendre d'autre ?

Un des aspects de *Mansfield Park* qui gênaient Prudie était la manière dont les choses se terminent entre Mary Crawford et Edmund. Edmund avait souhaité épouser Miss Crawford. Prudie avait l'impression que, en dépit de toutes les excuses qu'il pouvait offrir, il la rejetait en fin de compte parce qu'elle avait voulu pardonner à son frère et à la sœur d'Edmund leur aventure adultère. Edmund accuse Mary de prendre le péché à la légère. Mais lui préfère perdre sa sœur pour toujours plutôt que de lui pardonner.

Prudie avait toujours désiré un frère. Elle aurait aimé avoir quelqu'un avec qui recouper ses souvenirs. Sont-ils vraiment allés à Muir Woods ? Dillon Beach ? Pourquoi n'y a-t-il pas de photos ? Elle se disait qu'elle aurait beaucoup aimé son frère. Elle se disait qu'il l'aurait lui aussi beaucoup aimée, il aurait vu ses défauts — qui mieux qu'un frère peut les voir ? — mais avec tendresse et bienveillance. À la fin, Prudie détesta Edmund bien plus qu'elle n'avait détesté sa sœur, scandaleuse, égoïste, frappée par l'amour.

Bien sûr, les comportements changent avec les siècles ; il fallait en tenir compte. Mais un connard incapable de pardonner reste un connard incapable de pardonner. « Oh ! là, là », dit Trey.

Les propres sentiments de Prudie concernant l'adultère lui venaient des Français.

"Un arbre toujours vert ! C'est tellement beau, tellement merveilleux, bienvenu, un arbre toujours vert !" (Mansfield Park.)

Le climat dans la Vallée était classé méditerranéen, ce qui voulait dire que tout mourait en été. L'herbe était brune et raide. Les ruisseaux disparaissaient. Les chênes grisonnaient.

Prudie rejoignit sa voiture. Elle descendit les vitres, mit la climatisation. Le siège brûlait l'arrière de ses jambes nues.

Un oiseau avait déféqué sur son pare-brise ; l'excrément avait cuit toute la journée et il faudrait qu'elle l'enlève. Prudie n'avait pas le courage de le faire en plein soleil. Elle fut donc obligée de rouler en essayant de voir à travers un large continent — la Grèce, peut-être, ou le Groenland. Utiliser l'essuie-glace ne ferait qu'empirer la situation. Elle ne devait pas prendre l'autoroute, et elle avait des rétroviseurs, ce n'était donc pas aussi imprudent qu'on aurait pu le croire.

"Sans affection particulière pour son cousin le plus âgé, la tendresse de son cœur lui fit sentir qu'elle ne pouvait le négliger ; et la pureté de ses principes ajoutait encore une intense sollicitude, lorsqu'elle se souvenait à quel point sa vie avait été (en apparence) peu utile et peu généreuse." (Mansfield Park.)

Les rideaux étaient tirés et la climatisation marchait, Prudie put ainsi pénétrer dans une maison sombre et relativement fraîche. Elle prit deux aspirines supplémentaires. Maintenant que le moment était venu, elle n'avait pas le courage de faire du ménage. Ses listes étaient un réconfort pour elle, l'illusion de contrôler le tohu-bohu du monde, mais elle n'en était pas prisonnière. Les choses survenaient, les projets étaient modifiés. Jolly, la femme de ménage, était venue la semaine passée. L'endroit était assez propre selon les critères de tous, sauf de Jocelyn. Prudie devait sortir faire quelques courses, elle ne pouvait s'en dispenser, ni servir une salade avec des feuilles de romaine aux bords déjà brunis.

Elle prit une douche froide, espérant que ça la requinquerait, et mit un T-shirt sans manches et le bas d'un pyjama d'intérieur avec des sushis imprimés. Quelqu'un sonna pendant qu'elle s'essuyait les cheveux.

Cameron Watson se tenait sur le seuil, la sueur glissant le long de son nez pointu. « Cameron, fit Prudie. Que se passe-t-il ?

— J'ai dit que je venais m'occuper de votre appareil.

— Je ne pensais pas que tu voulais dire aujourd'hui.

— Vous avez besoin de votre e-mail, dit-il, surpris. Personne ne peut rester vingt-quatre heures sans son e-mail. »

Il y eut une période où Prudie avait craint que Cameron ait un petit béguin pour elle. À présent, elle savait que c'était pour son ordinateur qu'il avait le béguin, un ordinateur qu'il avait bien évidemment choisi lui-même. Cameron avait le béguin également pour les jeux vidéo de Dean. Cameron ne remarqua même pas qu'elle n'était pas encore tout à fait habillée. Dans un livre d'Austen, Prudie aurait représenté ici la jeune fille courtisée pour ses biens.

Elle se mit sur le côté pour permettre à Cameron d'entrer. Il avait des cordons et des périphériques jetés sur le corps comme une cartouchière, des disquettes dans une boîte en plastique. Il se dirigea directement vers la pièce où se tenait l'ordinateur, et commença à poser son diagnostic, à faire agir sa magie. Elle avait envisagé de faire un somme, mais à présent, avec Cameron dans la maison, ce n'était plus possible. À la place, elle fit la poussière, sans trop d'efforts mais avec ressentiment. Elle aurait vraiment préféré dormir un moment.

Comme elle ne ressentait pas la gratitude que Cameron méritait — c'était vraiment sympa de sa part —, elle fit tout un cinéma. Elle lui apporta un verre de limonade. « Je vous télécharge des deadwares, dit-il. Des programmes d'émulation. » Il prit la limonade et la posa à côté de lui sur le bureau, la laissant réchauffer dans son verre. « Vous devriez aussi vous mettre à Linux. Plus personne n'utilise Windows. » (Et les poules auront des dents.)

Elle baissa les yeux sur la ligne blanche visible au milieu de son cuir chevelu. Il avait de nombreuses pellicules. Elle aurait voulu pouvoir l'épousseter. « À quoi servent les programmes d'émulation ?

— Vous pouvez avoir des jeux anciens.

— Je croyais que l'intérêt, c'était plutôt les jeux nouveaux, dit Prudie. Je croyais que les jeux n'arrêtaient pas de s'améliorer.

— Mais vous pourrez avoir les *classiques* », dit Cameron.

C'était peut-être un peu comme relire. Prudie retourna dans le salon. Elle pourchassait une pensée concernant la relecture, la mémoire, l'enfance. Qui avait un rapport avec le fait que Mansfield Park paraissait à Fanny un lieu froid, où elle se sentait mal, jusqu'au jour où elle en avait été chassée et avait dû retourner chez ses parents. Le domaine des Bertram devint le foyer de Fanny seulement lorsqu'elle n'y habita plus. Jusqu'à ce moment, elle n'avait pas compris que l'affection de sa tante et de son oncle se révélerait plus authentique que celle de ses père et mère. Qui d'autre que Jane pouvait imaginer détourner ainsi le conte de fées ? Prudie voulut sortir les fiches de son sac, noter ce qui venait de lui traverser l'esprit. Au lieu de cela, malgré Cameron elle s'endormit sur le canapé.

Elle se réveilla alors que Dean lui caressait le bras. « J'ai fait un rêve vraiment très étrange », dit-elle, sans être capable de s'en souvenir. Elle se redressa. « Je croyais que tu avais dit que tu rentrerais tard. » Elle regarda son visage. « Qu'est-ce qu'il y a qui ne va pas ? »

Il lui prit les deux mains. « Il faut que tu ailles tout de suite chez toi, chérie, dit-il. Ta maman a eu un accident.

— Je ne peux pas y aller. » La bouche de Prudie était sèche, sa tête bourdonnait. Dean ne connaissait pas sa mère comme elle la connaissait, sinon il aurait su qu'il n'y avait pas de souci à se faire. « Les gens de mon club du livre doivent venir.

— Je sais. Je sais comme tu attendais cette soirée. Je téléphonerai à Jocelyn. Tu as une réservation pour un avion dans une heure et demie. Je suis tellement désolé, ma chérie. Tellement désolé. Il faut vraiment que tu te dépêches. »

Il passa ses bras autour d'elle, mais il faisait trop chaud pour une étreinte. Elle le repoussa. « Je suis sûre qu'elle va bien. J'irai demain. Ou ce week-end.

— Elle n'a pas repris conscience depuis son accident. Les Bayley m'ont appelé au bureau. Personne n'arrivait à te joindre. J'ai essayé pendant tout le trajet du retour. Ça sonnait occupé.

— Cameron est à l'ordinateur.

— Je vais le renvoyer. »

Dean prépara le sac de Prudie. Il lui dit que le temps qu'elle arrive à San Diego, il aurait réservé une voiture qui l'attendrait là-bas, il y aurait un chauffeur près du service des bagages, avec son nom sur une pancarte. Il lui dit qu'il appellerait le lycée pour les avertir. Lui aussi annulerait ses rendez-vous. Il trouverait quelqu'un de plus fiable que Cameron pour nourrir le chat. Il n'oublierait rien. Elle ne devait penser qu'à sa mère. Et à elle-même.

Il arriverait à son tour le plus vite possible. Il la rejoindrait à l'hôpital au plus tard le lendemain matin. Ou même dans la nuit s'il arrivait à se débrouiller. « Je suis tellement désolé, répétait-il, je suis tellement désolé », jusqu'au moment où elle comprit qu'il pensait que sa mère était en train de mourir. Quelle drôle d'idée !

Un an auparavant Dean l'aurait accompagnée jusqu'à la porte d'embarquement, lui aurait tenu la main pendant l'attente. À présent il n'en était même pas question. Il la déposa sur le bord du trottoir, et rentra s'occuper du reste des dispositions. Devant elle, un homme passait la sécurité. Il avait un sac de sport, un téléphone cellulaire, et il marchait sur ses talons, de la même manière que Trey Norton. On le tira de côté, on lui fit enlever ses chaussures. On confisqua les limes à ongles de Prudie, et son couteau suisse. Elle regretta d'avoir oublié de le donner à Dean ; elle aimait bien ce couteau.

Sa réservation était sur Southwest. On lui donna un billet d'enregistrement du groupe C. Elle pouvait encore espérer une place près de l'allée centrale, mais seulement si elle restait devant, et encore ce n'était pas sûr.

Pendant qu'elle cherchait une nouvelle fois dans son sac sa carte d'identification avant d'embarquer, elle fit tomber toutes ses fiches de notes. « Tu veux faire une réussite ? » avait-elle un jour demandé à sa mère. Elle avait appris ce jeu à la maternelle. « Bien sûr », avait répondu sa mère. Puis, lorsque Prudie avait battu les cartes, sa mère lui avait demandé si elle ne voulait pas être son petit elfe de service et choisir les cartes pour elle.

Prudie s'agenouilla pour rassembler ses fiches. Des gens la dépassèrent. Certains se montraient impatients, désagréables. Plus aucun espoir d'avoir une bonne place à présent. Lorsqu'elle pénétra en titubant dans l'avion elle était en pleurs. Plus tard, après le Coca offert par la compagnie, comme une sorte d'exercice zen pour se calmer, elle compta ses fiches. Elle avait tellement préparé la réunion qu'elle avait quarante-quatre fiches. Elle les recompta pour vérifier.

Pendant un moment, elle fit les mots croisés dans la revue proposée aux passagers. Puis elle fixa le ciel vide à travers le hublot. Tout allait bien. Sa mère était parfaitement *sain et sauf**, et Prudie refusait absolument de faire semblant qu'il en allait autrement.

Le rêve de Prudie :

Dans le rêve de Prudie, Jane Austen lui fait visiter les pièces d'un grand domaine. Jane ne ressemble en rien à son portrait. C'est plutôt à Jocelyn qu'elle ressemble, mais pourtant elle est Jane. Elle est blonde, nette, moderne. Elle porte un pantalon ample et soyeux.

Elles sont dans une cuisine décorée dans les mêmes bleu, blanc et cuivré que la cuisine de Prudie. Jane et Prudie sont d'accord pour dire qu'on ne peut bien cuisiner qu'avec une cuisinière à gaz. Jane dit à Prudie qu'elle est elle-même considérée comme un assez bon chef français. Elle promet de préparer quelque chose pour Prudie plus tard, et au moment même où elle le dit, Prudie sait qu'elle oubliera de le faire.

Elles descendent dans une cave à vins. Une sorte de grille le long d'un mur sombre supporte quelques bouteilles, mais la plupart des cases contiennent des chats. Leurs yeux brillent dans l'obscurité comme des pièces de monnaie. Prudie est sur le point d'y faire allusion, mais finalement se dit que ce serait impoli.

Sans monter d'escaliers, Prudie se retrouve à nouveau à l'étage, seule, dans un couloir avec de nombreuses portes. Elle essaye d'en ouvrir plusieurs, mais elles sont toutes verrouillées. Entre les portes, il y a des portraits grandeur nature, entrecroisés avec des miroirs. Les miroirs sont disposés de telle sorte que chaque portrait se reflète dans l'un d'eux de l'autre côté du couloir. Prudie peut se tenir devant ces miroirs et se placer de manière à apparaître sur chaque portrait à côté du modèle.

Jane réapparaît. À présent elle est pressée, elle bouscule Prudie. Elles passent devant de nombreuses portes puis s'arrêtent brusquement. « C'est ici qu'on a mis votre mère, dit-elle. Je crois que vous verrez qu'on a procédé à quelques améliorations. »

Prudie hésite. « Ouvrez la porte », lui dit Jane, et Prudie l'ouvre. Au lieu d'une pièce, Prudie voit une plage, un bateau et, au loin, une île, l'océan à perte de vue.

JUIN

CHAPITRE IV

où nous lisons Northanger Abbey *et nous réunissons chez Grigg*

Prudie manqua notre réunion suivante. Jocelyn acheta une carte que tout le monde signa. C'était une carte de condoléances, nous dit-elle, et nous avons été obligées de la croire car elle était rédigée en français. L'image était plutôt sobre — un paysage marin, dunes, mouettes, et vagues. Le temps et la marée, ou quelque piètre réconfort de cet acabit. « J'ai été si triste d'apprendre qu'elle devait annuler son voyage en France », dit Sylvia, avant de détourner les yeux, gênée, car c'était loin d'être le plus triste de l'histoire.

Jocelyn enchaîna rapidement. « Tu sais qu'elle n'y est jamais allée. »

Pour la plupart d'entre nous, nous avions déjà perdu notre mère. En silence, nous avons pensé à elles, à leur absence. À l'ouest, le soleil devenait d'un rose éblouissant. Les arbres étaient en feuilles. L'air était vif, doux, mêlé de senteurs d'herbe, de café, de brie à point. Comme nos mères auraient apprécié ce moment !

Allegra se pencha et prit la main de Sylvia, enlaça ses doigts, les relâcha. Sylvia était singulièrement élégante ce soir. Elle avait coupé ses cheveux aussi court qu'Allegra et portait une jupe longue avec un haut d'un rouge profond. Elle avait mis du rouge à lèvres prune et dessiné ses sourcils. Nous étions heureuses de voir qu'elle avait atteint ce point particulier dans le processus du divorce. Elle était sur pied, prête au combat.

Allegra était, comme toujours, éclatante. Jocelyn, classique. Grigg, de style décontracté — pantalon en velours côtelé, chemise de rugby verte. Bernadette avait déjà répandu de l'houmous sur son pantalon de yoga.

Il était en tissu imprimé à fleurs, bleu et vert olive. À présent il y avait aussi une tache couleur houmous sur le renflement de son estomac. On pouvait passer un certain temps avant de remarquer cette tache. On pouvait passer un certain temps avant de regarder son pantalon. Elle avait cassé ses lunettes peu après notre dernière réunion et les avait recollées avec un grand trombone et du ruban adhésif.

Peut-être n'étaient-elles même pas cassées. Peut-être Bernadette avait-elle simplement perdu la petite vis.

La réunion se tenait chez Grigg. Plusieurs d'entre nous s'étaient demandé si Grigg nous recevrait un jour. Plusieurs avaient pensé qu'il ne le ferait jamais et s'irritaient déjà à la pensée des dispositions particulières auxquelles s'attendent toujours les hommes : ils ne s'occupent jamais des repas importants, ni des repas de vacances, ce sont toujours leurs femmes qui rédigent les petits mots de remerciement à leur place et envoient les cartes d'anniversaire. Nous étions en train de nous monter la tête à ce sujet lorsque Grigg avait annoncé que nous devrions faire notre réunion *Northanger Abbey* chez lui, parce qu'il était sûrement la seule personne du groupe qui aimait *Northanger Abbey* plus que tout autre livre.

Nous n'aurions jamais imaginé qui que ce soit dire une chose pareille. Nous espérions que Grigg n'avait pas dit ça simplement parce que c'était provocateur. Austen ne devait pas être prétexte à des démonstrations d'amour-propre.

Nous nous étions posé des questions au sujet de l'intérieur de Grigg. Nous n'avions pas vu de garçonnière depuis les années soixante-dix. On imaginait des globes de verre et Andy Warhol.

Nous avons eu des lampes à franges et Beatrix Potter. Grigg louait un douillet cottage en briques dans une partie très onéreuse de la ville. Le toit était en tôle et celui de la véranda recouvert de vigne vierge. À l'intérieur il avait une mezzanine pour dormir et le plus petit poêle à bois que nous ayons jamais vu. En février, nous a dit Grigg, il avait pu chauffer toute la maison avec, mais le temps qu'il coupe les bûches en morceaux suffisamment petits pour qu'ils puissent entrer, il n'avait plus besoin de feu, il suait comme un porc.

Près du canapé il y avait un tapis que nous avons reconnu comme provenant du catalogue Sundance (et que nous avions nous-mêmes convoité), celui avec les coquelicots sur les bords. À travers la fenêtre de la cuisine, le soleil faisait étinceler une rangée de pots en cuivre.

Dans chaque pot se trouvait une violette d'Afrique, blanche ou mauve, et nous ne pouvions qu'admirer un homme capable de garder ses plantes d'intérieur vivantes, surtout dans des pots sans trous pour l'évacuation de l'eau. Cela nous rendit moins envieuses pour le tapis. Bien sûr, les violettes pouvaient être toutes récentes, achetées spécialement pour nous impressionner. Mais dans ce cas, qui donc étions-nous, pour susciter ce besoin de nous impressionner ?

Le mur qui longeait l'escalier était tapissé d'étagères encastrées remplies de livres, pas seulement alignés, mais empilés les uns sur les autres. C'étaient pour la plupart des poches, qui avaient été lus. Allegra s'approcha pour les examiner. « Pas mal de fusées dans le lot, dit-elle.

— Vous aimez la science-fiction ? » demanda Sylvia à Grigg. D'après le ton de sa voix, on aurait pu croire que la science-fiction l'intéressait, ainsi que les personnes qui en lisaient.

Grigg ne s'y trompa pas. « Je l'ai toujours aimée », se contenta-t-il de répondre. Il continua à disposer des morceaux de fromage sur une assiette. Ils formaient une sorte de visage, un morceau pour le sourire, deux crackers au poivre pour les yeux. Ça aussi, c'était peut-être de l'imagination de notre part. Peut-être les avait-il disposés sans la moindre attention artistique.

—

Grigg avait grandi à Orange County, le seul garçon d'une famille de quatre enfants, et le plus jeune. Sa sœur aînée, Amelia, avait huit ans à sa naissance, Bianca sept ans, et Caty, surnommée Catydid dans sa petite enfance, puis Cat, avait cinq ans.

Il avait toujours été trop facile à taquiner. Parfois on lui disait de se conduire un peu moins comme un *garçon*, parfois un peu moins comme un *bébé*. Ce qui ne lui laissait guère d'autres possibilités.

Si Grigg avait été une fille, il se serait appelé Delia. Au lieu de cela il fut prénommé d'après le père de son père, qui mourut juste à l'époque de la naissance de Grigg et dont très vite personne n'avait semblé se souvenir très bien. « Il aimait bien être avec ses copains », avait dit le père de Grigg, un « homme tranquille », c'était un film que Grigg avait vu à la télévision et ainsi il se représenta toujours son grand-père sous les traits de John Wayne.

Malgré cela, il avait du mal à leur pardonner ce prénom. Chaque année à l'école, la première fois qu'une institutrice faisait l'appel, elle disait Harris Grigg au lieu de Grigg Harris. Toute l'année Grigg anticipait l'humiliation de l'année suivante. Puis il découvrit que le vrai prénom de son grand-père était Gregory, et que ses parents l'avaient toujours su. Grigg était juste un surnom, et pas un prénom, jusqu'au moment où les parents de Grigg l'avaient fait devenir tel. Il leur en demanda la raison à de nombreuses reprises, mais ne reçut jamais de réponse satisfaisante. Il leur annonça qu'à partir de ce jour il serait, lui aussi, « Gregory », mais personne ne pensait à l'appeler comme cela, alors qu'ils n'oubliaient jamais d'appeler Caty « Cat ».

Grand-père Harris avait été ouvrier de ligne dans une compagnie d'électricité. C'était un travail dangereux, lui avait dit son père. Grigg espérait bien avoir un travail dangereux lui aussi le moment venu, de préférence agent secret plutôt qu'employé des services publics. Son propre père était releveur de compteurs, et s'était retrouvé quatre fois à l'hôpital à cause de morsures de chiens. Il avait deux cicatrices luisantes sur un mollet, et une autre cicatrice que personne n'avait pu voir. Les Harris n'avaient jamais eu de chien, et tant que son père vivrait ils n'en auraient pas. Grigg avait cinq ans lorsqu'on le lui expliqua, et il se souvenait encore de sa réaction, il s'était dit dans son for intérieur que son père n'allait pas vivre éternellement.

Grigg était le seul des enfants à avoir une chambre à lui. C'était une source continuelle de ressentiment. La pièce était si minuscule que le lit tenait à peine, et sa commode avait dû être mise dans le couloir. Malgré tout, c'était *sa* chambre. Le plafond n'était pas droit ; il y avait une seule fenêtre, et au mur du papier avec des boutons de rose jaunes, choisi par Amelia car avant l'arrivée de Grigg c'était sa chambre à elle. Si Grigg avait été une fille, Amelia aurait pu la garder.

Lorsque le vent soufflait, une branche tapait contre la vitre comme si c'était un doigt, ce qui n'aurait sûrement pas effrayé Amelia. Grigg restait allongé dans le noir, tout seul, et l'arbre craquait et tapait. Il pouvait entendre ses sœurs rire de l'autre côté du mur. Il savait différencier les rires d'Amelia, de Bianca ou de Cat, même s'il n'entendait pas leurs paroles. Il devinait qu'elles parlaient de garçons, un sujet dont elles n'avaient rien d'agréable à dire.

« Les filles, vous allez vous coucher maintenant », disait sa mère depuis le rez-de-chaussée. Souvent elle jouait du piano lorsque ses enfants étaient au lit, et si elle pouvait encore les entendre malgré son cher Scott Joplin, c'est qu'ils faisaient trop de bruit. Les filles parfois réagissaient par un silence momentané, ou bien elles n'en prenaient même pas la peine. Individuellement, elles étaient gouvernables. Ensemble, ça devenait difficile.

Le père de Grigg était incapable de leur résister. Elles détestaient l'odeur de sa pipe, alors il ne fumait que dans sa remise. Elles détestaient le sport, alors il allait écouter les matchs dans sa voiture. Lorsqu'elles voulaient de l'argent, elles lui faisaient du charme, redressaient sa cravate, l'embrassaient sur la joue, jusqu'au moment où, aussi désarmé qu'un chaton, il sortait son portefeuille de sa poche arrière. Un jour Grigg fit exactement pareil, cligna des yeux avec ses grands cils et fit la moue. Cat rit tellement fort qu'elle s'étrangla avec une cacahouète, ce qui aurait pu la tuer. Amelia avait entendu parler d'une personne morte comme cela, et comment Grigg se serait-il senti alors ?

On se moquait toujours de Grigg. Au cours préparatoire, il avait été le seul garçon de sa classe qui aurait pu faire le tour du monde en complet veston d'adulte, mais cela non plus ne joua pas en sa faveur.

Un jour, alors qu'il avait une douzaine d'années, son père l'avait pris à part après le petit déjeuner. « Viens derrière avec moi, dit-il à voix basse. Et ne dis rien aux filles. »

« Derrière » voulait dire la petite pièce que son père s'était aménagée dans l'ancienne remise. On n'allait là-bas que sur invitation expresse. Il y avait un verrou sur la porte, et un plaid La-Z-Boys dont sa mère ne voulait plus à la maison. Il y avait un vieux récipient Tupperware rempli éternellement de Red Hots. Grigg n'aimait pas tellement les Red Hots, mais il les mangeait quand on les lui offrait. Après tout, c'étaient des confiseries. Grigg était heureux de voir que les filles n'étaient pas invitées, et ne devaient même pas être mises au courant. Ce n'était pas si facile de garder une chose secrète devant trois sœurs plus âgées, tout en s'assurant que tout le monde avait bien compris qu'il y avait un secret à garder, mais Grigg avait eu de bons maîtres, qui étaient les filles elles-mêmes.

Grigg se rendit dans la remise. Son père attendait, fumant une cigarette. Il n'y avait pas de fenêtre, il faisait donc toujours sombre, même avec une lampe allumée, et la fumée était épaisse ; personne à l'époque ne parlait de tabagisme passif, et donc personne n'y accordait la moindre pensée. La lampe avait une tige flexible et une ampoule très forte, on aurait dit que quelqu'un allait subir un interrogatoire. Son père était assis sur le plaid, une pile de revues sur les genoux.

« C'est strictement réservé aux hommes, lui dit-il. Top secret. Compris ? »

Grigg s'installa sur un cageot à pommes redressé, et son père lui tendit une revue. Sur la couverture on voyait une femme en sous-vêtements. Les longues boucles de ses cheveux noirs voltigeaient librement autour de son visage. Elle ouvrait grand les yeux. Elle avait d'énormes seins, contenus tant bien que mal par un soutien-gorge doré.

Mais le mieux de tout, l'incroyablement mieux, c'était la chose qui dégrafait le soutien-gorge. Elle avait huit tentacules, et un torse en forme de bouteille de Coca. Elle était de couleur bleue. Ce que son visage exprimait — quel artiste que celui qui peut attribuer autant d'émotion à une créature pareille —, c'était la faim.

C'est cet après-midi-là qui fit de Grigg un lecteur.

Bientôt il apprit :

D'Arthur C. Clarke, que « l'art ne peut être apprécié que s'il est approché avec amour ».

De Theodore Sturgeon, qu'« il est parfois impossible de vivre avec cet univers et qu'il faut parfois se détourner de lui pour trouver le repos ».

De Philip K. Dick, qu'« au moins la moitié des personnages historiques célèbres n'ont jamais existé », et que « tout peut être truqué ».

Ce que Grigg appréciait le plus dans la science-fiction, c'était qu'elle semblait être un lieu où il n'était ni seul ni entouré de filles. En devenant adulte il n'aurait pas continué à l'aimer si elle avait vraiment été un monde sans filles, comme il l'avait d'abord pensé. Son auteur préféré était Andrew North. Plus tard il apprit qu'Andrew North était le pseudonyme d'Andre Norton. Plus tard encore il apprit qu'Andre Norton était une fille.

—

Grigg ne nous avait rien dit de tout cela, parce qu'il avait pensé que ça ne nous intéresserait pas. « Ces livres avec des fusées dessinées au dos ont été les premiers dont je suis tombé amoureux », c'est ainsi qu'il s'exprima. « On ne se remet jamais de son premier amour, n'est-ce pas ?

— Non, dit Sylvia. On ne s'en remet jamais.

— Il y a des exceptions, fit Bernadette.

— C'est à une convention de science-fiction que j'ai rencontré Jocelyn », nous dit Grigg.

Toutes, nous nous sommes tournées pour regarder Jocelyn. Une ou deux d'entre nous devaient avoir la bouche ouverte. Nous n'aurions jamais imaginé qu'elle lise de la science-fiction. Elle ne nous en avait certainement jamais parlé. Elle n'était allée voir aucun de ces nouveaux films genre *La Guerre des étoiles*, et elle n'avait jamais manifesté d'intérêt pour les plus anciens.

« Oh, je vous en prie. » Jocelyn eut un petit geste d'impatience avec la main. « C'était à un Rassemblement Canin. Le même hôtel. »

La soirée avait à peine commencé et déjà nous en étions à la deuxième histoire qui ne nous avait jamais été racontée.

Il y a un peu moins d'un an, Jocelyn s'était rendue à Stockon pour la réunion annuelle du Club Canin de l'Empire Intérieur. En l'honneur d'un week-end entier sans poils de chiens (non que les Ridgeback en perdent beaucoup : ils gardent leurs poils plus que la plupart des chiens, c'est l'un de leurs multiples attraits), Jocelyn avait mis dans sa valise de nombreux vêtements noirs. Elle portait un chemisier brodé de perles sous un cardigan noir. Un pantalon lâche noir et des chaussettes noires. Elle assista à des débats intitulés « Chien d'aveugles : D'où vient leur singularité ? » et « Apaiser la bête sauvage : nouvelles techniques de modification des comportements agressifs ». (Ce qui était bien triste, puisque la citation correcte parle de « sauvage poitrine* ». Et ça devenait le titre d'une table ronde !)

Le même week-end, dans le même hôtel, se déroulait une convention de science-fiction connue sous le nom de Westernessecon. Dans les salles de conférences des étages inférieurs, les adeptes de science-fiction se réunissaient pour parler de livres et se lamenter sur les séries télévisées mortes ou mourantes. Il y avait des tables rondes intitulées « Pourquoi nous avons aimé Buffy », « La dernière frontière : la destinée manifeste devient intergalactique », et « Santa Claus : dieu ou démon ? ».

Jocelyn était dans l'ascenseur qui menait du hall à sa chambre au dix-septième étage lorsqu'un homme était monté à son tour. Il n'était pas jeune, mais il était considérablement plus jeune que Jocelyn ; c'était une catégorie en expansion rapide. Rien en lui n'attira l'attention de Jocelyn, elle ne s'intéressa donc pas particulièrement à lui.

Trois jeunes femmes étaient entrées après lui. Toutes les trois avaient des anneaux dans le nez, des clous aux poignets. Elles avaient des anneaux aux oreilles comme si Pêche et Nature les avaient

* William Congreve, « Music has channs to sooth a savage breast », *The Mourning Bride*, 1697. (Note de la traductrice.)

baguées puis relâchées. Leur visage était recouvert d'une poudre couleur de craie et elles croisaient les bras sur la poitrine, les clous des poignets bien en évidence. L'homme appuya sur le bouton du douzième étage et l'une des femmes sur celui du huitième.

L'ascenseur s'arrêta de nouveau et des gens entrèrent encore. Au moment où la porte se refermait, quelqu'un à l'extérieur la bloqua et d'autres personnes firent irruption. Jocelyn se retrouva écrasée contre le fond de l'ascenseur. Les clous du bracelet d'une des jeunes femmes s'accrochèrent à son pull-over et firent un accroc. Quelqu'un lui marcha sur le pied et ne sembla pas s'en apercevoir ; Jocelyn dut se tortiller pour dégager son pied et il n'y eut toujours pas d'excuses. L'ascenseur s'arrêta encore. « Plus de place », cria quelqu'un sur le devant, et les portes se refermèrent.

La femme au visage de craie qui se tenait à droite de Jocelyn portait le même collier de chien, rouge, que Sahara arborait dans les grandes occasions. « J'ai exactement le même collier », lui dit Jocelyn. C'était dans l'intention d'être amicale, de tendre une main en signe de paix. Elle essayait d'oublier qu'elle était coincée au fond d'un ascenseur. Jocelyn d'habitude n'était pas claustrophobe, mais elle était rarement comprimée de cette manière et sa respiration était difficile et trop rapide.

La femme ne fit aucune réponse. Jocelyn en attendait une, et sentit une brève, légère humiliation la gagner. Quel était son crime ? Son âge ? Ses vêtements ? Son « Le Chien est mon Copilote » sur le badge à son nom ? Tout le monde sauf Jocelyn et l'homme-plus-tout-jeune-mais-plus-jeune-qu'elle descendit au huitième étage. Jocelyn s'avança, regarda l'accroc à son pull et essaya de le rentrer à l'intérieur, où on ne le verrait plus. L'ascenseur reprit sa montée.

« Elle était invisible », dit l'homme.

Jocelyn se retourna. « Pardon ? »

Il avait l'apparence d'un homme normal, agréable. De grands et beaux cils, mais à part ce détail tout à fait ordinaire. « C'est un jeu. Ce sont des vampires, et lorsque vous voyez l'un d'eux avec les bras croisés comme ça (l'homme fit une démonstration), alors il faut faire semblant de ne pas les voir. Elle est invisible. C'est pour cela qu'elle ne vous a pas répondu. Il n'y avait rien de personnel. »

À l'entendre, on aurait dit que tout était de la faute de Jocelyn. « Être un vampire n'est pas une excuse pour se montrer grossier, lui dit Jocelyn. Dixit Mme Bonnes Manières. » Bien sûr Mme Bonnes Manières n'avait rien dit de tel, mais elle aurait pu, dans ces mêmes circonstances.

Ils arrivèrent au douzième étage. L'ascenseur bourdonna et fit un bruit métallique. L'homme sortit, se retourna pour lui faire face : « Je m'appelle Grigg. »

Comme si tout le monde était censé savoir si Grigg était un nom de famille ou un prénom. La porte glissa et se referma avant que Jocelyn puisse répondre. C'était aussi bien. « Quelle bande de phénomènes », dit-elle. Elle le dit à voix haute au cas où quelqu'un serait encore dans l'ascenseur. D'habitude Jocelyn ne se souciait pas de la présence de personnes invisibles, ce qui ne plairait pas non plus à Mme Bonnes Manières. Mme Bonnes Manières était une femme impitoyable.

Jocelyn quitta la médiocre démonstration d'un médium d'animaux de compagnie : « Il veut que vous sachiez qu'il est très reconnaissant de vous être si bien occupés de lui », « Elle dit qu'elle vous aime beaucoup » — et retourna dans sa chambre. Elle prit une douche, juste pour utiliser le savon et la lotion de l'hôtel, se sécha les cheveux, se glissa dans sa robe noire en lin, laissa son badge sur sa veste, et la veste sur le lit, et prit l'ascenseur pour le dernier étage. Elle s'arrêta à l'entrée du bar de l'hôtel, cherchant quelqu'un qu'elle connaissait. « L'année dernière j'étais en Hollande et en Italie et en Autriche », était en train de dire une femme de belle apparence installée à une table près de la porte, « et chaque fois que je mettais la télévision, il y avait une version de *Star Trek*. Je vous le dis, c'est de l'ubiquité. »

Il y avait un tabouret libre au bar. Jocelyn le prit et commanda un Martini corsé. Elle n'avait pas repéré un seul visage familier. D'habitude ça ne lui faisait rien d'être seule ; elle était seule depuis trop longtemps pour s'en soucier encore. Mais ici elle se sentait mal à l'aise. Elle se jugeait mal habillée pour la circonstance, de manière trop élégante, trop riche. Elle se sentait vieille. Son Martini arriva. Elle but une gorgée. Puis une autre. Et une autre. Elle allait le terminer le plus vite possible, chercher des amis des chiens dans le hall ou au restaurant. Le bar était bruyant à donner mal à la tête. Une douzaine de conversations se mêlaient, des rires stridents, un match de hockey à la télévision, des jets d'eau jaillissants et les bruits des machines à glace.

« Tout ce que je dis, c'est qu'il faudrait un millier d'années pour amener une espèce animale à la pleine conscience », disait un homme à côté de Jocelyn. « Si vous n'êtes pas d'accord, tant pis pour vous. » Il parlait si fort que Jocelyn se dit que ce n'était pas la peine de faire semblant de n'avoir pas entendu.

Elle se pencha en avant. « En fait j'aurais apprécié quelque chose de plus farfelu, dit-elle. Syntaxe impeccable, accent britannique, bien évidemment. Liste interminable et tellement ennuyeuse de remerciements. Comme s'ils n'étaient pas tous juste en train de guetter l'occasion de vous mettre sur le dos. »

Vraiment, c'était une chose peu élégante à dire. Elle était peut-être déjà un tantinet saoule. La pièce se mit à tourner lentement. Qui boit à la hâte se repent à loisir, lui disait toujours sa mère. Une pub pour des chaussures de sport d'un style poétique passa à la télévision.

Son voisin s'était tourné vers elle. C'était un homme imposant avec une grande barbe et un tout petit verre de scotch. Il ressemblait à un ours, mais de bonne humeur, ce qui n'était jamais le cas des ours véritables. Jocelyn se dit qu'il devait être éleveur de bassets ; il n'existait pas de groupe au monde plus agréable que le contingent des bassets. Elle-même n'avait appris à les aimer que récemment, et elle avait secrètement honte d'avoir mis autant de temps. Tous les autres semblent tomber amoureux des bassets sans le moindre effort.

« La plupart du temps c'est par des invertébrés que j'ai été blessé, dit l'homme-ours. Nous ne sommes pas des crustacés. Les mêmes lois ne s'appliquent pas. »

À présent Jocelyn regrettait d'avoir quitté la démonstration du médium trop tôt. Quel degré de gratitude un crustacé pouvait-il exprimer ? Elle aurait voulu être là pour le voir. « Il a fait une démonstration avec un crustacé ? » demanda-t-elle. D'un air triste et rêveur.

« Quels livres de lui avez-vous lus ?

— Aucun.

— Oh, mon Dieu ! Vous devriez lire ses livres, lui dit l'homme. Je râle, c'est vrai, mais je suis un immense fan. Vraiment vous devriez lire ses livres.

— Eh bien, immense, vous l'êtes. Sur ce point-là, vous avez raison. » La voix était minuscule, un moustique dans l'oreille de Jocelyn. Elle se retourna et vit le visage de Roberta Reinicker flotter au-dessus d'elle, son frère Tad juste derrière. Les Reinicker avaient un chenil à Fresno et une coquette Ridgeback nommée Beauté qui intéressait Jocelyn. Beauty avait de bons certificats. D'un naturel affectueux bien qu'inconstant. Elle donnait son cœur au plus proche. Chez un chien, c'était un trait plutôt agréable.

« Pousse-toi », dit Roberta, s'emparant de la moitié du tabouret de Jocelyn en la repoussant vers le comptoir. Roberta était une blonde à la trentaine bien avancée et déjà grisonnante. Tad était plus âgé et pas aussi agréable à regarder. Il dépassa Jocelyn pour commander. « J'ai une nouvelle voiture », lui dit-il. Il leva les sourcils et essaya d'attendre la fin d'une plaisanterie. Il n'en eut pas la patience. « Une Lexus. Consommation minimale. Sièges magnifiques. Le moteur — du beurre en baratte.

— Comme c'est bien », fit Jocelyn. Il continuait ses mimiques. En levant les yeux Jocelyn voyait la fine peau blanche de grenouille au bas de son menton. Ce n'était pas une vue que l'on avait couramment, et elle n'était pas spécialement agréable.

« Bien ! » Tad secoua la tête, son menton tournait de droite à gauche et de gauche à droite. « J'aimerais que tu trouves mieux que “bien”. C'est une Lexus.

— Très bien », proposa Jocelyn. Une Lexus était, d'après ce que tout le monde disait, une voiture très bien. Jocelyn n'avait jamais entendu dire le contraire.

« D'occasion, bien sûr. J'ai fait une très bonne affaire. Je pourrais t'emmener faire un tour plus tard. Tu n'auras jamais fait une telle balade en douceur. »

Pendant qu'il parlait, la voix de moustique de Roberta revint à l'oreille de Jocelyn. « Quelle bande de phénomènes », dit Roberta.

Jocelyn n'aimait pas qu'on traite les gens de phénomènes. Elle ne pensait pas non plus que les gens dans le bar avaient tellement l'air de phénomènes. Il y avait bien eu un Klingon, un elfe ou deux dans le hall, mais apparemment les aliens ne buvaient pas. Dommage. Une soirée qui commençait avec l'exploration de l'esprit d'un crustacé reconnaissant et qui se terminerait avec des elfes ivres serait une soirée mémorable. « Je ne vois pas de qui tu parles.

— Mais si, dit Roberta, d'un air conspirateur.

— Alors, et vous, quels sont les auteurs que vous aimez ? demanda à Roberta l'homme-ours.

— Oh ! dit Roberta. Je ne lis pas de science-fiction. Jamais. » Puis, à l'oreille de Jocelyn : « Mon Dieu, il croit que je suis avec eux. »

Mon Dieu. L'homme-ours était un amateur de science-fiction, et non pas un éleveur de bassets. Mais alors, se demanda Jocelyn, de quoi avaient-ils parlé, elle et lui ? Comment les crustacés étaient-ils venus dans la conversation ?

Et même s'il ne pouvait pas entendre Roberta dans le brouhaha du bar, il pouvait la voir chuchoter. Jocelyn était mortifiée de sa propre erreur et des mauvaises manières de Roberta.

« Vraiment ? » demanda-t-elle à Roberta, assez fort pour que l'homme-ours entende. « Jamais ? Tu manques de largeur d'esprit. Moi, j'aime bien un bon roman de science-fiction.

— Lesquels avez-vous lus ? » demanda l'homme-ours.

Jocelyn but une nouvelle gorgée, posa son verre, croisa les bras. Ce qui n'eut aucun effet. Roberta, Tad et l'homme-ours la regardaient attentivement. Elle ferma les yeux, ce qui les fit disparaître, mais n'était guère utile non plus.

Réfléchis, se dit-elle. Certainement elle connaissait le nom d'un écrivain de science-fiction. Ce type avec les dinosaures ? Michael quelque chose.

« Ursula Le Guin. Connie Willis ? Nancy Kress ? » Grigg était apparu pendant qu'elle avait les yeux fermés, il était juste derrière Roberta. « C'est bien ça ? demanda-t-il. Vous semblez être une femme au goût impeccable.

— Je crois que vous devez être médium », dit-elle.

Tad leur raconta tout ce qui faisait qu'un livre était vraiment bon (pas de fiction, mais des bateaux — *The Perfect Storm*), et aussi ce qui n'était pas un bon livre (tous ceux avec ces foutus arbres qui parlent comme *Le Seigneur des anneaux*).En fait, Tad n'en avait jamais lu aucun. Il avait vu les films. Ce qui rendit furieux l'homme-ours, au point qu'il renversa du scotch sur sa barbe.

Jocelyn se rendit aux toilettes, et lorsqu'elle revint Grigg et l'homme-ours étaient partis tous les deux. Roberta lui avait gardé le siège de l'homme-ours, et Tad était allé lui chercher un second Martini corsé, ce qui était sympathique de sa part, même si elle n'en voulait pas et s'il aurait dû le lui demander d'abord. Et bien sûr, le tabouret occupé par Roberta était en fait celui de Jocelyn, non pas que Jocelyn ait une préférence pour l'un ou l'autre. C'était simplement qu'elle n'aurait pas eu besoin qu'on lui garde un siège si son propre siège ne lui avait pas été pris.

« J'ai réussi à me débarrasser d'eux », dit Tad. Il criait fort pour être sûr d'être bien entendu. « Je leur ai dit qu'on allait faire un tour dans ma nouvelle Lexus.

— Sans moi, dit Roberta. Je suis épuisée. Honnêtement, je suis tellement fatiguée que je ne sais même pas si je vais être capable d'aller jusqu'au lit. » Elle fit une démonstration en s'affaissant élégamment sur le bar.

« Pourquoi as-tu pensé que je voulais être débarrassée d'eux ? » demanda Jocelyn à Tad. Vraiment, quel homme agaçant ! Elle détestait sa Lexus. Elle commençait à détester Beauty. Le plus charmant chien qu'on puisse imaginer, mais Jocelyn voulait-elle de ce gène « Courez-moi après » dans l'équipe des Serengeti ?

« Je sais reconnaître quand quelqu'un se force pour rester poli », dit Tad, prouvant, sans même s'en rendre compte, à quel point il en était incapable. Il fit un clin d'œil.

Jocelyn lui dit poliment qu'elle devait assister à une table ronde tôt le lendemain matin (« Moi aussi », fit Roberta) et que la nuit était déjà bien avancée. Jocelyn remercia Tad pour la boisson à laquelle elle n'avait pas touché, insista pour la payer, et partit.

Pendant un moment elle chercha Grigg et l'homme-ours. Elle avait peur qu'ils l'aient crue de connivence — elle disparaît aux toilettes, et Tad se débarrasse des invités importuns. Quelle que soit la manière dont il s'y était pris, c'était forcément de façon peu délicate. Elle voulait leur dire qu'elle n'y était pour rien. Qu'elle avait apprécié leur compagnie. Ce serait maladroit, sans aucun doute, et peu convaincant, mais c'était vrai ; elle avait ça pour elle.

Elle vit une note dans l'ascenseur annonçant une fête au sixième étage pour le lancement d'un livre, alors elle descendit et s'avança dans le couloir, faisant semblant d'avoir une chambre à cet étage et de se trouver là tout à fait innocemment. La fête se déroulait dans une suite tellement bondée que les gens débordaient dans le hall. Les filles vampires étaient assises parmi eux. Deux d'entre elles étaient visibles, buvant du vin rouge et se lançant des Cheetos. La dernière avait ses bras croisés derrière la nuque d'un jeune homme, et sa langue dans sa bouche. Ce jeune homme avait posé les mains sur les fesses de la fille, donc il était visible, mais Jocelyn n'était pas certaine pour la fille. Elle poserait la question à Grigg lorsqu'elle le verrait : est-on invisible lorsqu'on a les bras croisés, mais avec un maigre jeune homme à l'intérieur, léchant votre visage ?

Jocelyn se fraya un chemin dans le hall, entra dans la suite. Lumières stroboscopiques, musique et danse. La fête battait son plein. Elle eut la surprise de voir Roberta, en train d'agiter ses cheveux et son derrière, chaque intermittence de lumière la révélant dans une nouvelle attitude. Mains sur les hanches. Ondulation d'un côté. Plongeon hip-hop. Jocelyn ne pouvait pas voir son partenaire, la salle était trop pleine.

Jocelyn abandonna. Elle retourna dans sa chambre, appela Sylvia et lui raconta l'intégralité de cette ennuyeuse soirée.

« Qui est Tad ? demanda Sylvia. Celui qui dit "Bonne fille" à tout le monde ? » Non, ce n'était pas lui, c'était à Burtie Chambers que Sylvia pensait. Sylvia aima l'idée qu'on pouvait disparaître en croisant les bras. « Mon Dieu, ce serait génial !

dit-elle. Daniel aimera ça. Lui qui rêve toujours de pouvoir disparaître. »

Jocelyn ne revit pas Grigg avant la soirée suivante. « J'avais peur que vous soyez déjà parti, dit-elle, et je voulais m'excuser pour hier soir. »

Il eut la gentillesse de l'arrêter. « J'ai pris quelque chose pour vous au rayon librairie. » Il fouilla dans le sac de sa convention et repêcha deux livres de poche — *La Main gauche de la nuit* et *L'Autre Côté du rêve*. « Jetez-y un coup d'œil. »

Jocelyn prit les livres. Elle était touchée du cadeau, bien que, selon toute vraisemblance, Grigg soit en train de se moquer d'elle, puisqu'ils étaient de Le Guin, ce même auteur qu'elle avait prétendu, guidée par lui, lire et aimer. De plus, Grigg était un peu trop empressé, de toute évidence enthousiasmé à l'idée d'avoir trouvé une lectrice aussi totalement ignorante. « Ce sont des classiques dans le domaine, dit-il. Et des livres fascinants. »

Elle le remercia, bien qu'elle n'ait jamais eu l'intention de commencer à lire de la science-fiction et ne l'avait toujours pas. Peut-être ne sut-elle pas le cacher. « Je crois vraiment que vous les aimerez », insista Grigg. Puis : « Je suis tout à fait désireux d'être guidé, moi aussi. Dites-moi ce que je devrais lire, et je promets de le faire. »

Il n'y avait rien que Jocelyn n'aimait plus que de dire aux gens ce qu'ils devaient faire. « Je vous donnerai une liste », dit-elle.

En fait, elle oublia totalement Grigg jusqu'au moment où il lui envoya un e-mail, fin janvier.

« Vous vous souvenez de moi ? demandait l'e-mail. Nous nous sommes rencontrés à la convention de Stockon. J'ai changé de travail et j'emménage dans votre région. Comme vous êtes la seule personne que je connaisse dans les environs, j'espère que vous pourrez me donner quelques tuyaux. Où aller me faire couper les cheveux ? Quel dentiste choisir ? Est-ce qu'on peut prendre une tasse de café, vous me donneriez une de vos fameuses listes. »

S'il n'avait pas eu un nom aussi étrange Jocelyn aurait sûrement eu du mal à se rappeler qui était Grigg. À présent elle se souvenait à quel point elle l'avait trouvé agréable. Ne lui avait-il pas donné un livre ou deux ? Elle devrait les retrouver et les lire.

Elle garda son e-mail à la première place de sa liste d'attente pendant quelques jours. Mais un homme charmant, sans attache (elle le supposait), a trop de valeur pour qu'on le jette simplement parce qu'on ne peut faire un usage immédiat de lui. Elle répondit à son e-mail et accepta pour le café.

Lorsqu'elle commença à rassembler le club du livre, elle lui envoya un nouveau e-mail. « Je me souviens de vous comme d'un grand lecteur, écrivit-elle. Nous allons nous attaquer à l'œuvre complète de Jane Austen. Cela vous intéresse ?

— Comptez sur moi, répondit Grigg. Ça fait longtemps que je me promets de la lire.

— Vous serez probablement le seul homme, l'avertit Jocelyn. Avec quelques femmes plus âgées et plutôt féroces. Je ne peux pas vous promettre qu'elles ne vous en feront pas voir de temps en temps.

— De mieux en mieux, dit Grigg. En fait, c'est la seule manière dont je pourrai me sentir à l'aise. »

Jocelyn ne nous raconta rien de tout cela, car ça ne nous regardait pas et de toute manière nous étions là pour parler de Jane Austen. Elle se contenta de se tourner vers Sylvia. « Tu te souviens. Stockon. J'avais vu les Reinicker là-bas, et ils m'avaient tellement ennuyée. J'étais d'accord pour accoupler Thembe et Beauty, et j'ai changé d'avis ?

— Mr. Reinicker, c'est celui qui dit tout le temps "Bonne fille" à tout le monde ? » demanda Sylvia.

Grigg avait sorti les chaises de la salle à manger pour les installer dans la véranda à l'arrière de la maison, la soirée étant absolument parfaite. Il y avait une chaise cannée, avec des coussins à fines rayures, où Jocelyn installa Bernadette. Le reste d'entre nous s'assit en cercle autour d'elle, la reine et sa cour.

On pouvait entendre le bourdonnement de la circulation sur l'avenue de l'Université. Un gros chat noir avec une toute petite tête, aux allures de sphinx, tourna autour de nos jambes puis s'installa sur les genoux de Jocelyn. Tous les chats font ça, comme s'ils savaient qu'elle est allergique.

« Max, nous dit Grigg. Abréviation de Maximum Cat. » Il souleva Max à deux mains et le fit rentrer à l'intérieur. Max fit quelques allées et venues sur le rebord de la fenêtre, se faufila à travers les violettes d'Afrique, nous regarda de ses yeux dorés, de toute évidence nous couvrant de malédictions. De tous les chats qui se retrouvent à la fourrière, les mâles entièrement noirs sont les plus difficiles à placer, et Jocelyn approuvait vigoureusement toute personne qui en possédait un. Jocelyn était-elle déjà au courant pour le chat ? Ce détail aurait pu expliquer que Grigg soit invité à rejoindre le groupe, question qui avait cessé de nous préoccuper, puisque Grigg était charmant, mais qui n'avait jamais été réglée.

Grigg nous raconta comment il avait perdu son travail de consultant technique à San Jose lorsque les Dot-Coms s'étaient effondrées. Il avait touché une indemnité de licenciement et s'était installé dans la Vallée, où les logements sont moins chers et où son argent durerait plus longtemps. Il avait trouvé un travail temporaire à l'Université, dans l'équipe de secrétariat. Sa base était le département de linguistique.

On venait de lui annoncer qu'il pouvait garder ce travail aussi longtemps qu'il le souhaitait. Ses compétences en informatique enthousiasmaient tout le monde. Il passait ses journées à récupérer les données perdues, à traquer les virus, à créer des présentations de divers sites. Il se rendait rarement sur son lieu de travail, mais personne ne se plaignait ; tout le monde essayait d'éviter cet endroit du campus. Apparemment ce groupe fonctionnait comme un système paramilitaire où chaque information était considérée comme ultra-secrète, à distribuer au compte-gouttes, avec réticence et seulement après maintes demandes. Les gens revenaient du labo d'informatique comme s'ils venaient de rendre visite à Dieu le Père. Le salaire de Grigg était moins important que le précédent, mais les gens lui apportaient tout le temps des gâteaux.

De plus, il avait l'intention d'écrire un *roman à clef**. Les linguistes sont une faune étrange à souhait.

Nous avons gardé le silence quelques secondes, regrettant toutes que Prudie ne soit pas là pour entendre Grigg dire « *roman à clef** ».

Grigg avait préparé une salade verte avec des canneberges séchées et des noix confites. Il y avait le fromage et les crackers salés. Plusieurs mousses, dont une à l'artichaut. Un bon vin blanc de chez Bonny Doon. C'était un ensemble tout à fait respectable, même si l'assiette de fromages, avec son décor de neige, était de toute évidence censée ne servir qu'à Noël, et pour des gâteaux certainement. Et les verres à vin n'étaient pas assortis.

« Pourquoi avez-vous dit que *Northanger Abbey* est de tous les livres d'Austen celui que vous aimez le mieux ? » demanda Jocelyn. Elle avait le ton d'une personne qui vous rappelle à l'ordre. Et aussi d'une personne à l'esprit ouvert. Il n'y avait que Jocelyn pour arriver à combiner ces deux tons.

« J'aime la manière dont il met en scène la lecture de romans. Qu'est-ce qu'une héroïne ? Une aventure ? Austen pose ces questions directement. Il se passe là quelque chose de très pomo. »

Pour notre part, nous n'étions pas assez intimes avec le post-modernisme pour lui donner un surnom. Nous avions déjà entendu le mot dans certaines phrases, mais sa définition paraissait changer selon le contexte. Tout cela ne nous inquiétait guère. Dans les hauteurs universitaires, des gens étaient payés pour se soucier de ces choses-là ; bientôt ils les auraient bien en main.

« C'est normal qu'Austen pose ces questions, fit Jocelyn, puisque *Northanger Abbey* est son premier roman.

— Je croyais que *Northanger Abbey* était l'un des derniers », dit Grigg. Il se balançait sur les pieds arrière de sa chaise, mais c'était *sa* chaise, après tout, et ça ne nous regardait pas. « Je croyais que c'était *Raison et sentiments* le premier.

— Le premier publié. Mais *Northanger Abbey* a été le premier vendu à un éditeur. »

Notre opinion sur l'édition Gramercy des romans baissa encore. Était-ce possible que ce point ne soit pas clairement établi ? Ou bien Grigg avait-il simplement négligé de lire l'avant-propos ? Il y avait sûrement un avant-propos.

« Austen ne semble pas toujours admirer le fait de lire, dit Sylvia. Dans *Northanger Abbey*, elle accuse les autres romanciers de dénigrer les romans dans leurs romans, mais ne fait-elle pas la même chose ?

— Elle, elle défend les romans. Mais elle a sans aucun doute un compte à régler avec les lecteurs, dit Allegra. Elle rend Catherine tout à fait ridicule, qui n'arrête pas de lire *Les Mystères d'Udolphe*. Qui s'imagine que la vie est vraiment comme ça. Non que ce soit le meilleur aspect du livre. En fait c'est un aspect qui a un peu vieilli. »

Allegra parlait toujours de ce qui n'était pas le meilleur aspect d'un livre. Pour dire la vérité, ça nous lassait un peu.

Grigg se balança, les pieds avant de sa chaise heurtant le sol avec un bruit sec. « Mais elle n'est pas plus tendre pour ceux qui ne l'ont pas lu. Ou du moins ceux qui font semblant de ne pas l'avoir lu. Et même si elle se moque de Catherine trop influencée par *Udolphe*, on peut dire que *Northanger Abbey* est complètement sous cette même influence. Austen en a imité la structure, a fait tous ses choix par opposition avec le texte original. Et suppose que tout le monde l'a lu.

— Vous avez lu *Les Mystères d'Udolphe* ? demanda Allegra.

— Voiles noirs et squelette de Laurentina ? Évidemment. Vous ne trouvez pas que ce livre résonne bien ? »

Non, on ne trouvait pas. On trouvait qu'il résonnait comme un livre exalté, excessif, d'un macabre démodé. Comme un livre ridicule.

En fait, il n'était venu à l'idée d'aucune de nous de le lire. Quelques-unes parmi nous n'avaient même pas réalisé qu'il s'agissait d'un vrai livre.

Le soleil s'était finalement couché et tout l'éclat de l'atmosphère avait disparu. Il y avait une minuscule lune, comme une rognure d'ongle. Des nuages vaporeux flottaient autour d'elle. Un geai s'était posé sur le seuil à l'extérieur de la cuisine et

Maximum Cat cria pour sortir. Pendant le chahut Grigg rentra et rapporta notre dessert.

Il avait préparé un gâteau au fromage. Il le passa à Bernadette, qui le coupa et fit passer les morceaux. La pâte était de toute évidence achetée toute prête. Mais elle était bonne. Nous avions toutes fait pareil pour les cas d'urgence. Rien à redire sur le sujet.

Bernadette commença à nous donner son opinion selon laquelle Jane Austen admirait les gens qui lisent ou bien ne les admirait pas. En fin de compte nous avons compris que Bernadette n'avait pas d'opinion sur la question. Il lui semblait qu'il y avait là matière à conflit. Nous avons patienté, et fait semblant de réfléchir longuement. Il n'aurait pas été poli de changer de sujet tout de suite ou de se lever, alors qu'il lui avait fallu si longtemps pour s'exprimer. Elle avait posé ses lunettes avec le grand trombone et le ruban adhésif à côté de son assiette, et elle avait ce regard nu, aux yeux un peu gonflés, des personnes portant d'habitude des lunettes lorsqu'elles les enlèvent.

Il a été question un instant de rentrer pour le café. Les chaises sans coussin n'étaient pas confortables, mais Grigg ne semblait pas en avoir d'autres ; on les avait simplement prises avec nous. Il ne faisait pas froid. Le programme municipal de réduction du taux de moustiques avait rempli sa fonction et rien n'était en train de nous dévorer. Finalement nous n'avons pas bougé. Une mobylette est passée en toussant et crachant en direction de l'avenue de l'Université.

« Je trouve que Catherine est un personnage charmant, reprit Bernadette. En quoi est-ce mal d'avoir bon cœur et beaucoup d'imagination ? Et Tilney est plein d'esprit. Il a plus d'éclat qu'Edward dans *Raison et sentiments* ou Edmund dans *Mansfield Park*. Catherine n'est pas ma préférée parmi toutes les héroïnes d'Austen, mais Tilney est mon héros préféré. » C'était à l'attention d'Allegra qu'elle disait cela, Allegra qui n'avait encore pas abordé le sujet, mais Bernadette devinait ce qu'elle en pensait. En plein dans le mille, là aussi.

« Elle est vraiment, vraiment stupide. Crédule à un point incroyable, dit Allegra. Et Tilney est plutôt insupportable.

— Je les aime bien tous les deux, dit Sylvia.

— Moi aussi, fit Jocelyn.

— Nous y voilà. » L'ongle de lune déchira les nuages. Les yeux d'Allegra paraissaient immenses, sombres. Son visage était aussi expressif que celui des stars du muet, avec un éclat un peu lunaire également. Elle était tellement belle. « Austen suggère qu'*Udolphe* est un livre dangereux, parce qu'il donne aux gens l'idée que la vie est une aventure, dit-elle. Catherine est complètement tombée sous son charme. Mais ce n'est pas ce genre de livres qui est le plus dangereux. On pourrait aussi bien soutenir que Grigg croit que nous sommes toutes des extraterrestres, simplement parce qu'il lit de la science-fiction. »

Surprise, Bernadette émit un bruit de toux. Tous les regards se sont tournés dans sa direction. Elle nous adressa un sourire peu convaincant. Il y avait ce grand morceau de ruban adhésif et les trombones sur ses lunettes. Ses jambes étaient retournées sur ses genoux en une impossible position yoga. Tous nos soupçons se réveillèrent d'un seul coup. Elle ne trompait personne. Elle était bien trop flexible pour être un être humain.

Mais quelle importance ? Personne n'était plus inoffensif que Bernadette.

« En fait, c'est Austen qui écrit les livres vraiment dangereux, continua Allegra. Des livres auxquels les gens croient vraiment, même des siècles plus tard. Que le courage sera reconnu et récompensé. Que l'amour prévaudra. Que la vie est une belle histoire d'amour. »

Il nous apparut qu'il était grand temps qu'Allegra tourne la page pour Corinne. Qu'il était si difficile à Sylvia de tourner la page pour Daniel. Et qu'Allegra aurait dû en tirer une leçon. Un excrément d'oiseau atterrit avec un ploc sur le bord de la véranda.

« Lequel lirons-nous ensuite ? demanda Bernadette. *Orgueil et préjugés* est mon préféré.

— Allons-y, alors, dit Sylvia.

— Tu es certaine ? demanda Jocelyn.

— Certaine. Il est temps. De toute manière, dans *Persuasion* il y a la mère morte. Je ne veux pas imposer ce sujet à Prudie en ce moment. La mère dans *Orgueil et préjugés*, d'un autre côté...

— Ne révélez rien ! fit Grigg, je ne l'ai pas encore lu. »

Grigg n'avait pas encore lu *Orgueil et préjugés*.

Grigg avait lu *Les Mystères d'Udolphe* et Dieu sait combien d'ouvrages de science-fiction — il y avait des livres partout dans la maison — mais il n'avait jamais trouvé le temps ou l'envie de lire *Orgueil et préjugés*. Nous sommes restées sans voix.

—

Le téléphone sonna et Grigg alla répondre. « Bianca », avons-nous entendu. Il y avait un réel plaisir dans sa voix, mais pas ce type de plaisir. Une simple amie, avons-nous pensé. « Est-ce que je peux te rappeler ? Mon club Jane Austen est là. »

Mais nous lui avons dit de rester au téléphone. La discussion était terminée et nous étions sur le point de partir. Nous avons rapporté nos assiettes et nos verres dans la cuisine, avons dit au revoir au chat, puis sommes parties sur la pointe des pieds. Au moment où nous quittions la maison, Grigg parlait de sa mère ; apparemment son anniversaire approchait. Pas une amie, plutôt une sœur en fin de compte.

Après notre départ, Grigg parla de nous à Bianca. « Je crois qu'elles m'aiment bien. Elles me font passer de drôles de moments. Ce soir elles viennent juste de découvrir que je lis de la science-fiction. Ça n'a pas été facile.

— Je pourrais venir, proposa Bianca. Les lectrices de Jane Austen ne me font pas peur. Et personne ne peut s'en prendre à mon petit frère.

— À part toi. Et Amelia. Et Cat.

— On a été si horribles ? demanda Bianca.

— Non, dit Grigg. Absolument pas.

—

Après leur départ, alors qu'il remettait un peu d'ordre, Grigg se rappela quelque chose. Il se souvint d'un jour où il avait joué à l'agent secret et surpris une conversation de ses parents dont il était le principal sujet. Il était derrière un rideau dans la salle à manger et ses parents dans la cuisine. Il entendit son père tirer sur l'ouverture d'une canette de bière. « Il est plus féminin qu'aucune de nos filles, dit le père de Grigg.

— Il est tout à fait normal. C'est encore un bébé.

— Il va bientôt aller au collège. Est-ce que tu imagines à quoi ressemble la vie d'un garçon dans un collège ? »

Le rideau se souleva, respira et expira. Le cœur de Grigg se remplit d'une crainte soudaine du collège.

« Alors apprends-lui à être un homme, dit sa mère. Dieu sait si tu es le seul ici qui puisse le faire. »

Le lendemain, pendant le petit déjeuner, Grigg apprit que son père et lui allaient partir camper ensemble — interdit aux filles. Ils feraient de la bicyclette et pêcheraient. Ils resteraient assis devant le feu de bois et se raconteraient des histoires, et il y aurait plus d'étoiles que Grigg n'en avait jamais vu.

Pour Grigg, le symbole du camping, c'étaient les petits sandwiches confectionnés avec des crackers Graham, des barres Hershey, et de la guimauve rôtie enroulée sur des bâtons et qu'il fallait éplucher avec des couteaux de chasse aiguisés et dangereux. L'idée l'enthousiasma. Bianca et Cat firent savoir à quel point elles étaient contentes de ne pas venir. Évidemment, elles étaient, elles, des femmes endurcies, habituées au plein air, qui n'hésitaient pas à enfoncer des crochets dans les vers de terre, répandant leurs entrailles, sans oublier le jour où Bianca avait fait feu au pistolet sur une bouteille de Coke posée sur une clôture. Évidemment Grigg allait faire des cauchemars comme un bébé et devrait être ramené à la maison. Quant à Amelia, elle avait commencé une formation pour devenir technicienne en radiologie, et était trop adulte pour se soucier de qui partait ou non camper.

C'était pendant les années soixante-dix. Le père de Grigg avait développé une obsession pour le livre d'Heinlein *En terre étrangère*. Il l'avait emprunté à la bibliothèque, puis avait raconté qu'il l'avait perdu. Depuis un mois ou deux, il ne lisait rien d'autre. Quand il n'était pas en train de le lire, il le cachait. Grigg aurait aimé y jeter un coup d'œil, mais il n'arrivait pas à le trouver. La bibliothèque ne l'aurait pas autorisé à l'emprunter, même s'ils en avaient eu un autre exemplaire, et de toute manière ils n'en avaient pas.

Les Harris mâles chargèrent la voiture de sacs de couchage et d'épicerie et prirent la 99, direction nord pour le Yosemite. Trois heures plus tard, ils virent deux filles qui faisaient du stop à la station-service. « Jusqu'où allez-vous ? » demanda le père de Grigg. Elles répondirent qu'elles étaient en route pour Bel Air ce qui, bien entendu, n'était pas la bonne direction, et les éloignerait encore plus du chemin du retour. Grigg fut donc abasourdi d'entendre son père leur dire qu'elles pouvaient monter. Et le « Interdit aux filles », alors ?

Le père de Grigg était volubile, et son langage n'était plus le même, il utilisait subitement des mots comme « lointain » ou « pesant ». « Ton vieux est plutôt cool », dit l'une des filles à Grigg. Elle avait un bandana dans les cheveux et le nez brûlé par le soleil. Les cheveux de l'autre fille étaient coupés très courts, on pouvait voir la forme de son crâne, tout comme on pouvait voir la forme de ses seins à travers le fin coton de son chemisier. Elle avait la peau brune, mais claire, et des taches de rousseur. Elles se rendaient dans un endroit très relax, dirent-elle, un endroit que Grigg et son père apprécieraient sans aucun doute.

« Nous allons camper », leur dit Grigg.

Son père fronça les sourcils et baissa la voix de manière à ce que Grigg soit le seul à entendre. Ça ne serait pas cool de laisser deux jolies filles faire du stop, dit-il. Elles pourraient tomber sur la mauvaise personne. Grigg avait-il envie d'apprendre ça dans le journal le lendemain ? Imagine si c'était Bianca et Cat ? Grigg n'aimerait-il pas que quelqu'un prenne soin d'elles ? Un homme véritable prend soin des femmes. De plus, s'ils arrivaient au Yosemite un jour plus tard, qu'est-ce que ça pouvait faire ?

Le temps que son père finisse sa phrase, Grigg se sentait idiot et égoïste. À l'arrêt suivant son père acheta à manger pour tout le monde. Ensuite Grigg se retrouva à l'arrière avec la fille au bandana. Elle s'appelait Hillary. La fille aux seins était devant. Elle s'appelait Roxanne.

Certaines forces cosmiques sont en train de se rassembler, leur expliqua Hillary. Les vitres de la voiture étaient baissées ; elle était obligée de parler très fort.

Grigg regardait le paysage défiler. Il vit des rangées d'amandiers bien droites qui semblaient s'arrondir lorsqu'ils s'éloignaient, des étals sur le bord de la route, où on vendait des citrons et des avocats. Cela faisait longtemps qu'il n'avait pas plu. Des petits nuages de poussière tournoyaient au-dessus des champs. « Il vient, annonçait un panneau. Êtes-vous prêt ? »

Grigg imagina être en train de courir aux côtés de la voiture, sautant par-dessus les rigoles, jouant à saute-mouton. Il allait aussi vite que la voiture, infatigable lui aussi. Il se balançait et glissait le long des lignes téléphoniques.

Si vous connaissiez les textes anciens, disait Hillary, Nostradamus et les autres, alors vous sauriez qu'un karma majeur va bientôt advenir. Ce sera intense, mais aussi, magnifique.

Le père de Grigg dit qu'il se doutait bien que quelque chose comme ça allait arriver.

Roxanne mit une autre station radio que celle qu'ils écoutaient auparavant.

Ils s'arrêtaient souvent aux stations-service pour que les filles fassent pipi. Les sœurs de Grigg ne demandaient jamais à s'arrêter pour faire pipi.

Le temps d'arriver aux Vignes, le ciel était sombre. L'autoroute était bondée. Une rivière de phares rouges coulait dans une direction, une autre de phares blancs en sens inverse. Cat avait un jour inventé un jeu appelé Fantômes et Démons, basé sur les phares de voiture, mais on ne pouvait pas y jouer quand il y avait trop de circulation. De toute manière, ce n'était qu'avec Cat que le jeu pouvait être amusant, sans elle c'était un jeu tout à fait barbant.

Il était près de neuf heures lorsqu'ils atteignirent Bel Air. Hillary les guida jusqu'à une imposante maison avec une grille en fer forgé, représentant des feuilles et des grappes de raisins sur lesquelles des feuilles et des raisins véritables avaient été taillés. Le père de Grigg dit qu'il avait besoin d'un peu de repos après la route, alors ils étaient tous entrés.

La maison était immense. Le hall d'entrée, décoré de miroirs et de marbre, donnait sur une salle à manger dont la table avec son plateau en verre était entourée de dix chaises. Hillary leur montra le dispositif permettant à la maîtresse de maison d'appeler le personnel sans quitter son siège, un bouton au sol, accessible depuis la table. Ce qui sembla superflu à Grigg, puisque la pièce où retentirait l'appel, la cuisine, n'était qu'à quelques pas. La maison appartenait à des amis, leur dit Hillary, mais ils n'étaient pas en ville.

La salle à manger donnait sur la cuisine, et le long des deux pièces, au fond, il y avait une cour avec un palmier et trois rangs d'orchidées. De l'autre côté de la vitre derrière la cour, Grigg apercevait l'eau bleue éclairée au néon d'une piscine, remplie de gens. Plus tard, lorsqu'il essaya de se souvenir de la scène, Grigg se demanda quel âge pouvaient avoir ces gens. L'âge d'Amelia environ. Ou de Bianca. En tout cas, pas celui de son père.

Dans la cuisine, trois garçons étaient assis au comptoir. Hillary prit une bière dans le réfrigérateur pour le père de Grigg. On sentait l'odeur de la marijuana dans la pièce. C'était une odeur que Grigg savait reconnaître. Il avait vu *2001, Odyssée de l'espace* six fois, et deux fois dans la salle d'un campus universitaire.

Son père engagea la conversation avec un jeune homme aux cheveux longs et au visage de messie. Son père demanda au jeune homme s'il avait déjà lu Heinlein (la réponse était non) et le jeune homme demanda à son père s'il avait déjà lu Hesse (la réponse était non). Les choses étaient en train de changer, étaient-ils d'accord pour dire. Le monde était une spire. « C'est une époque formidable pour être jeune », dit le père de Grigg, et Grigg espéra qu'il savait que jeune, il ne l'était pas.

Il y avait quelque chose dans les paroles de son père qui gênait Grigg. Il prit le prétexte de devoir aller aux toilettes (comme s'il pouvait avoir encore envie d'y aller ! — tous ces arrêts sur la route) et alla explorer la maison. Il se disait qu'il avait peut-être un peu de fièvre. Il avait cette sensation magique, un peu irréelle, et se déplaçait de pièce en pièce, chambres, bureaux, bibliothèques, salles de télévision, comme dans un rêve. Dans certaines pièces il y avait des miroirs du plancher au plafond, une table de billard, un minibar et son petit évier. Il y avait une chambre de fille avec un lit à baldaquin et un téléphone Princess. Cat donnerait tout pour avoir un téléphone comme ça. Grigg appela chez lui en PCV.

Amelia répondit. « Comment ça se passe, le camping ? dit-elle. Je ne savais pas qu'il y avait le téléphone dans la cambrousse.

— On ne campe pas. On est à Bel Air.

— Ça coûte une fortune. Donne-moi ton numéro et je te rappelle tout de suite », dit Amelia.

Grigg lut le numéro inscrit sur le cadran. Il s'allongea sur le lit sous le baldaquin, imaginant que c'était la jungle, une moustiquaire, des tam-tams, en attendant l'appel. « Salut, la compagnie. » C'était sa mère. « Comment ça se passe, le camping ?

— On est dans une maison à Bel Air, dit Grigg. On ira camper demain seulement.

— D'accord. Tu t'amuses bien ? Tu es content d'être avec ton père ?

— Je suppose.

— Merci d'avoir appelé », dit sa mère. Puis elle raccrocha. Elle allait au cinéma avec les filles. Un film qui ne lui aurait pas plu, lui assura-t-elle. Un film qui plaît aux filles.

Grigg alla ouvrir l'armoire. Chez lui, il n'avait pas le droit de s'approcher de celle des filles. Elles y mettaient leurs albums, et des boîtes à chaussures remplies de shit. Un jour, il avait ouvert la boîte à chaussures avec le shit caché de Cat, elle lui avait crié dessus pendant une demi-heure, bien qu'il n'ait rien vu d'autre que de mystérieuses noisettes dans une soucoupe en plastique, qu'elle avait tapissée de velours rouge.

Les seules boîtes à chaussures dans l'armoire de la fille ici avaient des chaussures à l'intérieur. Elle possédait aussi un portant à chaussures. Elle possédait, en fait, plus de chaussures que ses trois sœurs réunies.

Une autre cachette possible était sous les vêtements pliés dans la commode. Grigg chercha mais cette fois encore ne trouva rien. Il y avait une coiffeuse avec un tiroir fermé à clé, qu'il essaya d'ouvrir, mais il aurait eu besoin d'avoir des ongles, ou une carte de crédit. Ou une clé. Il trouva des clés pendues à une chaîne accrochée à la colonne de lit. Aucune ne convenait.

Un garçon et une fille entrèrent dans la chambre. Avant même de voir Grigg, ils étaient déjà à moitié déshabillés. La fille poussa un cri lorsqu'il bougea, puis se mit à rire. Le pénis du garçon émergeait à travers la fente de son short comme un champignon après la pluie. Grigg posa les clés sur la coiffeuse. « Ça ne t'ennuie pas ? demanda le garçon. On en a juste pour une minute. » La fille rit de nouveau et lui donna un coup sur le bras.

Grigg retourna dans la cuisine. Son père était toujours en train de parler avec le messie. Grigg rôda autour de l'entrée, d'où les bruits en provenance de la piscine s'entendaient aussi fort que la voix de son père. « On va aux mêmes endroits, on voit les mêmes gens. On a les mêmes conversations. Tout cela n'utilise que la moitié du cerveau. Moins de la moitié, disait le père de Grigg.

— C'est dingue, fit le garçon.

— La moitié d'une vie.

— Dingue.

— C'est comme une cage et on ne sait même pas quand la porte s'est refermée. »

Le garçon s'anima. « Sens donc autour de toi. » Il fit une démonstration. « Pas de barreaux, mec. Pas de cage. Tu es aussi libre que tu t'imagines l'être. Personne ne te force, mec. Personne ne te force à mettre le réveil, à te lever le matin. Personne d'autre que toi. »

Grigg sortit et se dirigea vers la piscine. Quelqu'un lui lança une serviette. C'était Hillary, et elle ne portait rien d'autre que les élastiques autour de ses tresses. Elle rit en le voyant la regarder. « Tu n'es plus un si petit garçon après tout, dit-elle. Mais on n'a pas le droit de garder ses vêtements ici. Si tu veux regarder, tu dois être regardé toi aussi. C'est la règle. Sinon... » — elle se pencha et ses seins se balancèrent devant lui — « on se dira que tu es un petit pervers. »

Grigg retourna à l'intérieur. Son visage était en feu, et l'aspect le plus familier dans cette étrange mixture de choses qu'il ressentait était l'humiliation. Il se concentra sur cet aspect-là parce qu'il le reconnaissait. Dans le petit bureau il trouva un autre téléphone et il appela de nouveau à la maison. Il ne pensait pas que quelqu'un allait répondre — tout le monde serait au cinéma — mais Amelia décrocha. Elle dit à l'opératrice qu'elle ne prendrait pas en charge l'appel, mais, une minute après qu'il eut raccroché, le téléphone sonna et c'était la mère de Grigg à nouveau.

« On allait partir », dit-elle. Elle paraissait de mauvaise humeur. « Qu'est-ce qu'il y a ?

— Je veux rentrer à la maison.

— Tu veux toujours rentrer à la maison plus tôt. Le camp de louveteaux ? Chaque nuit que tu dois passer ailleurs qu'à la maison, depuis que tu as trois ans ? Il faut toujours que je te force à rester, et tu finis toujours par t'amuser comme un fou. Il faut vraiment que tu t'endurcisses. » Sa voix se fit plus forte. « J'arrive », cria-t-elle. Puis, s'adressant de nouveau à Grigg : « Sois gentil avec ton père. Il avait tellement envie de passer ce temps avec toi. »

Grigg remit en place le combiné et se rendit dans la cuisine. « Je suis tellement malheureux », était en train de dire son père. Il se passa une main devant les yeux comme s'il venait de pleurer.

Grigg aurait encore préféré se déshabiller complètement et qu'on se moque de lui, plutôt que d'entendre son père parler ainsi. Il essaya d'imaginer des moyens de rendre son père heureux. Il essaya d'imaginer les moyens avec lesquels il rendait son père malheureux.

Il prit la décision de s'en aller. Si son père ne l'emmenait pas, il partirait seul. Il marcherait. Les journées passeraient ; il mangerait des oranges à même les arbres. Peut-être trouverait-il un chien pour marcher avec lui, lui tenir compagnie. Personne ne pourrait l'obliger à se débarrasser d'un chien qui aurait fait tout le chemin du retour avec lui. Peut-être ferait-il du stop, et peut-être tomberait-il sur la mauvaise personne, et on n'en parlerait plus. Il entendit un bruit de verre cassé et un rire en provenance de la piscine. Des claquements de porte. Une sonnerie de téléphone, dans les profondeurs de la maison. Je suis tellement malheureux, se dit-il. Il alla dans la chambre avec le lit à baldaquin et s'endormit.

Il s'éveilla avec le son de la pluie. Il lui fallut un moment avant de se souvenir où il était. Los Angeles. Ce n'était pas la pluie, mais l'arroseur automatique sur la pelouse. Les rideaux blancs gonflaient et laissaient tomber de fines gouttes d'eau devant la fenêtre ouverte. Il avait bavé sur le couvre-lit. Il essaya de l'essuyer avec sa main.

Il partit à la recherche de son père pour lui demander de nouveau quand ils partaient camper. La cuisine était vide. La porte qui donnait sur la piscine était grande ouverte et Grigg alla la fermer. Il fit attention à ne pas regarder. Il sentit des odeurs de chlore et de bière, et peut-être de vomi.

Dans la cuisine, Grigg s'assit sur le même tabouret que son père tout à l'heure, dos contre la porte. Il pressa ses mains contre ses oreilles et écouta les battements de son cœur. Il appuya sur ses paupières jusqu'à voir des lumières comme des feux d'artifice.

La sonnette de l'entrée retentit. Elle sonna encore et encore, comme si quelqu'un s'appuyait dessus avec le coude, puis elle cessa. Il y avait du bruit dans l'entrée, quelqu'un faisait du remue-ménage. Quelqu'un lui tapa sur l'épaule. Amelia se tenait derrière lui ; Bianca derrière elle ; et derrière Bianca il y avait Cat. Chacune d'elles avait une expression que Grigg connaissait bien, comme si on avait essayé de les embêter, mais personne ne se risquerait à recommencer — personne ne ferait cette erreur une nouvelle fois.

« On est venues te ramener à la maison », dit Amelia.

Grigg fondit en sanglots déchirants, et elle mit ses bras autour de lui. « Tout va bien. Je vais juste chercher papa. Où est-il ? »

Grigg montra la piscine du doigt.

Amelia sortit. Ce fut Bianca qui se retrouva à côté de lui.

« Maman a dit que je devais rester », lui raconta Grigg. Il n'y avait pas de mal à dire ça. De toute évidence l'avis de maman avait été rejeté.

Bianca secoua la tête. « Amelia a rappelé et a demandé Grigg, et personne ne savait qui c'était, personne n'a proposé de se renseigner, tout ce qu'ils ont trouvé à dire, c'est que Grigg était vraiment un drôle de nom. Mais ils lui ont donné l'adresse, et elle a dit à maman qu'elles venaient, que ça lui plaise ou non. Elle a répondu qu'elle avait trouvé que tu avais l'air bizarre au téléphone. »

Amelia revint à l'intérieur. Elle semblait consternée. « Papa n'est pas encore prêt à partir. » Elle mit son bras autour de Grigg, et ses cheveux tombèrent sur son cou. Ses sœurs utilisaient le shampooing Pluie Blanche, parce qu'il était bon marché, mais Grigg trouvait qu'il avait un nom romantique. Parfois il enlevait le bouchon de la bouteille dans la douche, il avait l'impression de sentir les cheveux d'Amelia, et aussi ceux de Bianca, et aussi de Cat. Il avait commencé une bande dessinée avec une superwoman nommée Pluie Blanche. Elle contrôlait les systèmes météo — il croyait avoir inventé cette particularité mais plus tard il apprit que quelqu'un d'autre y avait pensé avant lui.

Tandis qu'il était debout dans la cuisine de la demeure de Bel Air avec ses sœurs autour de lui, Grigg sut que toute sa vie, chaque fois qu'il aurait besoin d'être délivré, il pouvait les appeler et elles viendraient. Le collège ne le terrifiait plus. En fait, Grigg se sentit désolé pour tous les garçons et les filles qui le tourmenteraient lorsqu'il serait là-bas.

« Bon, on y va, dit Amelia.

— Comme si tu n'avais pas toujours l'air bizarre », dit Cat.

Le plus triste de tout était que lorsqu'il lut finalement *En terre étrangère*, Grigg le trouva plutôt stupide. Il avait presque la trentaine à ce moment-là, parce qu'il avait promis à sa mère de ne jamais le lire et il avait tenu sa promesse aussi longtemps que possible. Il y avait beaucoup de sexe dans ce livre, évidemment. Mais avec un aspect lubrique qu'il était douloureux d'associer à son père. Grigg lut ensuite *La Source vive*, qu'il avait promis à Amelia de ne jamais lire, et qui se révéla plutôt stupide lui aussi.

C'était la troisième histoire que nous n'avons pas entendue. Grigg ne nous l'a pas racontée parce que nous étions déjà parties au moment où il s'est souvenu d'elle, et de toute manière aucune de nous n'avait lu *En terre étrangère* et nous étions un peu trop méprisantes envers la science-fiction pour qu'il critique Heinlein en notre compagnie plutôt réfrigérante. De même, il ne voulait pas nous en décrire les scènes osées.

Mais c'était une histoire que nous aurions aimée, spécialement le sauvetage à la fin. Nous aurions été tristes pour le père, mais nous aurions aimé les filles Pluie Blanche. D'après cette histoire, personne n'ayant connu Grigg depuis la petite enfance n'aurait pu douter qu'il était né pour être une héroïne.

Extrait de Les Mystères d'Udolphe, *par Ann Radcliffe*

« Avance un peu la torche, dit Emily, que nous puissions retrouver notre chemin dans toutes ces pièces. »

Annette s'arrêta à la porte, dans une attitude d'hésitation, la torche levée pour éclairer la salle, mais les faibles rayons n'atteignirent pas même la moitié de la pièce. « Pourquoi hésites-tu ? dit Emily, laisse-moi voir où conduit cette chambre. »

Annette avança à contrecœur. La pièce donnait sur une suite d'appartements spacieux et anciens. Certains étaient décorés de tapisseries tendues, d'autres de lambris de chêne et de mélèze sombre. Les meubles semblaient presque aussi vieux que les pièces, mais gardaient une apparence de grandeur, malgré les ravages de la poussière, de l'humidité et du temps.

« Comme ces pièces sont froides, Ma'amselle, dit Annette, personne n'a vécu là depuis de très nombreuses années, à ce qu'ils disent. Continuons. »

« Peut-être allons-nous nous retrouver devant le grand escalier », dit Emily, qui avança jusqu'au moment où elle arriva dans une salle garnie de tableaux. Elle prit la torche pour examiner le portrait d'un soldat à cheval, sur un champ de bataille. — Il était en train de pointer son épée sur un homme gisant sous les pieds du cheval et levant une main dans une attitude de supplication. Le soldat, le bassinet de son casque levé, le fixait d'un air assoiffé de ven-

geance ; et son expression frappa Emily par sa ressemblance avec celle de Montoni. Elle frissonna, et détourna le regard. Sans s'attarder, elle éclaira quelques portraits encore, puis tomba sur un tableau dissimulé sous un voile de soie noire. La singularité de ces circonstances la frappa, et elle s'arrêta face à lui, souhaitant ôter le voile et examiner ce qui pouvait bien être dissimulé de la sorte, mais le courage lui manqua. « Vierge Marie ! qu'est-ce donc ! s'exclama Annette. Il s'agit probablement du portrait dont on m'a parlé à Venise. »

« Quel portrait ? » dit Emily. « Pourquoi un portrait, répondit Annette, hésitante — je n'ai jamais réussi à comprendre de quoi il s'agissait. »

« Ôte le voile, Annette. »

« Comment ! Moi, Ma'amselle ! Moi ! Pour rien au monde ! » Emily, se retournant, vit Annette devenir toute pâle. « Mais qu'as-tu donc bien pu entendre au sujet de ce portrait, pour être terrifiée ainsi, ma chère enfant ? » dit-elle. « Rien, Ma'amselle ; je n'ai rien entendu, mais il nous faut trouver la sortie. »

« Bien sûr. Mais je veux d'abord examiner le tableau ; prends la torche, Annette, tandis que je soulève le voile. » Annette prit la torche, et s'éloigna aussitôt, malgré les exhortations d'Emily à rester, Emily qui, peu désireuse de rester seule dans la chambre obscure, finit par la suivre. « Que se passe-t-il, Annette ? dit Emily, lorsqu'elle la rattrapa. Qu'as-tu entendu concernant ce tableau, qui t'oblige à t'enfuir alors que je te supplie de rester ? »

« Je ne sais pas, Ma'amselle, répondit Annette, je ne sais rien au sujet de ce tableau, j'ai simplement entendu dire qu'une terrible chose est liée à lui, et qu'il a été recouvert de noir depuis lors — et que personne ne l'a regardé depuis de très nombreuses années— et que d'une manière ou d'une autre cela concerne le propriétaire de ce château, celui précédant le Signor Montoni — et.... »

« Bien, Annette, dit Emily en souriant. Je veux bien te croire, tu ne sais rien au sujet de ce tableau. »

« Non, rien, vraiment, Ma'amselle, car ils m'ont promis de ne jamais le raconter — mais... »

« Bien », répondit Emily, qui comprenait qu'Annette était déchirée entre son penchant à révéler un secret et sa crainte des conséquences, « je renoncerai à en savoir plus... »

« Oui, je vous en prie, Ma'am, renoncez. »

« À moins que tu me racontes tout », l'interrompit Emily.

JUILLET

CHAPITRE V

où nous lisons Orgueil et préjugés *et écoutons Bernadette*

La première impression d'Allegra qu'eut Sylvia fut que personne avant elle n'avait eu un bébé aussi magnifique.

La première impression de Grigg qu'eut Jocelyn fut qu'il avait de beaux cils et un drôle de nom, et qu'il ne l'intéressait absolument pas.

La première impression de Bernadette qu'eut Prudie fut qu'elle était saisissante à regarder et ennuyeuse à écouter, mais rien ne vous forçait à faire l'un ou l'autre.

La première impression de Prudie qu'eut Bernadette fut qu'elle avait rarement, de toute sa longue existence, vu une jeune femme si craintive.

La première impression de Jocelyn qu'eut Grigg fut qu'elle semblait considérer que partager un ascenseur avec lui pour quelques étages était une sorte de punition.

La première impression de Sylvia qu'eut Allegra se confondit avec la première impression qu'elle eut du monde au-delà. Pour moi ? s'était-elle demandé, alors qu'elle ne disposait encore d'aucun mot et d'aucun moyen de savoir qu'elle se demandait quelque chose. Et lorsque Sylvia puis Daniel avaient la première fois sondé son regard — encore plus, toujours pour moi ?

À l'époque d'Austen, un bal traditionnel s'ouvre encore par un menuet. Le menuet à l'origine se danse par un unique couple qui évolue seul au sol.

« Tout le monde sait, dit Prudie, qu'un homme riche va finir par vouloir une nouvelle épouse. » Elle était assise avec Bernadette à une grande et ronde table, le soir de la collecte annuelle de fonds pour la Bibliothèque de Sacramento. Elles étaient entourées d'hommes riches, tassés sur le sol comme du sel sur un bretzel.

Tout au bout de la salle, en face d'une immense fenêtre cintrée, un orchestre de jazz jouait les premières notes de « Love Walked In ». On pouvait lever les yeux sur cinq niveaux, admirer les massives colonnes de pierre qui longeaient les cinq rangées de balcons, chacune clôturée de fer forgé, jusqu'au dôme de la Galerie de la Bibliothèque Tsakopoulos. De larges anneaux de verre étaient suspendus tout au sommet.

Prudie n'était encore jamais entrée à l'intérieur de la Galerie de la Bibliothèque, bien que l'une des enseignantes du lycée se soit mariée là. Quelque part sur les balcons, il y avait des têtes de renardeaux en bronze. Prudie ne pouvait les voir de sa place, mais c'était agréable de savoir qu'ils se trouvaient là.

L'endroit était romantique. On pouvait imaginer une sérénade donnée par un amant depuis l'un des balcons, ou bien l'assassinat d'un président, si c'était de cette manière morbide que votre imagination fonctionnait.

Mais Prudie était un peu déçue : parce qu'elles étaient toutes les deux arrivées avant les autres, elle devait maintenant passer toute la soirée à côté de Bernadette, et converser avec elle. Avec Dean de l'autre côté, bien sûr, mais existait-il un moment où elle ne pouvait pas converser avec Dean ?

À vrai dire, ce ne serait pas tant Prudie qui parlerait à Bernadette, que Bernadette à Prudie. Bernadette parlait beaucoup trop. Elle tournait et tournait autour de son propos qui, une fois atteint, valait rarement le voyage. Une femme au foyer pendant les années cinquante, se rappela Prudie, pauvre Bernadette, c'est vrai qu'à l'époque ils s'attendaient à ce que vous teniez parfaitement la maison. Le mouvement des femmes avait fini par arriver, mais trop tard pour sauver Bernadette de ces temps ennuyeux. Et maintenant une femme âgée n'intéressait plus personne. *Peu de gens savent être vieux**.

Prudie et Bernadette se trouvaient là toutes les deux à leurs frais — les billets étaient à cent dollars l'unité — pour soutenir moralement Sylvia. C'était un dîner ; on danserait ; des écrivains locaux avaient été promis comme divertissement, un par table — Prudie attendait le leur — mais Sylvia était la véritable raison de sa venue. Sylvia était obligée d'y assister, puisque c'était pour la bibliothèque. Et Allegra avait dit que Daniel viendrait, lui aussi, avec de la compagnie — la conseillère juridique spécialisée dans les questions familiales, Pam, dont il était tellement amoureux.

Alors que Sylvia, elle, ne pouvait compter que sur le Club Jane Austen. Ils n'étaient pas si nombreux, ça n'égaliserait pas le score, mais au moins ils pouvaient se montrer.

Partout où son regard se posait, Prudie voyait des signes de richesse. Elle avait essayé, pour s'amuser, de visualiser la scène comme le ferait un personnage de Jane Austen. Une jeune femme sans argent et sans perspective d'avenir, ici, croisant le chemin de tous ces hommes riches. Se sentirait-elle déterminée ? Désespérée ? Cela vaudrait-il la peine de lancer des regards, après un choix secret, alors que la seule possibilité était de rester assise et d'attendre que quelqu'un vienne à vous ? Prudie décida qu'elle préférait encore enseigner le français au lycée plutôt que de se marier pour l'argent. C'était une décision hâtive, mais elle pourrait toujours la revoir.

Dean était parti mettre le manteau de Prudie au vestiaire et se chercher une boisson, sinon il aurait sûrement protesté en entendant ses commentaires sur les hommes riches et les nouvelles épouses. Dean n'était pas un homme riche, mais il était de l'espèce loyale. Il aurait pu dire que l'argent ne le changerait pas. Il aurait pu dire que Prudie était la femme qu'il voulait, riche ou pauvre. Il aurait pu dire qu'il ne serait jamais riche, et donc Prudie n'était-elle pas une femme chanceuse ?

Prudie n'aurait jamais fait cette réflexion devant Sylvia, mais ni Sylvia ni Allegra n'étaient encore arrivées. Jusqu'à présent elles n'étaient que toutes les deux, Bernadette et Prudie. Prudie finalement ne connaissait pas tellement Bernadette, et le divorce de Sylvia était l'un des rares sujets de conversation qu'elles pouvaient partager. Jane Austen également, bien sûr, mais la prochaine réunion, autour d'*Orgueil et préjugés*, n'était que dans une semaine, et Prudie ne voulait pas la gâcher en discutant prématurément.

Bernadette avait mis de côté sa politique du moindre effort en l'honneur de cette soirée mondaine, elle était *très magnifique**, chemisier argenté et pantalon, cheveux argentés bombés autour de son front. Ses lunettes avaient été réparées et les verres nettoyés. Elle avait de gros morceaux d'ambre vissés en guise de boucles d'oreilles. On aurait pu penser qu'elles avaient été fabriquées par Allegra. Les lobes de Bernadette étaient très grands, comme ceux d'un bouddha, et les boucles allongeaient encore ses oreilles. On sentait un léger parfum de lavande et peut-être un shampooing à la pomme verte, l'odeur des zinnias au centre de la salle, et celle de l'air conditionné mis à fond. Prudie avait l'odorat très fin.

Bernadette avait commencé à répondre à Prudie depuis un certain temps déjà et n'avait toujours pas terminé. Prudie en avait manqué une grande partie, mais Bernadette finissait en général par une récapitulation. Prudie attendit qu'elle ralentisse son débit pour commencer à écouter. « Être riche n'affecte pas ce qui manque, disait Bernadette. Ni ce qui est là. Il n'est pas possible de connaître tous les défauts de son mari avant d'avoir été marié un certain temps. Le bonheur dans le mariage est principalement une question de hasard. »

De toute évidence Bernadette n'avait pas compris qu'elles parlaient de Sylvia. Son opinion, si elle était raisonnable dans un autre contexte, était inappropriée dans celui-ci, et c'était une bonne chose que Jocelyn n'ait pas été là pour l'entendre.

Prudie lui donna un indice. « Daniel est tellement un *cliché**.

— Il faut bien que quelqu'un le soit, dit Bernadette, sinon à quoi servirait le mot ? »

La subtilité ne menait Prudie nulle part. Elle l'abandonna. « Vraiment, c'est une honte, Sylvia et Daniel.

— Oh oui. Crime capital. » Bernadette sourit, d'un tel sourire que Prudie commença à se dire qu'elle avait peut-être compris depuis le début.

L'orchestre passa à « Someone to Watch over Me ». La chanson lui serra le cœur. Sa mère avait été une telle admiratrice de Gershwin.

Une jeune Noire élégante en étole de vison (par cette chaleur !) s'assit à côté de Prudie, qui fut obligée de lui dire que la table entière était prise. « Oh, je vois », fit-elle d'un ton froid. Son vison frôla les cheveux de Prudie quand elle se leva et s'éloigna. Prudie eut peur que la femme imagine que c'était en quelque sorte du racisme, ce qui n'était pas le cas évidemment, quiconque connaissait Prudie le savait bien. Rien ne lui aurait fait plus plaisir que de partager la table avec une femme si élégante. Où donc était passée Jocelyn ?

« C'est difficile de choisir une personne avec qui passer toute sa vie, dit Bernadette. Beaucoup de gens n'y arrivent pas dès la première fois. Moi en tout cas je n'y suis pas arrivée. »

Prudie ne fut pas surprise d'apprendre que Bernadette avait été mariée plus d'une fois. Allegra ne s'était-elle pas plainte que Bernadette se répétait toujours ? (Allegra n'avait-elle pas dit cela plus d'une fois elle aussi ?)

Allegra était allongée en travers du lit dans la chambre où Sylvia dormait seule à présent. Sylvia essayait des robes et Allegra donnait des conseils. Aucun des miroirs de la maison ne permettait de se voir en pied, il était donc conseillé d'avoir un conseiller. Et Allegra avait l'œil artiste. Même quand elle était petite, Sylvia se fiait à son jugement. « Tu vas sortir comme ça ? » demandait Allegra, et Sylvia répondait non, non, bien sûr, et retournait dans sa chambre pour une nouvelle tentative.

Elles étaient déjà un peu en retard, mais comme Sylvia redoutait l'ensemble de la soirée, être en retard semblait une bonne chose. Elle aurait aimé un verre de vin, et peut-être plus qu'un verre, mais elle devait conduire. Allegra buvait un verre de chardonnay bien frais et n'avait pas encore commencé à s'habiller. Elle se mettrait quelque chose sur le dos en deux minutes et serait impressionnante. Sylvia ne se lasserait jamais de la regarder.

Il faisait trop chaud pour garder les stores levés, mais Allegra avait dit qu'elle ne pourrait pas voir Sylvia assez bien s'ils étaient baissés. La lumière du soleil zébrait le mur de la chambre, découpé en bandes par les lamelles des stores. La moitié du portrait de famille était illuminée — Allegra et Daniel brillants et dorés, Sylvia et les garçons dans l'ombre. Dans un livre, cela aurait paru significatif. Dans un livre, cela aurait semblé un mauvais présage pour Sylvia et les garçons.

« Il n'y aura personne de mon âge ce soir », dit Allegra. Sylvia reconnut que c'était une question, bien que le ton d'Allegra n'ait pas été interrogatif. Allegra faisait cela chaque fois qu'elle pensait connaître déjà la réponse.

« Prudie », lui rappela Sylvia.

Allegra adressa à Sylvia le regard qu'elle lui réservait parfois depuis qu'elle avait dix ans à peine. Elle n'exprima rien à voix haute, car Prudie venait de perdre sa mère et devait être traitée avec gentillesse. Mais Allegra ne supportait pas le français de Prudie. Elle-même ne parlait pas espagnol devant des gens qui ne le comprenaient pas. Quand on partage la même langue maternelle, pourquoi ne pas l'utiliser ?

« Quel est l'intérêt de la danse dans ces soirées, de toute manière ? demanda Allegra. Et là je ne parle pas au nom des lesbiennes. Mais pour tout le monde. Le seul intérêt, c'est la personne avec qui on danse. Qui va vous inviter ? Qui acceptera, si on l'invite ? À qui sera-t-on obligé de dire oui ? Il y a là un énorme potentiel de plaisir ou de désastre. Tu enlèves tout ça — tu fais venir un orchestre dans une soirée où les maris ne dansent qu'avec leur femme — et tout ce qui reste, c'est le fait de danser.

— Tu n'aimes pas danser ? demanda Sylvia.

— Seulement en tant que sport extrême, répondit Allegra. Sans le côté terrifiant, non, je n'aime pas tellement. »

Grigg avait proposé de conduire Jocelyn à Sacramento, car il était encore nouveau dans la région, tandis qu'elle était déjà allée plusieurs fois à la Galerie. Une fois habillée pour la soirée, Jocelyn se sentit pleine d'affection pour lui. Il connaissait à peine Sylvia, ses revenus avaient diminué, et pourtant le voilà qui achetait un billet très coûteux, acceptait de porter un costume foncé dans cette horrible chaleur et de passer la soirée avec un groupe de femmes soit vieilles, soit mariées, soit lesbiennes, juste par bonté. Vraiment, quel bon cœur il avait !

Elle finit de se maquiller. À présent il ne lui restait plus rien à faire, sinon donner un petit coup de brosse pour retirer les poils de chien, ce qu'il était absolument inutile de faire avant le moment de sortir. Jocelyn était prête à l'instant même où ils auraient dû se mettre en route.

Mais il n'y avait aucun signe de Grigg, et pendant les vingt minutes que dura son attente, son affection pour Grigg commença à faiblir. Jocelyn était une personne ponctuelle. C'était, pensait-elle, une question de simple politesse. Arriver en retard revient à dire que votre propre temps est plus précieux que celui de la personne qui vous attend.

Attendre laissa à Jocelyn trop de temps, la força à penser à la soirée qui venait. Elle n'avait pratiquement pas vu Daniel depuis qu'il avait déménagé. Si elle jetait un coup d'œil dans sa propre maison, elle voyait la chaîne stéréo qu'il l'avait aidée à choisir, le séchoir qu'il l'avait aidée à accrocher. Toutes ces fois, pendant toutes ces années, où Daniel avait fait un saut chez elle avec un film que Sylvia et lui avaient loué, pensant que Jocelyn l'aimerait, ou bien avec de la cuisine chinoise, sachant qu'elle reviendrait d'une exposition canine trop fatiguée pour manger sauf si on la forçait. Le jour où elle avait attrapé une mauvaise grippe, Daniel était venu et avait nettoyé sa salle de bains, car il soupçonnait que le dentifrice sur le miroir lui empoisonnerait l'esprit et retarderait sa guérison.

Haïr Daniel était une tâche si effroyablement difficile qu'en son absence Jocelyn s'autorisait à ne même pas essayer. Elle ne l'aurait avoué à personne, mais la soirée serait presque aussi pénible pour elle que pour Sylvia. Elle n'avait aucune envie de voir la nouvelle petite amie de Daniel et aucune envie de se demander pourquoi. Elle en voulait à Grigg de l'obliger, par son retard, à penser à tout ça.

De plus, lorsqu'il arriva, il ne fit pas la moindre excuse. Il semblait, en fait, totalement inconscient d'être en retard. Sahara l'accueillit avec une joie furieuse. Elle prit une balle dans sa gueule et fit la course entre les chaises et sur le canapé, inconsciente, elle, du déchirement qui l'attendait. Ce qui fit une diversion à l'accueil plutôt froid de Jocelyn. « Jolie robe », fit Grigg, ce qui ne suffit pas à adoucir Jocelyn, mais rendait difficile de lui répondre d'un ton cassant.

« Allons-y », répondit-elle. Elle essaya de prononcer ces mots de manière à ce qu'ils ne sonnent ni comme un ordre ni comme une récrimination.

Elle ajouta une requête, au cas où, malgré ses efforts, son ton aurait semblé désagréable. Comme il s'agissait de Jocelyn, sa requête aurait pu, pour un non-initié, ressembler à un ordre. « Il faut que vous dansiez avec Sylvia ce soir. » Ce qui voulait dire : Il faut que Daniel vous voie danser avec Sylvia ce soir. Jocelyn s'interrompit et observa Grigg, plus attentivement qu'elle ne l'avait jamais fait auparavant. C'était tout à fait un bel homme, dans son genre non tape-à-l'œil. Il ferait l'affaire.

Seulement, il avait l'air d'un piètre danseur. « Vous savez danser ? demanda-t-elle.

— Oui », répondit-il, ce qui ne signifiait rien, des tas de gens qui ne savent pas danser s'imaginent le contraire.

« Vous n'avez pas l'air d'un danseur. » Jocelyn détestait insister, mais c'était important.

« J'ai l'air de quoi alors ? »

Qui pourrait le dire ? Il avait l'air d'un chanteur de country-western. D'un professeur de deuxième cycle. D'un plombier. D'un espion. Il ne ressemblait à rien de particulier. « Vous avez l'air de quelqu'un qui lit de la science-fiction », risqua Jocelyn, mais apparemment ce n'était pas la bonne réponse, bien qu'il prétendît aimer tellement ces livres.

« J'ai trois sœurs plus âgées que moi. Je sais danser », dit Grigg, et il semblait vraiment, vraiment mécontent.

Au sujet de la danse folklorique :

La Beauté de cet agréable Exercice (je veux dire lorsqu'il est accompli à la manière douce) est éclipsée et détruite par certaines Fautes... Un ou deux Couples soit par Désinvolture soit par Manque d'apprentissage suffisent à désorganiser l'Ensemble.

KELLOM TOMLINSON, Maître de Danse.

« Prudie et moi sommes allés aux Jeux Écossais à la Foire de Yolo ce week-end, annonça Dean à Bernadette. Subitement elle se met à rêver des Highlands. Vous y êtes déjà allée ?

— Pas pour les Jeux, dit Bernadette. Mais aux foires, mon Dieu, oui. Lorsque j'étais jeune j'ai dansé dans tout l'État, tous les étés. Bien sûr, les foires étaient beaucoup plus petites à l'époque. Petites au point qu'elles auraient tenu dans un mouchoir de poche. » Elle attendit pour voir si quelqu'un désirait en entendre davantage. Personne ne lui dit de continuer. Mais personne non plus ne changea de sujet. Dean lui souriait. Prudie sirotait sa boisson avec son céleri. Difficile de savoir vraiment.

Mais Dean et Prudie étaient tous les deux tellement jeunes. Bernadette pensa que si quelque chose d'intéressant devait être dit ce soir, c'était à elle qu'il revenait de le dire. « J'appartenais à un groupe qui s'appelait les Cinq Grains de Poivre, continua-t-elle. Ma mère pensait que les claquettes étaient le passeport pour Hollywood. Elle avait une réelle ambition pour moi. Et réellement démodée. Même à l'époque — la fin des années quarante —, les claquettes étaient — comment disent les gosses aujourd'hui ? Périmé ?

— C'est ça », fit Prudie. Son visage déjà pâle s'était figé au mot « mère ». Bernadette se sentit tellement désolée pour elle.

« Est-ce que ta mère et toi vous étiez proches ? demanda Prudie.

— C'est mon père que je préférais, dit Bernadette. Ma mère était plutôt du genre casse-pieds. »

On vivait à Torrance à l'époque, on était donc très près d'Hollywood. Pas aussi près que maintenant bien sûr, avec toutes ces nouvelles routes et ces nouvelles voitures. J'ai appris les claquettes et le ballet avec Miss Olive. Chez elle c'était moi la meilleure danseuse, ce qui ne voulait pas dire grand-chose, mais ça a donné des idées à ma mère. Papa était dentiste, il avait son cabinet à l'arrière de la maison, et un jour il a eu comme client quelqu'un qui connaissait quelqu'un dans le cinéma. Ma mère l'a poussé, cajolé, boudé, jusqu'à ce que papa finisse par nous présenter à ce quelqu'un dans toute cette chaîne de quelqu'un.

Mère a payé Miss Olive pour qu'elle fasse la chorégraphie d'un numéro spécial pour moi — « La Petite Hollandaise ». J'avais ce tablier en dentelles que je devais tirer sur mon visage, je devais regarder à travers les trous, et je devais apprendre à faire les claquettes avec ces grosses chaussures en bois. On est donc allés là-bas en voiture. Mais je n'ai jamais pu danser. Ce fumier a jeté un seul coup d'œil sur moi. « Pas assez jolie. » Et c'était la fin de l'histoire, sauf que papa nous a fait savoir qu'il avait été humilié pour rien et qu'il ne recommencerait pas.

Ça ne m'a pas fait grand-chose. J'avais toujours eu une grande confiance en moi-même, et le type du studio me semblait juste être un méchant monsieur. C'est Mère qui a été le plus blessée. Elle a déclaré que plus jamais nous n'irions voir de film produit par lui, c'est comme ça que je n'ai pas pu voir *Parade de printemps*, bien que tout le monde dise que Judy Garland et Fred Astaire étaient si fantastiques tous les deux, avant qu'il passe à la télévision.

Quoi qu'il en soit, Miss Olive a parlé à Mère de ce groupe les Cinq Grains de Poivre, qui cherchait justement à remplacer l'une des filles. J'ai passé une audition avec mes stupides chaussures en bois, parce que Mère avait payé pour la chorégraphie et voulait que l'investissement ne soit pas complètement perdu. Même pour sauver sa vie, on ne pouvait pas faire les pointes avec ces chaussures. Mais les Grains de Poivre m'ont prise parce que j'avais la bonne taille.

C'était un groupe à marches. J'ai commencé sur la première marche, ce qui voulait dire que j'étais la plus grande. J'avais onze ans, et la fille sur la cinquième marche n'avait que cinq ans.

Ce qui se passe dans ce genre de groupe, c'est que les filles sur les marches de devant attirent l'attention simplement parce qu'elles sont petites. Le plus petit, c'est souvent le petit fruit tout pourri. En fait, la fille sur la première marche attire l'attention si elle est jolie, et moi, malgré l'avis de certaines personnes, j'étais tout à fait agréable à regarder.

Être « première marche » m'a vraiment rendue meilleure. Plus gentille, plus tolérante. Toute cette attention m'a fait du bien. Mais ça n'a pas duré. Je n'ai pas grandi, contrairement à la seconde marche, et l'été suivant nous avons échangé nos places. J'ai appris que les filles placées entre la première et la dernière marche, eh bien, ce n'étaient que des filles intermédiaires.

Tout spécialement la plus grande des filles intermédiaires. J'étais la plus jolie des Grains de Poivre lorsque j'étais première marche, puis maintenant que je n'étais plus à cette place-là, c'était l'autre première marche la plus jolie. Ça fonctionnait vraiment drôlement.

Notre directrice était une vieille femme tyrannique qu'on nous faisait appeler Mme Dubois. Avec l'accent sur la seconde syllabe, comme ça. Ma*dame*. Quand on était entre nous, on l'appelait tout autrement. Mme Dubois était notre directrice, notre microdirectrice. Elle nous disait comment nous maquiller, faire nos bagages, quels livres lire, quelle nourriture manger, quels amis avoir. Rien n'était trop grand ni trop petit pour être laissé entre nos mains incompétentes. Elle nous donnait des petits mots après chaque représentation, bien qu'elle ne soit pas, n'ait jamais été danseuse. Mes petits mots disaient toujours que je devais m'exercer. « Tu ne seras jamais vraiment bonne, sauf si tu t'exerces », disait-elle. Et pour être honnête, jamais je ne me suis vraiment exercée, et jamais je n'ai été vraiment bonne.

Nos tournées étaient organisées par un type graisseux qui s'appelait Lloyd Hucksley. Il avait été sergent suppléant pendant la guerre et à présent il se précipitait pour obéir aux ordres de Mme Dubois, quels qu'ils soient.

J'ai dansé avec les Grains de Poivre pendant huit ans. D'autres filles sont arrivées et reparties. Pendant deux saisons, ma meilleure amie a été la deuxième marche. Mattie Murphy. Puis elle s'est mise à grandir et pas moi, ensuite elle s'est arrêtée de grandir et nous nous sommes retrouvées de la même taille. Nous savions que l'une des deux allait devoir partir. C'était terrible de sentir ce moment arriver sans pouvoir faire quoi que ce soit. Mattie était une meilleure danseuse, mais j'étais plus agréable à regarder. Je savais ce qui allait se passer. J'ai demandé à Mère de me laisser quitter le groupe pour que Mattie puisse rester. Et aussi parce que Lloyd Hucksley semblait avoir le béguin pour moi, maintenant que j'étais plus âgée.

Oh, j'avais mes raisons pour vouloir partir, mais Mère ne voulait rien entendre. Que deviendrait ma carrière cinématographique si je quittais les Grains de Poivre ? Lorsque Mattie et Lloyd se sont mariés, on aurait pu m'assommer avec une plume.

Quand Mattie est partie, j'étais la troisième marche. On pourrait penser que je rencontrais beaucoup de gens ; on voyageait tellement. On pourrait penser que c'était une vie passionnante. Vous n'imaginez pas à quel point elle était routinière. Partout où on allait c'étaient les mêmes visages, les mêmes conversations. J'avais toujours le désir d'un peu plus de diversité. C'est à ce moment-là que je me suis plongée dans les livres.

Mère commençait à être désespérée. Elle me faisait jouer partout, dans les réunions de famille, les cocktails. Elle me faisait même danser devant les patients de Papa car, disait-elle, on ne sait jamais qui peut devenir un jour *quelqu'un*. Vous imaginez ? Vous êtes sur le point de vous faire arracher une dent et on vous impose un numéro en haut-de-forme et lancement de baguette ? Papa, Dieu merci, a fini par mettre le holà. Même si certains de ses patients appréciaient tout à fait le spectacle. Les gens seraient prêts à tout pour oublier un instant une extraction de dent.

—

Sylvia se tenait dans le dressing et regardait les tringles où les costumes et les chemises de Daniel avaient si longtemps été accrochés. Le temps était peut-être venu que ses propres vêtements prennent un peu l'air, profitent de l'espace disponible.

« J'ai réfléchi à Charlotte », fit Allegra. Elle était restée dans la chambre, affalée sur le lit. « Dans *Orgueil et préjugés*. L'amie de Lizzie qui épouse l'ennuyeux Mr. Collins. Je me suis demandé pourquoi elle se mariait avec lui.

— Oh oui, répondit Sylvia. Le troublant cas de Charlotte Lucas. »

La seule trace laissée par Daniel dans le dressing était la paperasserie — des années et des années de paperasseries : déclarations d'impôts remplies conjointement, garanties pour appareils choisis ensemble, contrôles techniques passés, prêts remboursés. Et sur l'étagère du haut, les lettres écrites pendant l'été 1970, lorsque Daniel était allé sur la côte Est en voiture avec un collègue et ami. Un jour prochain Sylvia descendrait ces lettres, les relirait. En trente-deux années de mariage, Daniel et elle avaient passé très peu de temps l'un sans l'autre. Elle n'avait aucun souvenir de ce qu'ils s'étaient écrit pendant cette courte séparation. Elle trouverait peut-être dans ces lettres quelque chose qui lui serait utile aujourd'hui, une sorte d'indice concernant ce qui s'était passé, et pourquoi. Quelque chose pour apprendre à vivre seule.

Apprendre à vivre seule, en attendant que Daniel revienne. Jusqu'à ce soir Sylvia avait réussi à se conduire comme s'il était juste en déplacement, parti pour un autre court voyage. Elle n'avait même pas essayé de se jouer la comédie, la comédie s'était jouée toute seule. Ce soir, lorsqu'elle verrait Daniel et Pam pour la première fois — Allegra avait rencontré Pam, mais pas Sylvia –, ce soir il serait parti pour de bon.

Elle se composa une expression pleine de courage, et retourna dans la chambre. « J'adore Charlotte, dit-elle. Je l'admire. Contrairement à Jocelyn. Jocelyn met la barre très haut. Jocelyn méprise les gens qui décident de s'installer. Jocelyn, tu le remarqueras, n'est pas mariée, ne l'a jamais été. Mais Charlotte n'a pas le choix. Elle entrevoit une chance pour elle et elle fait tout pour ne pas la laisser passer. Je trouve ça émouvant.

— Sexy », fit Allegra. Elle faisait allusion à la robe de Sylvia, une fine robe moulante avec une encolure basse.

« Il fait trop chaud pour ce tissu en tricot », dit Sylvia. Elle n'était pas sûre de vouloir être sexy. Elle ne voulait pas que Daniel pense qu'elle faisait trop d'efforts, se souciait trop de lui. Elle s'extirpa de la robe, retourna dans le dressing. « Charlotte a-t-elle vraiment moins le choix que Lizzie ? demanda Allegra. Lizzie a déjà plus de vingt ans. Personne ne l'a encore demandée en mariage. Elle n'a pas d'argent et vit dans une société restreinte. Mais elle ne se résigne pas à Collins. Alors pourquoi Charlotte le fait-elle ?

— Lizzie est jolie. Cela fait toute la différence. » Sylvia se glissa dans une robe fourreau en lin et réapparut. « Qu'en penses-tu ? Trop simple ?

— Tu peux toujours rendre ce style de robe plus habillé, répondit Allegra. Avec les chaussures qui conviennent. Des bijoux. Et tu devrais la repasser. »

Trop chaud pour repasser. Sylvia ôta la robe. « Ça ne me gêne pas qu'Austen n'ait pas créé un homme convenable pour aimer réellement Charlotte. Les Brontë auraient raconté l'histoire d'une manière totalement différente.

— Charlotte parlant de Charlotte, dit Allegra. J'aurai toujours une préférence pour les Brontë. Mais ça, c'est moi — j'aime les tempêtes dans un livre. Ce qui m'est venu à l'esprit, c'est que Charlotte Lucas est peut-être gay. Tu te souviens lorsqu'elle dit qu'elle n'est pas romantique comme Lizzie ? C'est peut-être ce qu'elle voulait dire. Peut-être est-ce pour cela qu'il n'est pas question d'attendre un meilleur parti. » Allegra roula sur le dos, appuya son verre contre son visage et but les dernières gouttes. Sylvia pouvait voir son nez à travers la courbe du verre. Même vue ainsi, Allegra parvenait à être jolie.

« Est-ce que tu es en train de dire qu'Austen l'a voulue gay ? demanda Sylvia. Ou bien qu'elle est gay mais qu'Austen ne le sait pas ? »

Sylvia préférait cette deuxième hypothèse. C'était intéressant de penser à un personnage avec une vie secrète dont son créateur ignore tout. Qui s'éclipse lorsque l'auteur a le dos tourné, pour trouver l'amour à sa propre façon. Réapparaît juste à temps pour livrer d'un air innocent son petit bout de dialogue. Si elle avait été un personnage dans un livre, c'est ainsi qu'elle aurait aimé être.

Mais ne sera jamais.

Grigg et Jocelyn se retrouvèrent derrière un tracteur avant d'avoir rejoint l'autoroute. Grigg s'avança une fois ou deux, pour se replacer derrière, alors qu'en accélérant un peu il aurait certainement pu doubler. C'est ce que Jocelyn aurait fait. La climatisation de sa voiture était trop faible pour l'été dans la Vallée. Elle sentait son maquillage fondre contre son col Mao.

Il y avait de la poussière sur le tableau de bord, et sur le sol une accumulation de tasses et d'emballages en provenance de divers snacks, vestiges de divers repas. Jocelyn n'avait pas proposé de prendre sa propre voiture car elle n'y avait pas passé l'aspirateur depuis cinq jours. Le siège du passager était tout taché, crachats de chiens et empreintes de museaux. Elle n'avait pas voulu imposer à Grigg, habillé comme il le serait, la saleté et les poils de chiens. De toute évidence il n'avait pas eu les mêmes scrupules.

« Dites-moi », fit Grigg. Ils venaient d'atteindre l'autoroute, et le tracteur disparut derrière eux dans une puanteur de gaz d'échappement. La qualité de l'air à Sacramento était l'une des plus mauvaises de tout le pays.

Grigg roulait exactement à la vitesse autorisée ; Jocelyn pouvait voir l'indicateur de vitesse. Daniel était la seule autre personne de sa connaissance à conduire ainsi. « Dites-moi, reprit Grigg. Avez-vous lu ces livres que je vous avais achetés ? Ceux de Le Guin ?

— Pas encore. » Jocelyn sentit un petit aiguillon de remords. Se sentir coupable n'améliora pas son humeur. Donner des livres devient une action importune, intéressée, lorsqu'elle est suivie d'un « Alors, ces livres t'ont plu ? ». Jocelyn avait donné de nombreux, d'innombrables livres, sans jamais demander à quiconque ce qu'il en avait pensé.

Pourquoi aurait-elle dû s'excuser de ne pas avoir lu des livres qu'elle n'avait jamais demandé à lire ? Elle n'avait pas besoin de lire réellement de la science-fiction pour savoir ce qu'elle en pensait. Elle avait vu *La Guerre des étoiles*. Quand est-ce que Grigg lui ficherait la paix avec ces fichus livres ?

En toute justice, se rappela-t-elle, c'était la première fois qu'il les mentionnait. En fait, il aurait même dû le faire plus tôt. Sa conscience était en paix, et pourtant elle se sentit obligée de se défendre. Elle tenta de le faire sans paraître trop sur la défensive. Elle se tourna vers Grigg et lui la regarda droit dans les yeux. Elle ne s'était pas attendue à ça, ne s'était pas attendue à le regarder droit dans les yeux — pour quelque raison que ce soit. Elle sentit une tension subite dans la poitrine ; la chaleur se propagea tout aussi subitement sur sa nuque et son visage. Elle n'avait pas ressenti ce serrement, cette chaleur depuis longtemps. Elle n'avait aucune intention de les ressentir maintenant. De quoi étaient-ils en train de parler ? « J'aime les livres qui parlent de gens réels, dit-elle.

— Je ne comprends pas la distinction. » Les yeux de Grigg étaient revenus à la route. « Elizabeth Bennet est une personne réelle, mais les personnes dans les livres de science-fiction ne le sont pas ?

— Même s'il y a des gens dans les livres de science-fiction, ils n'en sont pas vraiment le sujet. Les gens réels sont bien plus compliqués.

— Il y a toutes sortes de science-fiction, dit Grigg. Lorsque vous en aurez lu, je serai curieux de connaître votre opinion. »

Le temps qu'il finisse cette phrase, Jocelyn avait retrouvé son calme. Il gardait un ton neutre, mais en fait plutôt insolent. S'il n'avait pas été aussi déplaisant Jocelyn lui aurait montré la sortie qu'elle prenait parfois pour aller faire courir les chiens. Dans l'autre sens il y avait un sanctuaire d'oiseaux où il était agréable aussi, par temps plus frais, de se promener. Elle lui aurait dit comment, l'hiver, tous ces champs bruns et secs sont inondés. On pouvait voir les plus grandes branches des arbres, au-dessus d'une immense nappe d'eau. Elle aurait peut-être dit que seule une personne née ici peut aimer le paysage hivernal de la Vallée, avec la végétation complètement morte et les chênes gris et desséchés. Elle aurait peut-être même trouvé à dire quelque chose de poétique, et Dieu sait qu'il n'en sort jamais rien de bien. Mais il n'y avait plus aucun risque, à présent.

Un camion chargé de tomates les dépassa par la droite. Jocelyn en sentit l'odeur tandis qu'il passait. Quelques tomates tombèrent et s'écrasèrent lorsque le camion se remit sur leur voie. Comment était-ce possible qu'ils soient en train de rouler plus lentement qu'un camion chargé de tomates ?

Grigg mit la radio, et un groupe que Jocelyn était trop vieille pour connaître ou apprécier se fit entendre. Grigg ne demanda pas si la musique ou le volume ou quoi que ce soit la dérangeait. Puis, avant même qu'elle réalise ce qui se passait, il prit la sortie « Centre-Ville ». « C'est plus rapide par la I 5 », dit-elle, mais c'était trop tard.

« J'aime Tower Bridge, répondit Grigg. J'aime voir le fleuve depuis le pont. » En effet, on le voyait depuis le pont, mais la vue n'était pas si extraordinaire. Il aurait aussi bien pu dire : j'aime bien me retrouver coincé dans les embouteillages un soir de match de base-ball. J'aime bien rester attendre aux feux. J'aime bien aussi être le plus en retard possible. N'avaient-ils pas décidé de faire le trajet ensemble pour que Jocelyn puisse justement lui indiquer la route, et qu'il suive ses indications ? Décidément tout lui déplaisait chez Grigg ce soir.

Et elle n'était pas, n'avait jamais été, du genre de ces stupides femmes qui brusquement apprécient un homme simplement parce qu'il leur déplaît. Dieu merci.

La voiture vibra sur le pont et la voix de Grigg se mit à trembler en conséquence. Une voix de bande dessinée, le jeune Elmer Fugg. « Je me demande quel écrivain dînera avec nous ? J'espère qu'on n'est pas obligé de participer à quoi que ce soit, vous voyez ce que je veux dire. »

Le dôme du Capitole apparut au loin, dressé dans la poussière dorée et morte devant eux. Grigg s'arrêta de nouveau à un feu rouge alors qu'il aurait pu passer à l'orange. « Le temps qu'on arrive, tout sera fini », dit Jocelyn.

Le feu passa au vert. Grigg mit du temps à changer de vitesse ; la voiture émit un bruit de protestation. Ils dépassèrent la fontaine dents-de-lion, une triste vision lorsqu'il n'y avait pas d'eau, avec la chaleur qui condensait l'air au-dessus des pointes métalliques. En approchant K Street Mall le moteur se mit à tousser bizarrement — trois petits coups brefs. Puis rendit l'âme.

> Car, si jamais ils commencent à contretemps, il y a une chance sur mille qu'ils retrouvent le bon rythme pendant la Danse. Mais d'un autre côté, s'ils ont attendu un moment remarquable de la mélodie, et pris leur temps tout au Commencement, ils finiront peut-être sous les Applaudissements et l'Admiration.
>
> KELLOM TOMLINSON, Maître de Danse.

Grigg n'avait plus d'essence. Tout ce qu'il put faire, c'est descendre en roue libre, laisser la voiture mal garée. Jocelyn possédait une carte de l'*American Automobile Association*, mais elle l'avait laissée dans son sac à main habituel. Elle n'avait pris qu'une minuscule pochette, sans grand-chose à l'intérieur. Elle n'avait même pas son téléphone cellulaire, sinon elle aurait appelé Sylvia une heure plus tôt pour lui dire qu'ils seraient en retard. La pauvre Sylvia qui allait se demander où ils étaient, pourquoi Jocelyn l'avait laissée se débrouiller seule avec Daniel et Pam. Sylvia n'aurait jamais quitté la maison si elle avait su qu'elle serait si vulnérable pour affronter le désastre.

Grigg n'avait pas de carte de l'A.A.A. « Est-ce qu'il y a un poste d'essence dans les environs ?

— À des kilomètres d'ici.

— Mon Dieu, je suis désolé. » Il détacha sa ceinture. « Pourquoi ne pas m'attendre ici ? Je trouverai bien un téléphone.

— Je vais marcher pendant le trajet qui reste, lui dit Jocelyn. Pendant que vous vous occupez de l'essence. » Elle ne pensait pas que c'était une décision déraisonnable, mais même si c'en était une, elle s'en fichait. Elle était fière de garder à ce point son calme. D'abord, elle avait dû l'attendre. Ensuite, elle avait été insultée. Et maintenant elle se retrouvait en plan. Et tout cela, en gardant une maîtrise de soi impeccable, glacée. Qui ne serait pas fier ?

« C'est à quelle distance ?

— Dix, douze rues de là. »

Il y avait un clochard de l'autre côté de la rue. Il portait un T-shirt « Bay to Breakers », le modèle classique avec un poisson en forme de chaussure. Jocelyn avait le même, mais sur celui de l'homme la saleté dessinait des taches de Rorschach sur le devant. Il avait attaché un bandana autour de l'un de ses biceps, comme en signe d'un quelconque deuil. Il les observait avec beaucoup d'intérêt. Il cria quelque chose, mais elle ne put comprendre quoi. Elle crut reconnaître les mots « vrai pain », sans être sûre.

« Il fait trop chaud pour marcher si longtemps, dit Grigg. Et ce n'est pas nécessaire. Je vais trouver un téléphone et appeler un taxi. Vraiment, je suis *tellement* désolé. J'ai amené la voiture au garage la semaine dernière, la jauge d'essence était détraquée. Je suppose qu'ils ne l'ont pas réparée.

— Ça ne fait rien. Je veux juste retrouver Sylvia. Ça ne me gêne pas de marcher. »

« Vrai pain », criait l'homme de l'autre côté de la rue, de manière plus insistante à présent.

« Je ne reste pas ici », dit Jocelyn.

Que signifient dix ou douze rues pour un homme en chaussures plates ? Grigg dit qu'alors il viendrait, lui aussi. Ils se mirent en route. Ce n'était pas la meilleure partie de la ville. D'un bon pas, ils avancèrent rue après rue, enjambant des boîtes de boisson, des prospectus, et une flaque de vomi. Jocelyn s'essuya le visage et frotta le mascara sur ses yeux. Elle préférait ne pas imaginer à quoi elle ressemblait. Ses cheveux étaient aplatis, la sueur coulait sur ses tempes. Sa jupe lui collait aux jambes.

Tandis que Grigg avait toujours belle allure. Sans veste — il l'avait laissée dans la voiture — mais sans signe d'usure non plus. De tout ce qu'il avait fait dans la soirée, c'était ça le plus irritant. C'était aussi plutôt impressionnant. « Que pensez-vous de Sylvia ? demanda-t-elle.

— Elle semble quelqu'un de bien, dit Grigg. Pourquoi ?

— Elle est plus que bien. Elle est intelligente, drôle. Et personne n'a plus de cœur qu'elle.

— Elle est amoureuse de Daniel », fit Grigg, comme s'il savait ce qu'elle avait en tête, et bien sûr, c'était bien ce qu'elle avait en tête, et il le savait très bien.

« Mais ça ne lui sert à rien.

— Vous savez, ce n'est pas à vous de dire ça. Ce n'est pas à vous de décider qui elle aime. Vous devriez arrêter d'interférer et la laisser s'occuper de son propre bonheur. »

À côté de lui, Jocelyn se raidit. « Vous appelez ça interférer ? » Sa voix était à la fois incrédule et meurtrière. Elle contenait toute la fureur d'avoir dû marcher quinze, seize, dix-sept rues dans la chaleur de la Vallée parce qu'« on » avait négligé de remplir le réservoir, la fureur d'avoir essayé d'en prendre son parti finalement pour s'entendre insulter par cette même personne. « Souhaiter que mes amis soient heureux ? Quand il s'agit de Sylvia j'espère bien que je n'arrêterai jamais d'interférer. Et je ne m'en excuserai jamais, devant personne. »

« Ça t'ennuierait si je ne venais pas ce soir ? » demanda Allegra.

Tout l'air sortit des poumons de Sylvia. Bien sûr que cela m'ennuie, dit-elle, mais pas à voix haute, elle n'était pas Sylvia pour rien. Comment peux-tu être aussi égoïste ? Comment peux-tu seulement avoir l'idée de m'envoyer affronter ton père seule ? Comment peux-tu ignorer ce que cette soirée représente pour moi ? (Et pourquoi avons-nous acheté un billet à cent vingt dollars ?) Viens, viens, je t'en prie.

Le téléphone sonna avant que Sylvia parvienne à dire un mot. Elle imaginait que c'était Jocelyn qui se demandait où elles étaient passées, mais Allegra prit le récepteur, vérifia l'identification du correspondant, et remit le combiné sur le socle.

Elle se retourna complètement si bien que Sylvia ne put voir son visage.

« *Vous êtes bien chez les Hunter* », dit Daniel. Sylvia n'avait pas changé l'annonce, sous prétexte qu'il valait mieux que les inconnus tombent sur une voix d'homme. Elle avait négligé le facteur de l'impact de la voix de Daniel sur elle, parce que d'habitude, lorsque l'annonce passait, cela voulait dire qu'elle n'était pas là pour l'entendre. « *Nous ne sommes pas à la maison. Vous savez ce qu'il vous reste à faire.* »

« Allegra ? » Sylvia reconnut la voix de Corinne. Elle avait l'air triste, et peut-être saoule. « Il faut qu'on parle. Est-ce que tu me parleras un jour ? J'ai vu Paco aujourd'hui. Il m'a dit que j'avais fait deux choses impardonnables. C'est toi qui aurais dû me dire ça. Tu aurais dû me laisser m'expliquer. Je pense que même toi tu peux reconnaître ça. »

De toute évidence Corinne ne faisait que commencer. Sylvia avait récemment effacé la cassette, il y avait donc beaucoup de temps disponible. Elle se sentait gênée d'entendre malgré elle ce message personnel. Allegra, si ouverte quand il s'agissait des grandes lignes de sa vie sexuelle, était très secrète au sujet des détails.

Elle devrait peut-être en discuter avec Daniel. Sylvia aurait aimé lui demander s'il savait ce qu'avait fait Corinne. Sylvia avait besoin de l'aide de Daniel pour se débrouiller avec Allegra. Sylvia avait besoin de l'aide d'Allegra pour se débrouiller avec Daniel. Et en fait personne ne lui venait en aide du tout.

Sylvia prit le verre d'Allegra et l'apporta dans la cuisine. Elle resta debout à côté de l'évier, sans rien d'autre sur elle que sa combinaison, et attendit que Corinne ait fini. Elle pouvait encore entendre sa voix, comme un filet d'eau au loin, pas les mots, juste le ton montant ou descendant. Sylvia lava et essuya le verre à la main, comme Jocelyn lui disait toujours de faire.

Elle était de plus en plus en colère contre Allegra. Quoi qu'il se soit passé, quoi que Corinne ait fait, c'était Allegra qui était partie. On ne lâche pas brutalement quelqu'un qu'on aime. On ne reste pas assis en silence pendant qu'il déverse son cœur ivre dans votre téléphone, comme si on ne l'entendait même pas. Les gens qui s'aiment trouvent le moyen, même s'il n'en existe qu'un, de rester ensemble.

Elle pensa au visage tiré et aux yeux rougis d'Allegra. Allegra qui trouvait difficile d'aller dormir le soir et finissait par se relever, à minuit, ou une heure, ou deux, pour voir un film sur le lecteur DVD. Elle avait même parlé de se procurer une version pirate de *La Communauté de l'Anneau*, bien qu'elle soit totalement opposée au piratage et que, lorsqu'elles l'avaient vue au théâtre, elle n'ait pas arrêté de critiquer la manière dont le rôle de Gimli prêtait au ridicule.

Sylvia pensa aux parents qui tous voulaient pour leurs enfants une vie impossible — un début heureux, et aussi un milieu heureux, et une fin heureuse. Aucune complication. Quelles mornes personnes cela donnerait-il, si les vœux des parents étaient exaucés. Intéressante, Allegra l'avait toujours été jusqu'à présent. Le temps était venu qu'elle soit heureuse.

Comment oses-tu, disait-elle, debout dans la cuisine, à Allegra dans la chambre. Comment oses-tu blesser ma fille comme cela. Tu prends ce téléphone immédiatement, jeune fille — tu laisses Corinne s'excuser. Tu la laisses se racheter, quelles que puissent être ces deux choses impardonnables qu'elle a faites.

Tu laisses Allegra être heureuse maintenant. Tu laisses Allegra être aimée.

L'orchestre faisait une pause. Bernadette, Dean et Prudie avaient été rejoints à leur table par un écrivain nommé Mo Bellington. Mr. Bellington avait trop de cheveux et pas assez de cou. De jolies dents, par contre. Bernadette remarquait les dents des gens. Tout le monde le fait, mais sans y penser. Le père de Bernadette s'était occupé lui-même de ses dents : elle n'avait jamais perdu un seul plombage, bien qu'elle ait maintenant dépassé la soixantaine.

Selon les documents promotionnels sur la table, Mo Bellington écrivait des histoires à suspense qui se déroulaient dans la minuscule ville de Knight's Landing. Son détective était un cynique producteur de betteraves qui exhumait des fémurs et des métacarpes chaque fois qu'il passait le motoculteur ou presque. Sur la table il y avait une carte postale de la couverture de son livre le plus récent : *Dernière Récolte, Last Harvest.* Les deux *t* terminaux étaient des couteaux, avec du sang s'écoulant de la lame et tombant sur un champ au-dessous. Bernadette était certaine d'avoir déjà vu des couvertures semblables. Le titre non plus ne semblait pas très original. Mais même si la présentation n'était pas totalement neuve, elle la trouvait assez bien réalisée.

« C'est donc vous, mon groupe », dit Mr. Bellington, regardant avec une déception manifeste les chaises vides. On entendit un grand rire à une table proche. À une autre, quelqu'un tapait avec une fourchette sur son verre de vin, se préparant à porter un toast. De toute évidence la compagnie était plus animée à côté.

« Les autres vont arriver, le rassura Bernadette. Je ne sais pas où ils ont bien pu passer. Jocelyn est la personne la plus ponctuelle de la terre. Je ne l'ai jamais vue arriver en retard. Sylvia, un peu moins. Quant à Allegra ! N'en parlons pas ! »

Mr. Bellington ne répondit pas, et ne parut ni rassuré ni amusé. Il était bien jeune pour écrire déjà des livres. Bernadette aurait juré qu'il n'avait pas assez vécu encore pour avoir grand-chose à dire. Son producteur de betteraves devait être bien pâle.

Il fit le tour de la table pour s'asseoir à côté de Dean. Ainsi, il tournait le dos au reste de la salle. Bernadette aurait cru qu'un écrivain aimerait voir ce qui se passe.

S'il avait pris la place libre à côté de Bernadette, il aurait été adossé à l'une des immenses colonnes et aurait pu voir la salle de danse *et* le podium *et* l'orchestre. Bernadette avait vue sur trois autres tables. Mais elle était devenue invisible, spécialement aux yeux des hommes jeunes. Et cela depuis qu'elle avait passé le cap des cinquante ans, alors maintenant elle y était habituée. Pour compenser, elle était devenue plus audible.

« Tout cela me rappelle mon premier mari, dit-elle. John faisait de la politique, alors je sais tout sur les collectes de fonds ! Coiffe-toi bien, chérie, sois bien nette, et voici une liste de choses que tu peux dire si quelqu'un veut parler avec toi :

Une : Quelle agréable réunion.

Deux : La nourriture n'est-elle pas délicieuse ?

Trois : Les fleurs ne sont-elles pas magnifiques ?

Quatre : Mon mari n'est-il pas le plus qualifié pour cette tâche ? Faisons tous silence et écoutons-le parler ! Moi je vais sourire comme une idiote pendant toute son intervention. »

Même sans musique la pièce était suffisamment bruyante, et la table suffisamment grande, pour rendre la conversation difficile d'un bout à l'autre. Bernadette vit que Mr. Bellington n'envisageait même pas d'essayer. Il s'adressa à Dean : « Si vous avez des questions sur mes livres, je suis là pour ça. Le contenu ? Le procédé ? Où est-ce que je trouve mes idées ? Le mot "dernière" dans "La dernière récolte" est une sorte de jeu de mots. "Dernière", au sens de finale, mais aussi "dernière" au sens de "la plus récente". Demandez-moi ce que vous voulez. »

Il y avait quelque chose de pompeux, de prétentieux dans son élocution. Bernadette venait à peine de le rencontrer et déjà elle l'appréciait moins. Très agréablement présenté, le premier plat arriva, un velouté de champignons avec peut-être un soupçon de xérès.

« C'est délicieux, fit Mr. Bellington. Bien composé. »

Il adressa ces mots directement à Bernadette. Qu'est-ce que ça voulait dire ? S'imaginait-il qu'elle avait préparé le velouté ?

« Vous aimez Jane Austen ? » demanda-t-elle. Il n'y avait qu'une seule réponse possible à la question. Elle aurait aimé croire que n'importe quel homme qui écrivait donnerait la bonne réponse. Elle parla fort pour diminuer le risque d'être ignorée et, à tout hasard, répéta la question : « Que pensez-vous de Jane Austen, monsieur Bellington ?

— Très bon marketing. Je lui envie le marché des films. Appelez-moi Mo.

— Quel est votre préféré parmi ses livres ? » Prudie sourit de cette manière désagréable qui faisait disparaître ses lèvres.

« J'aime le film avec Elizabeth Taylor. »

La main de Prudie s'était mise à trembler légèrement. Bernadette vit le frémissement dans son Bloody Mary. « Votre Jane Austen préféré est *Le Grand National ?* »

Prudie allait se montrer méchante. Bernadette décida de l'arrêter. Bientôt. Mais en même temps, c'était bon de la voir se défendre. Il y a moins de cinq minutes la mort de sa mère s'était affichée sur son visage comme sur l'une de ces femmes en morceaux que Picasso affectionnait tant. À présent elle avait un air dangereux. À cet instant Picasso trouverait une excuse, se rappellerait qu'il avait déjà un rendez-vous, ferait demi-tour, quitterait l'immeuble.

Dean toussa obligeamment. Quelque part dans sa toux il y avait le mot « persuasion ». Il tendait une perche à Mo.

Mo préféra sombrer. « En fait je n'ai lu aucun Austen. Je préfère les histoires à suspense, les romans policiers, les procès, ce genre de choses. » C'était décevant, mais pas accablant. Par un certain côté, c'était un défaut ; mais de l'autre côté, il était vaillamment avoué. Si seulement Mo s'était arrêté là.

« Je ne lis pas trop de littérature écrite par des femmes. J'aime une bonne intrigue », dit-il.

Prudie termina son verre et le reposa si violemment qu'on entendit le choc. « Austen sait imaginer une intrigue aussi bien qu'un fils de pute, fit-elle. Bernadette, je crois que tu nous parlais de ton premier mari.

— Je peux commencer au second. Ou bien au suivant », proposa Bernadette. Au diable l'intrigue ! Au diable Mo !

> Le maître de danse Wilson se plaignait de certaines figures, comme "Baissez-vous à moitié et relevez-vous", ou "Penchez-vous vers le mur et redressez-vous", notant qu'elles étaient anguleuses et sans éclat. "Les lignes droites, disait-il, sont utiles mais sans élégance ; et lorsqu'on les applique à la Silhouette Humaine, produisent un effet des plus désagréables."

« Commence avec le politicien, dit Prudie. Ensuite on passera aux autres. On a toute la soirée. »

Bernadette aimait qu'on lui demande de raconter une histoire. Elle allait en raconter une très longue. Elle ferait tout pour Prudie. « Il s'appelait John Andretti. Il avait grandi à Atherton. »

John faisait très bonne impression. Il avait un charme immédiat ; vous deveniez la personne la plus fascinante de la pièce. Jusqu'au moment où quelqu'un d'autre attirait son attention.

Je l'ai rencontré au lac Clear, où on faisait une démonstration de claquettes pour le 4 Juillet. C'était ma dernière année avec les Grains de Poivre, et on ne s'appelait plus les Petits Grains, on était trop âgées. On était devenues les Rouge Piquant. Et j'étais la plus petite. J'étais la dernière marche, même si j'avais dix-neuf ans.

Ma famille devait partir à Hawaii trois semaines entières cet été-là. J'étais impatiente d'y aller. Mais mon père sentit qu'il ne pouvait pas laisser ses patients si longtemps, et alors on a eu le camping-car au lieu du bungalow, un lac à la place de l'océan. Les fichues séances de claquettes qui se suivaient. Mme Dubois nous habillait toutes en costumes à pois cette année-là. Il y avait une folie furieuse pour le flamenco. Ça lui était monté à la tête.

Papa est venu avec nous, parce qu'il aimait pêcher. Il y avait du mercure dans le lac Clear, à cause des anciennes mines, mais on ne pensait pas à tout ça à l'époque. Maintenant ils vous disent de ne pas manger plus d'un poisson de ce lac par mois, même après des années de nettoyage. Je n'aimais pas le poisson, alors je mangeais du bout des dents, même si Mère était tout le temps en train de nous houspiller pour qu'on en mange. Elle appelait le poisson « la nourriture pour le cerveau », on en était tous convaincus à l'époque. Maintenant j'ai lu qu'ils mettent des avertissements sur le thon. La mode est revenue aux œufs. Vous avez les bonnes graisses, et les mauvaises.

Un jour j'ai cassé le bout d'un thermomètre juste pour voir si c'était possible. C'était en fait incroyablement facile. J'ai laissé se répandre tout le mercure, et Mère a été tellement inquiète qu'elle m'a forcée à prendre de l'Ipeca. Puis il y a eu toutes ces années, où elle a essayé de me faire manger du poisson.

Je nageais beaucoup, ce qui n'était certainement pas mieux pour moi. Je venais juste d'apprendre le ski nautique. Un jour j'étais sur le lac, et John s'est trop approché avec son bateau et m'a renversée dans son sillage. Il s'est arrêté pour s'excuser, m'a attrapée, criant à ma famille qu'il me ramènerait sur le rivage. Il disait souvent qu'il m'a débarquée comme un poisson. Tu es la plus petite chose que j'aie jamais retirée de l'eau, me disait-il toujours. J'aurais mieux fait de t'y rejeter.

Il était doué pour la politique, en tout cas pour tout ce qui conceme la campagne électorale. Il se souvenait des noms des gens, et pas seulement de leurs noms, mais de celui de leurs femmes, maris et enfants. On peut dire qu'il avait une ligne narrative.

Bernadette hocha poliment la tête à l'intention de Mo. « Les gens ne savent pas toujours à quel point ça compte pour gagner une élection. Le public des électeurs aime une bonne intrigue. Quelque chose de simple. »

Celle de John était classique. C'était même un cliché. Il était né pauvre, réellement pauvre, et il faisait en sorte que vous le sachiez tout de suite. Ses discours parlaient tous des luttes de son milieu — les obstacles franchis, les déceptions surmontées. Les promesses qu'il se faisait à lui-même lorsqu'il était découragé. Dieu m'est témoin, je n'aurai plus jamais faim de ma vie. Courage et compagnie.

Avec juste une pointe de la bonne vieille trahison. C'était l'idée de génie. Rien de trop spécifique, il se contentait de sous-entendre qu'il était trop bon pour vous donner les détails. Pas du genre à raconter d'histoires. Pas du genre à garder rancune. On était obligé de l'admirer aussi bien pour sa générosité que pour sa détermination.

En fait, il était l'homme le plus vindicatif du monde. Il gardait une liste des insultes. Je veux dire, une liste véritable, et certains noms remontaient à trente ans. Il y avait ce garçon qui s'appelait Ben Weinberg. Ils étaient allés à l'école ensemble ; le père de John travaillait avec celui de Ben. Ben avait l'intelligence, les amis, le don des sports, un tas d'argent depuis longtemps dans la famille. Toujours le meilleur pour lui. John devait se battre pour obtenir le dixième de ce qui était à portée de la main de Ben. Dans l'histoire de la vie de John du point de vue de John, John était Oliver Twist et Ben était le Petit Lord Fauntleroy.

Un jour, alors que John avait seize ans, Ben l'a traité de sale petit arriviste, et c'était encore noté, numéro trois sur la liste, vingt ans plus tard. Les numéros un et deux, c'était sa mère qui les occupait.

« C'est si facile de ne pas être un arriviste quand on est né au sommet », disait John. On était mariés à l'époque, et je commençais à avoir des doutes. Mais avant je n'y avais vu que du feu. Je n'ai pas vu la liste avant d'y apparaître pour la première fois. Certainement je ne savais pas encore juger les tempéraments.

J'espère que j'ai appris une ou deux choses depuis. Les gens qui sont vraiment intègres n'essaient pas de vous vendre leur intégrité. C'est tout juste s'ils savent qu'ils le sont. Quand on voit une campagne qui met l'accent sur le caractère, la rectitude, la probité, c'est justement là qu'il faut commencer à se poser la question, Qu'est-ce que ce type essaie de cacher ?

Mais on se laisse prendre. C'est facile de dire ensuite « je le savais bien ».

« *Tout le monde est sage après le coup** , fit Prudie.

— C'est cela, ma chère », répondit Bernadette.

Lorsque Lloyd et Mattie ont quitté la troupe pour se marier, Mme Dubois a dit qu'il n'était plus question pour aucune de nous de sortir avec quelqu'un, ce n'était pas bon pour notre numéro si on avait mauvaise réputation. On ne devait pas oublier qu'on était des dames. John et moi on est donc partis en douce, j'ai laissé mes chaussures de danse derrière moi, on a filé se marier à Vegas, à la Petite Église o' The Heather. Là, travaillait la plus adorable des femmes, Cynthia quelque chose. Je me souviens qu'elle avait dit qu'elle avait été vendeuse chez Woolworth avant de trouver ce travail, et les échantillons gratuits lui manquaient. C'est drôle, n'est-ce pas, les choses dont on se souvient ? Il y avait quelques robes dans l'église, je les ai toutes essayées, mais elles étaient trop grandes pour moi. J'étais vraiment la plus minuscule des choses à l'époque, aucun vêtement de prêt-à-porter ne m'allait.

Alors Cynthia a modifié une jupe sur-le-champ, elle m'a coiffée et maquillée. Il y avait quelques couples avant nous, on a dû attendre un peu. Elle m'a donné une cigarette. Je n'ai jamais fumé de ma vie, sauf cette fois-là — ça semblait s'imposer. Cynthia a fait remarquer que j'allais devenir Nettie Andretti ; je n'y avais même pas pensé. À l'époque on m'appelait Nettie. C'est ce jour-là que j'ai commencé à utiliser le prénom entier, Bernadette.

Pendant qu'elle me coiffait, Cynthia m'a raconté une histoire — une malédiction dans sa famille parce que son grand-père avait un jour heurté un chat tout blanc avec sa voiture. Il a prétendu que c'était un accident, ça n'en était sûrement pas un car à partir de ce jour, chaque fois qu'un membre de la famille était sur le point de mourir, il voyait un chat blanc. Son oncle avait vu un chat blanc depuis la fenêtre de sa chambre alors qu'il n'avait que vingt-six ans. Il s'était précipité dans la cour, avait arraché l'une de ses chaussettes qui pendait pour sécher, et l'avait accrochée sur la clôture. Puis il était sorti ce même soir avec quelques amis et s'était fait tuer dans une bagarre de café par quelqu'un qui croyait que c'était quelqu'un d'autre. On n'avait jamais retrouvé la chaussette.

Cynthia en était au milieu de son histoire. Elle venait juste de dire que sa mère disait qu'elle ne croyait en rien à ces absurdités et, pour le prouver, elle est partie s'acheter un chat blanc. Je sais que quelque chose d'étrange est arrivé ensuite, à la manière dont Cynthia racontait. Mais John et moi nous avons été appelés juste à ce moment-là et j'ai dû aller me marier. J'étais de mauvaise humeur en prononçant mes vœux, parce que je voulais entendre la fin de l'histoire du chat blanc. Je me suis toujours demandé comment elle se terminait.

L'année précédant ma rencontre avec John, Mattie m'avait demandé de venir leur rendre visite à tous les deux, Lloyd et elle. Il était devenu très religieux, et ils vivaient dans une communauté dans ce ranch du Colorado. Mère était tellement fâchée à la pensée que j'aurais pu épouser Lloyd, il aurait suffi d'un petit effort, puisqu'il avait d'abord eu le béguin pour moi. Et maintenant il était devenu si spirituel. Vraiment, elle était très classe moyenne. Elle aurait dû savoir qu'il n'y a rien de respectable chez ces authentiques vertueux. Elle a préparé mes affaires comme si je partais pour quatre semaines d'études bibliques.

La communauté était dirigée par un certain révérend Watson. J'ai tout de suite pensé que c'était un mégalomane. Lloyd trouvait qu'il était plein d'attentions. Lloyd a toujours aimé qu'on lui dise ce qu'il devait faire.

Je ne crois pas que le révérend Watson ait eu la moindre formation religieuse. Il s'inspirait de la secte de la Dernière Pluie, mais il coupait-collait à sa convenance. Il prêchait que les signes extérieurs de l'occulte — les choses comme le zodiaque et la numérologie — avaient été volés à Dieu par le diable et que c'était à lui de les reprendre, de les arracher violemment pour les rendre à leurs fins sacrées. Il y avait quelque chose au sujet des extraterrestres aussi ; j'ai oublié quoi exactement. Ils allaient venir nous chercher, ou bien ils étaient déjà venus et étaient repartis sans nous. L'un ou l'autre.

Au moment où je suis arrivée là-bas, il leur lisait à tous un livre intitulé *Le Pouvoir atomique avec Dieu, par le jeûne et la prière,* où il était expliqué qu'en contrôlant ses appétits on obtenait des pouvoirs surnaturels. On se libérait de la gravité. On devenait immortel. Alors le révérend Watson a dit qu'on allait tous jeûner et pratiquer le célibat. Ils servaient principalement de la purée en sachet, parce que c'était bon marché, alors le jeûne était en quelque sorte une redondance. Quant au célibat, je m'en fichais, mais ça ennuyait Mattie. Personne dans la communauté ne touchait un salaire régulier. Dieu pourvoirait. J'aurais bien appelé mes parents pour qu'ils viennent me chercher, mais toutes les lignes de téléphone avaient été coupées.

À l'instant où il a entendu que l'immortalité était possible, Lloyd a voulu être immortel. Chaque jour qui passait sans qu'il plane dans les airs était une grande déception pour lui. Pour le révérend Watson aussi, et Lloyd s'inquiétait encore plus de la déception du révérend Watson que de la sienne.

Ils ont tous essayé de m'attirer, même Mattie. Je ne la blâmais pas ; je pensais simplement qu'elle avait besoin d'être sortie de là. Un jour Lloyd m'a demandé de faire une séance de Ouija avec lui. Il était tellement démoralisé. Il n'arrivait toujours pas à voler et les esprits ne lui parlaient pas, alors qu'ils accouraient pour délivrer des messages au reste de la congrégation. J'étais désolée de le voir aussi abattu, et j'en avais marre de la situation. Je veux dire, mon père était chez les Maçons et j'ai été reine des Filles de Job une année. On allait à l'église, je chantais dans le chœur. Mais ça ne m'avait pas fait perdre l'esprit.

Alors j'ai poussé la planchette. *Quittez Watson*, je lui ai fait dire. Lloyd s'est levé si brutalement qu'il a fait tomber sa chaise. Il s'est précipité chez le révérend Watson et lui a dit que Satan se promenait parmi nous, et le révérend Watson s'est précipité pour le chasser. Il y a eu un terrible remue-ménage, moi j'étais plutôt contente car la situation devenait un peu moins ennuyeuse, mais alors l'œil du révérend Watson est tombé sur moi, et c'était un œil soupçonneux.

Il n'y avait que quatre femmes dans sa congrégation, et on a commencé à beaucoup entendre parler d'Ève. Et jamais en bien ! Le révérend Watson pensait qu'Ève avait fait beaucoup plus que simplement parler au serpent dans le jardin d'Eden. Il pensait qu'elle avait couché avec lui. Les vrais croyants descendent d'Adam et Ève, nous a-t-il raconté, et donc — là il m'a regardée droit dans les yeux — les infidèles descendent d'Ève et du serpent. Et comme la chute d'Adam venait d'avoir écouté Ève, les femmes devaient être interdites de parole. Tout le mal dans le monde, dit le révérend Watson, était venu d'avoir écouté une voix de femme.

Mattie avait peur de s'opposer au révérend Watson. Et moi j'étais là, son invitée pour quatre semaines et je ne pouvais parler que s'il n'y avait personne pour m'entendre, ce qui enlève beaucoup d'intérêt à la chose. Puis le révérend Watson est parti à un colloque à Boston et, à son retour, nous avons été autorisées à parler de nouveau, car il avait un nouveau projet pour transcender le plan ordinaire de notre existence terrestre. Le nouveau projet impliquait le psychomimétisme. Demière Pluie avec L.S.D. Pluie Acide.

Lloyd fut défoncé pendant des jours. Il finit par avoir ses propres visions. Il vit qu'il pouvait voler, mais que tout simplement il ne le désirait pas. Qu'est-ce que j'ai à prouver ? demandait-il. J'ai essayé moi aussi. Ça me rendait tellement heureuse. Toutes les choses autour de moi se mettaient à danser. Les casseroles. Les piquets des clôtures. Les chèvres.

Je voyais tout comme si j'étais loin au-dessus, comme si la vie était un grand numéro de comédie musicale. On était dans le ranch, très isolés du monde extérieur. C'était l'hiver. Des centaines de corbeaux se rassemblaient dans les arbres devant la cuisine. Il y en avait tellement qu'on avait l'impression que l'arbre était couvert de feuilles noires. Je suis sortie et ils se sont envolés selon un motif élaboré, comme des mots tracés à l'encre dans l'air. Ils se sont réinstallés dans l'arbre, et mis à croasser à mon intention. « Pars, disaient-ils. Pars. Pars. »

« J'aime les corbeaux. » Bernadette regarda Mo. « J'espère que vous mettez des tas de corbeaux dans vos livres. Je suppose qu'ils se regroupent autour des champs de betterave. Surtout lorsque les corps sont exhumés. Vous pourriez avoir des corbeaux qui trouvent des indices. Il y en a toute une bande, qui a fait son nid dans le parking du centre commercial de l'Université. Je les vois lorsque je vais me faire couper les cheveux.

« On peut dire que j'en mets, oui, seulement ce sont des pies, dit Mo. Les pies sont vraiment le symbole de la Vallée pour moi. Un critique a parlé du motif de la pie chez moi. Je les utilise comme présages et aussi comme sujets. Je pourrais vous expliquer comment je m'y prends.

— Si nous étions en train de parler de pies, dit Prudie avec fermeté. Continue, Bernadette. »

Eh bien, il m'a semblé que si un corbeau vous dit de faire quelque chose il faut le faire. Je suis partie sans même prendre d'autres vêtements. J'ai quitté le ranch à pied. Il y avait des kilomètres et des kilomètres avant d'arriver à une route avec un peu de passage, et je n'avais pas fait la moitié du chemin qu'il s'est mis à pleuvoir. D'énormes paquets de pluie, si épais que je pouvais à peine voir à travers.

Mes chaussures étaient couvertes de boue, comme si je portais des chaussures par-dessus mes chaussures. Je me souviens m'être dit que c'était vraiment une pensée très profonde. La boue tombait et se reformait au fur et à mesure que je marchais. Mes pieds sont devenus si lourds, c'était comme si je devais marcher pour l'éternité. Bien sûr je n'avançais sûrement pas en ligne droite. Pas comme les corbeaux en vol.

Le temps d'arriver enfin à la grande route, j'étais dessaoulée. J'ai été prise en stop par un homme de l'âge de mon père. Mr. Tybald Parker. Mon apparence l'a un peu choqué. Et il m'a réprimandée parce que je faisais du stop, disant que c'était dangereux pour une femme. Il m'a donné son mouchoir.

Je lui ai tout raconté — pas seulement Mattie et Lloyd et le révérend Watson, mais tout ce qui me passait par l'esprit. Les Grains de Poivre. Papa qui était dentiste. C'était si agréable de pouvoir à nouveau parler librement, je n'avais pas besoin de m'arrêter et de me demander si je pouvais dire ceci ou ne pas dire cela. C'était un tel soulagement.

Il m'a procuré une chambre d'hôtel pour que je puisse prendre une douche et dormir, et il m'a acheté un repas — sans pommes de terre — et il m'a aidée à téléphoner à mes parents pour qu'ils m'envoient de l'argent, de quoi prendre le car et rentrer à la maison. « Ne vous faites plus avoir », m'a-t-il dit juste avant de repartir. C'était la première fois depuis que j'étais partie rendre visite à Mattie que je sentais la présence de Dieu dans ma vie.

J'ai reçu une carte de Noël de Mr. Parker chaque année pendant plus de vingt ans, jusqu'à sa mort. C'étaient des lettres merveilleuses, me parlant de gens que je ne connaissais pas et qui réussissaient des examens, se mariaient, partaient en croisière, avaient des bébés. Je me souviens que son petit-fils était parti à l'U.C.L.A. grâce à une bourse de base-ball.

Et donc, pendant tout ce temps où j'en apprenais sur John, son caractère et sa liste noire, lui en apprenait sur moi. Les drogues, la secte. Les corbeaux visionnaires. Il a été complètement affolé ; c'était très mauvais pour la campagne électorale.

Il m'a dit qu'il fallait que je n'en parle jamais, à personne. J'en avais tellement marre qu'on me dise de me taire. Mais je me suis tue. J'ai été enceinte, et là John a dit que c'était un bon moyen de gagner des voix. J'ai souri, encore et encore, je n'arrêtais pas de sourire en espérant secrètement qu'il allait perdre, pour être autorisée à parler à nouveau.

Un jour, il devait participer à un débat, où les cinq candidats rencontraient les journalistes. J'ai arrangé sa cravate. « Comment je suis ? » m'a-t-il demandé, et je lui ai répondu qu'il était très bien. C'était un bel homme. Derrière il y avait deux de mes culottes collées au dos de sa veste. Elles sortaient du sèche-linge ; je suppose que c'était l'électricité statique. Elles étaient immenses parce que j'étais enceinte, mais au moins elles étaient propres.

Je ne sais pas comment elles se sont retrouvées sur sa veste. Il a dit que j'ai dû les mettre là lorsque je l'ai enlacé. Comme si je voulais que les électeurs et les journalistes et tout le monde voient mes culottes ! J'ai fait une nouvelle apparition sur sa liste ; à ce moment-là personne n'y apparaissait plus souvent que moi. *Bernadette m'a détruit,* telle fut la version officielle.

Comme s'il avait eu besoin de moi pour ça. En fait John avait lui aussi un passé, différant quelque peu de la version officielle. Dettes de jeu et une inscription au casier. Agression avec coups et blessures.

Il s'est enfui avec ma petite sœur sans même avoir divorcé de moi. Papa a dû les rechercher dans tout l'État pour ramener ma petite sœur à la maison. Comme John était un homme politique, ça a fait la une des journaux. Notre famille n'était pas épargnée. L'histoire des drogues est ressortie. La secte. L'une des Grains de Poivre m'a dit qu'il y avait une place de libre mais lorsque je suis allée parler à Mme Dubois elle m'a dit qu'elle ne me reprendrait pas, maintenant que j'avais un enfant et que, par-dessus le marché, j'étais tristement célèbre. Mme Dubois m'a dit que certains critères devaient être maintenus. Elle a dit que je polluerais les Grains de Poivre.

Elle m'a dit que plus jamais personne ne voudrait m'épouser, pas plus que ma sœur, mais en fait il n'y eut aucun problème.

> Si le joli Tableau, les magnifiques Champs, les Ruisseaux cristallins, les Arbres florissants et les Prairies festonnées d'un Paysage ou de la Nature offrent de si délicieuses Perspectives, combien plus encore de nombreux Jeunes Hommes et Jeunes Dames bien mis, richement vêtus, dans l'exacte Exécution de cet Exercice, réjouiront les Spectateurs.
>
> KELLOM TOMLINSON, Maître de Danse.

Sylvia décida de s'expliquer franchement avec Allegra. J'ai vraiment besoin de toi ce soir, allait-elle dire. Je ne crois pas que ce soit trop demander. Pour une soirée, essaie de penser à moi.

Elle croisa Allegra dans le couloir, vêtue de la robe en tricot de Sylvia. « Ça ira ? » demanda Allegra.

Sylvia sentit une vague de soulagement, d'un côté parce qu'Allegra venait, de l'autre parce qu'elle n'avait pas eu besoin de le lui dire. La confrontation avec Allegra se passait rarement comme on l'avait escompté. « Sexy », dit Sylvia.

L'humeur d'Allegra s'était améliorée. Sa démarche était plus légère, son dos plus droit. Elle avait sur le bras la robe bleu nuit avec un soleil brodé sur une épaule. « Il faut que tu mettes ça. » Sylvia mit la robe. Allegra choisit des boucles d'oreilles et un collier pour elle. Elle brossa les cheveux de Sylvia sur un côté, et les attacha. Lui mit de l'ombre à paupières et du rouge à lèvres, lui tendit un mouchoir pour essuyer. « *Pues. Vánamos, vánamos, mamá*, dit-elle. Comment se fait-il que nous soyons si en retard ? »

Au moment de sortir, Sylvia prit la main d'Allegra, la pressa, la lâcha. Elle bipa pour ouvrir la voiture et se glissa dans une longue et brûlante nuit.

—

L'*entrée** arriva, du saumon et des haricots verts, servis avec un zinfandel du coin. Pendant que tout le monde commençait à manger, un auteur de romans policiers à très gros tirages prononça le discours inaugural. Il y eut tout d'abord des problèmes avec le micro, un désagréable effet Larsen, mais ils furent rapidement résolus. Le discours fut bref et charmant ; l'écrivain, parfait.

Lorsqu'il eut terminé, Mo raconta à Dean que les procédures décrites dans les livres de cet auteur de romans policiers à gros tirages n'étaient jamais conformes. « La plupart des gens n'y font pas attention, dit Mo. Moi-même, je suis plutôt à cheval sur l'exactitude. » Il entraîna Dean à travers les erreurs des livres les plus récents d'autres écrivains, point par point. « La plupart des gens ne comprennent pas comment fonctionne la phase de découverte. » Il était prêt à l'expliquer.

Bernadette se pencha vers Prudie et parla à voix basse. « J'aurais dû être plus discrète sur un certain nombre de choses. Je ne savais pas que Mo était à cheval sur l'exactitude. Je pensais qu'il n'aimait que l'intrigue. Alors j'ai rajouté des détails. Le sport, la lingerie, la petite sœur sexy. Des trucs de mecs.

— La drogue. Des animaux qui parlent, fit Prudie.

— Oh, je n'ai pas inventé les corbeaux. »

Prudie découvrit qu'elle ne sentait aucun besoin immédiat de savoir ce qui était vrai et ce qui était faux. Plus tard peut-être. Mais Bernadette n'était pas sa mère ; peut-être s'en ficherait-elle toujours.

« Aucun de mes maris n'a été un mauvais homme. C'était moi le problème. Le mariage me paraissait toujours un espace si étroit. J'aimais le fait de me marier. Quand on vous fait la cour, ça ressemble à une intrigue. Mais quand on est marié, il n'y a plus d'intrigue. Juste les mêmes choses encore et toujours. Les mêmes combats, les mêmes amis, les mêmes occupations le samedi. La répétition finit toujours par me taper sur les nerfs.

Et je suis incapable d'être entièrement moi-même dans un mariage, quel que soit le mari. Il y avait des parties de moi que John appréciait, pour les autres c'étaient des parties différentes, mais aucun ne pouvait se débrouiller avec ma personne tout entière. Alors j'en retranchais un morceau, mais à peine retranché il me manquait déjà et je voulais le retrouver. Je n'étais jamais vraiment tombée amoureuse avant d'avoir ce premier enfant. »

La musique reprit. Prudie vit la femme noire, sans son vison, qui dansait. En même temps que son étole, elle avait ôté ses chaussures. Son partenaire était un Blanc, corpulent et chauve. Trois autres couples étaient sur la piste, mais c'étaient ces deux-là qui attiraient le regard. Il y avait quelque chose de profondément incongru dans le fait de porter des vêtements habillés et de danser ainsi. Il fallait être vraiment bon danseur pour le faire oublier. Prudie se demanda s'ils étaient mari et femme. Était-elle sa première épouse ? Avait-elle retranché quelque partie d'elle-même pour s'accorder avec lui ? Si c'était le cas, elle semblait tout à fait heureuse comme ça.

À présent il y avait huit couples sur la piste de danse. La moitié d'entre eux, selon les calculs de Prudie, étaient de riches hommes avec leur seconde épouse. Elle basait ses identifications d'après l'écart entre la jeunesse de la femme et le charme de l'homme et, au nom de Sylvia, elle désapprouvait. Elle-même avait épousé un bien plus bel homme qu'elle ne le méritait, et il lui semblait que c'était ainsi que devaient se passer les choses.

Dean vit que Prudie regardait la piste de danse. « Viens danser avec moi, chérie », dit-il. C'était de toute évidence un prétexte pour échapper aux explications détaillées de la traque et de la capture.

Prudie n'avait pas dansé, pas même seule dans le salon en écoutant Smokey Bill Robinson, depuis la mort de sa mère. Sa mère était une grande fan des chansons de Smokey Robinson. Mais Prudie se dit qu'elle pouvait faire cela pour Dean. Ce n'était pas un gros sacrifice. « D'accord », dit-elle. Elle réalisa qu'elle ne pouvait pas. « Dans une minute. Plus tard, peut-être.

— Et vous, Bernadette ? »

Bernadette enleva ses boucles d'oreilles, les posa à côté de son assiette. « Elles m'alourdissent », dit-elle avant de suivre Dean.

Une ombre tomba sur Prudie. Qui n'était autre que Jocelyn, qui arrivait enfin, et se baissait pour l'embrasser sur la joue. « Tu es là en train d'attendre ? » demanda Jocelyn. Elle sentait la transpiration et le savon bon marché des distributeurs. Ses cheveux étaient humides et dressés tout autour de son visage. Son maquillage était à moitié défait. Elle tomba sur la chaise à côté de Prudie, se pencha, enleva une chaussure et se massa la voûte plantaire.

« Tu as raté le velouté et le premier discours. Je m'inquiétais », dit Prudie. Elle ne s'était pas réellement inquiétée, mais seulement parce que Bernadette l'avait distraite, et non pas grâce à Jocelyn. Prudie aurait dû s'inquiéter. Jocelyn pouvait être délibérément grossière, mais elle n'était jamais incorrecte. Jocelyn n'était jamais en retard. Jocelyn n'était jamais... négligée. Comme c'était étrange — Bernadette avait meilleure allure que Jocelyn ! « Aucune nouvelle de Sylvia, lui dit Prudie. Ni de Daniel. Qu'est-ce que ça veut dire, à ton avis ?

— Je vais aller l'appeler », dit Jocelyn. Elle remit sa chaussure. « Je suis surprise pour Daniel. Allegra m'a dit qu'il devait venir, elle en était certaine.

— Les scènes peuvent se révéler désagréables... commença Prudie.

— Sylvia ne ferait jamais de scène.

— Toi, si. »

Jocelyn s'éloigna. Grigg prit le siège à côté de Mo. Il y avait plusieurs chaises vides entre celle de Grigg et celle de Jocelyn. Ton amour me transporte toujours plus haut, chantait l'orchestre. Mais sans les paroles. « Est-ce que vous pourrez raccompagner Jocelyn ? demanda-t-il à Prudie. Plus tard ? Après la danse ? Je n'ai plus d'essence.

— Bien sûr, répondit Prudie. Et Dean vous emmènera chercher de l'essence. Où vous voulez. »

Jocelyn revint à la table. « Elles sont à cinq minutes de là, annonça-t-elle. Presque arrivées. »

Grigg se concentra sur le dîner. Il tourna sa chaise de manière à se trouver face à Mo. « Donc, les histoires à suspense. J'aime les romans policiers. Même lorsqu'ils sont systématiques. Dans ce cas, c'est le système que j'aime.

— Les miens ne sont pas systématiques, dit Mo. Dans l'un d'eux, il n'y a même pas de meurtre sinon tout à la fin. »

Qui donc n'aime pas les histoires à suspense ? « Comment as-tu fait la connaissance de Bernadette ? demanda Prudie à Jocelyn.

— Elle était mariée avec mon parrain.

— Et que faisait-elle ?

— Comme métier ? Pose-lui la question.

— Ça prendrait trop de temps, dit Prudie.

— Je ne crois pas que je puisse faire court, moi non plus. Elle n'a jamais fini ses études, alors elle faisait toujours ceci ou cela. Donné des cours. Été manucure. Je me souviens qu'elle m'a dit qu'elle avait un jour travaillé dans une fête foraine, il fallait inciter les gens à lancer des anneaux autour de piles d'assiettes. Elle a été Blanche-Neige à Disneyland pendant un certain temps. Fait du baby-sitting d'animaux. Mais surtout elle était occupée à se marier. Comme dans Austen, sauf qu'il y a eu tellement de mariages. Ce n'est pas qu'elle était intéressée. Tu sais quel tempérament jovial elle a ; elle pensait toujours que cette fois ce serait le bon, celui qui durerait. Il m'est arrivé de m'inquiéter pour ses gamins, mais c'était juste pour le principe. Ils ont toujours semblé bien aller, et ils sont devenus superbes. Elle était ma préférée de toutes les épouses de Ben. Ils vivaient dans cette grande vieille maison à Beverly Hills, avec un jardin magnifique et une véranda avec vue panoramique. Il y avait un étang avec des poissons rouges et un pont en bois. C'était un endroit fabuleux.

— Pas Ben Weinberg !

— Tu as entendu parler de lui ? Il a été un gros bonnet d'Hollywood pendant un certain temps. Il a beaucoup travaillé sur les films d'Astaire. »

Parade de printemps. « Oh mon Dieu, fit Prudie. L'intrigue se corse ! »

Elle se tourna pour regarder la piste de danse. Derrière l'arche de verre à cinq niveaux, il faisait nuit. À l'intérieur, les balcons semblaient suspendus à des chaînes de lumières, qui brillaient à présent comme des constellations. L'orchestre semblait petit, lointain. Elle aperçut Dean. Grand et bel homme, il dansait de manière un peu saccadée mais ça lui allait bien.

Bernadette était ronde, mais élastique. Elle avait les épaules tremblantes, les genoux flageolants et les hanches ondulantes. Un instant, elle faisait de tout petits pas, l'instant suivant d'amples mouvements. Un cha-cha féminin, retenu. C'était vraiment dommage que Dean soit avec elle. De toute évidence il la réprimait.

Dans le parking, Sylvia ferma la voiture, et attendit avec Allegra l'ascenseur qui menait à la rue. Elle était détendue, soulagée. Jocelyn l'avait appelée pour lui dire que Daniel ne s'était toujours pas montré. Sylvia avait pardonné à Allegra d'avoir failli se désister ce soir (et maintenant elle se sentait coupable de l'avoir fait venir). Elle avait même pardonné à Allegra le sérieux crime de rendre Allegra malheureuse.

Au niveau du second étage ou à peu près, elle dit : « Tu sais, je crois qu'il n'y a rien qui soit absolument impardonnable. Pas lorsque l'amour est là », mais Allegra lisait une publicité pour le Deop-Provera sur la paroi de l'ascenseur, et ne répondit pas.

Jocelyn s'adressait à Prudie, mais elle haussa la voix pour que Grigg et Mo puissent l'entendre également. « Tu ne crois pas que les gens qui dansent bien ne passent pas leur temps à dire qu'ils dansent bien ?

— Le premier sauvage venu peut danser », dit Grigg. Il se leva, fit quelques pas, tendit la main. Jocelyn avait très mal aux pieds, mais pour rien au monde elle ne l'aurait avoué à Grigg. Si lui n'était pas trop fatigué pour danser, alors elle non plus ne l'était pas. Elle danserait jusqu'à ce qu'il la tue.

Elle ignora la main, se leva sans son aide.

Elle ne le regarda pas. Il ne la regarda pas. Prudie les regarda tous les deux, s'éloignant ensemble, des dos en colère, des bras en colère, des pas en colère, parfaitement synchronisés.

Depuis la mort de sa mère, l'humeur de Prudie était très instable. Elle avait passé une soirée agréable jusqu'ici, écoutant les histoires de Bernadette, s'amusant à enlever toute sa crédibilité à Mo. Mais brusquement elle se sentit abandonnée par Dean et par Bernadette, Jocelyn, et Grigg. C'était idiot, ils étaient simplement en train de danser, mais elle n'y pouvait rien ; ils l'avaient tous laissée seule. Elle était toujours à la traîne.

« Je me sens comme si on avait enlevé mes attaches, dit-elle à Mo. Comme si la corde qui m'attachait au monde avait été cassée net. » Ce n'était pas une chose qu'elle pouvait dire à Dean. Il aurait été tellement blessé de penser qu'il n'était pas son attache. Si elle pouvait le dire à Mo, c'était uniquement parce qu'elle avait trop bu et ne le reverrait plus jamais. Pas plus qu'elle ne lirait ses stupides livres.

« Alors, il est temps de s'élever dans les airs », dit Mo. Il se pencha au-dessus de la table pour prononcer ces mots, et le zinnia placé au centre effleura le bas de son menton. Il se rapprocha suffisamment pour voir qu'elle pleurait, puis se redressa d'un air désemparé, surpris. « Ne faites pas ça, lui dit-il. Allons plutôt danser. Si vous pensez que Dean n'y verra pas d'inconvénient. » L'orchestre jouait le « Come Together » des Beatles qui, parmi les centaines de chansons du groupe, était l'absolue préférée de sa mère.

« Ne dansons pas, mais racontons que nous avons dansé », faillit répondre Prudie, car c'était ce que sa mère aurait fait.

C'était si genûl de la part de Mo d'avoir dit cela. Cela paraissait un si bon conseil, aussi modeste soit-il. Et même, une sorte de programme : « Allons plutôt danser. » Elle pouvait rester là, seule si on ne comptait pas Mo, et Mo ne comptait pas, ou elle pouvait se décider à aller rejoindre la fête. Elle s'essuya les yeux avec sa serviette, et la reposa sur la table. « D'accord », fit-elle.

Qu'importe si tout à l'heure elle avait refusé la proposition de l'homme qu'elle aimait ? Il l'inviterait à nouveau. Et pendant ce temps il y avait des lumières et des fleurs, des anneaux de verre et des têtes de renards en bronze. Des hommes riches et des hommes gentils et des hommes absents et des hommes qui aimaient juste une bonne intrigue. Si la musique était bonne, pourquoi ne pas danser avec chacun d'entre eux ?

Bernadette nous a raconté :

À la fin d'*Orgueil et préjugés*, Jane, Elizabeth et Lydia Bennet sont toutes mariées. Ce qui laisse deux filles Bennet, Mary et Kitty, sans mari.

Selon le neveu d'Austen, elle prévoyait de les marier plus tard. Elle a raconté à sa famille que Kitty Bennet épouserait certainement un pasteur qui habitait près du domaine des Darcy. Mary Bennet, elle, épouserait un employé du bureau de son oncle Philip, ce qui la laisserait vivre à proximité de la maison de ses parents et faire partie de la seule société parmi laquelle elle pouvait se distinguer. Ces deux mariages, selon Austen, seraient tout à fait réussis.

« J'ai toujours aimé savoir comment se termine une histoire », dit Bernadette.

DOCUMENTS PROMOTIONNELS

pour

UNE NOUVELLE ENQUÊTE

DE TERRENCE HOPKINS

par Mo Bellington

MO EST DE RETOUR !

Dans son premier roman, LES DOSSIERS DU MORT, une affaire qui tourne horriblement mal amène le flic des villes, Terrence Hopkins, à la campagne, où il doit se dévouer aux CHOSES QUI POUSSENT.
Dans le roman si apprécié DERNIÈRE RÉCOLTE, Terrence Hopkins espérait avoir vu son dernier cadavre.
Mais prenez un politicien d'une petite ville aux ambitions démesurées, ajoutez une mystérieuse secte retranchée, et tout recommence.

LE MEURTRE DES CORBEAUX

par Mo Bellington

"Mo Bellington ne fera sans doute jamais mieux."
STANDARD BEARER WEEKLY.

L'auteur est disponible pour interviews, lectures, et clubs du livre.

AOÛT

Sujet : Re : Mom
Date : 5/8/02 8:09:45 am PDT
De : Airheart@well.com
À : biancasillman@earthlink.net ; Catwoman53@aol.com

Salut, équipe Harris !

Mrs. Grossman a téléphoné ce matin. Elle a pensé que nous devrions savoir que notre mère de soixante-dix-huit ans avec sa prothèse à la hanche était sur le toit en train de nettoyer les gouttières. Je lui ai dit que nous avions engagé Tony pour tout le travail casse-cou dans la maison, mais Mrs. Grossman dit qu'il est déjà parti rejoindre son école, car il a un camp de foot. Donc l'une de nous devrait aller là-bas et trouver quelqu'un d'autre.

(Que se passe-t-il avec notre petit Grigg ? Il m'a appelée hier soir avec cette voix éraillée qu'il prend lorsqu'il veut me faire savoir que quelque chose ne va pas, sans vouloir me dire quoi.)

Amelia

Sujet : Re : re : Mom
Date : 5/8/02 11:15:52 am PDT
De : Catwoman53@aol.com
À : Airheart@well.com ; biancasillman@earthlink.net

Je voudrais qu'il soit bien clair pour chacune d'entre nous que c'est exactement ça que Mom veut. Elle sait que Mrs. Grossman va appeler et qu'on va toutes passer pour des filles négligentes et nulles et que l'une d'entre nous va être dépêchée à toute vitesse. Je veux dire, bien sûr il faut que l'une d'entre nous y aille, mais c'est une vieille dame très maligne, et pourquoi ne nous le demande-t-elle pas tout simplement ? Je dis qu'elle devrait être enfermée dans une maison de retraite jusqu'à ce qu'elle nous promette de ne plus monter sur le toit.

Quant à Grigg, suis-je la seule à penser qu'il est de nouveau amoureux ? Ça faisait longtemps ? Sandra, ça remonte à quand ?

Amour à toutes, Cat

Sujet : Re : re : re : Mom
Date : 5/8/02 12:27:59 pm PDT
De : Airheart@well.com
À : Catwoman53@aol.com ; biancasillman@earthlink.net

C'est nous les responsables de la vie amoureuse de Grigg. Nous avons fixé un niveau qu'aucune femme ne peut atteindre.

A.

Sujet : Mom et Grigg
Date : 5/8/02 1:02:87 pm PDT
De : biancasillman@earthlink.net
À : Airheart@well.com ; Catwoman53@aol.com

Les temps sont calmes ici donc ça ne me dérange pas d'aller m'occuper de Mom. (Nous *sommes* des filles négligentes et nulles.)

Je suis pratiquement sûre que Grigg aime bien l'une des femmes de son club du livre. Je ne suis pas sûre que ce soit réciproque. Il m'a appelée, moi aussi, hier soir, très tard, et il était très déprimé. J'ai bien peur que Sandra l'ait laissé encore plus fragile qu'avant. (C'était quoi cette devise des girl-scouts — Laissez l'endroit en meilleur état que vous l'avez trouvé ? Sandra n'était pas une girl-scout.) J'ai toujours pensé qu'elle se servait de lui à cause de ses compétences en informatique.

Salut aux maris et aux gamins, Bianca

Sujet : Re : Mom et Grigg
Date : 5/8/02 1:27:22 pm PDT
De : Catwoman53@aol.com
À : Airheart@well.com ; biancasillman@earthlink.net

Sandra était un drôle de numéro. Tu te souviens de ta fête de Noël, Amelia ? Ne reste jamais au-dessous du gui, Lady. Garde les mains là où tout le monde peut les voir. On a essayé d'avertir Grigg. Un joli visage et il n'écoute plus ses sœurs.

XXXXXX, Cat

Sujet : Re : re : Mom et Grigg
Date : 5/8/02 5:30:22 pm PDT
De : Airheart@well.com
À : Catwoman53@aol.com ; biancasillman@earthlink.net

Si Grigg est amoureux de nouveau, l'une de nous devrait aller s'occuper de ça aussi !

A.

CHAPITRE VI

où nous lisons Persuasion *et nous retrouvons chez Sylvia*

En salle d'Histoire de la Californie, quels que soient le jour et l'heure, la plupart des gens sont en train de chercher l'origine de leur famille. Sylvia travaillait à la bibliothèque de l'État depuis 1989. Elle avait aidé des centaines et des centaines de personnes à introduire les rouleaux de microfiches dans le chargeur, à ajuster l'image, maîtriser l'avance rapide. Elle ouvrait l'index des mariages et décès, partait en expédition spéléologique pour retrouver des arrière-arrière-arrière-grands-parents. La journée avait commencé par un échec — un nom banal (Tom Burke), une grande ville (San Francisco), des dates imprécises, tout cela aboutissait à un descendant en rogne qui s'imaginait que Sylvia ne faisait pas assez d'efforts. Ses capacités et sa ténacité furent comparées, à son désavantage, avec celles des mormons.

Tout cela lui donnait matière à réflexion. Ce degré d'intérêt pour la généalogie avait-il toujours existé, se demandait-elle, même dans les années soixante, lorsque tout devait être improvisé, laissé au hasard ? Qu'est-ce que ça signifiait, toute cette recherche du passé familial ? Qu'est-ce que les gens s'attendaient à trouver ? Quel rapport, vraiment, ces ancêtres peuvent-ils avoir avec ceux qu'ils étaient aujourd'hui ?

Elle supposait qu'elle ne valait pas mieux que les autres. Elle ressentait un plaisir particulier lorsqu'une personne demandait la Boîte 310, une collection de documents d'archives espagnols et mexicains. Récemment, elle avait elle-même traduit le « Mariage solennel de Manuel Rodriguez de Guadalajara, de parents décédés, avec María Valvanora E La Luz, fille d'un soldat et d'une habitante de Cynaloa ». La date sur le document était le 20 octobre 1781. L'information, brute. S'aimaient-ils tous les deux désespérément ? Étaient-ils amis, ou bien dînaient-ils tous les soirs dans un silence glacé, faisaient-ils l'amour pleins de ressentiment ? Étaient-ils restés mariés ? Avaient-ils eu des enfants ? L'un des deux était-il un jour parti sans crier gare, et si oui, qui était l'abandonneur, qui l'abandonné ?

La boîte comportait d'autres documents, une invitation à un grand bal dans la maison du gouverneur en l'honneur d'Antonio López de Santa Anna ; une photocopie des Actes de capitulation d'Andrés Pico à John C. Frémont, à Cahuenga ; une lettre de Fra José María de Zalvidea discutant des lois du mariage entre Indiens. Sur cette lettre on avait suggéré la date de 1811. Dans un autre monde, mais sur le même sujet, Jane Austen publiait enfin *Raison et sentiments*.

Nous étions là d'abord, disait souvent le père de Sylvia, bien que sa mère ne soit que de la seconde génération, et de toute manière, bien sûr, ils étaient loin d'être les premiers, ils étaient juste arrivés avant d'autres.

Car la Californie est un poème !
Le pays de l'amour, du mystère,
de la foi, de la beauté et du chant.

Ces mots étaient d'Ina Coolbrith ; ils étaient gravés au burin sur le mur près de l'escalier qui menait au deuxième étage. Mais l'inscription préférée de Sylvia se trouvait au dernier étage, tracée au marqueur magique. *Silence,* lisait-on. *Recherche en cours.*

Enfant, Sylvia n'était jamais venue dans cette bibliothèque, mais elle avait grandi non loin de là, dans une maison grise en bois dans Q Street. Ils avaient un grand jardin, avec des citronniers sur le devant, des tomates et des chilis à l'arrière. Sa mère était toujours dans le jardin — c'était une jardinière née. La sainte qu'elle préférait était Thérèse, qui avait promis, après sa mort, d'arroser le monde avec des roses.

La mère de Sylvia y mettait du sien. Elle avait toutes sortes de rosiers, de toutes tailles, et même des rosiers qui grimpaient sur les treillis. Elle les lavait pour les débarrasser des pucerons, les nourrissait de compost et, l'hiver, les enveloppait. « Comment sais-tu ce qu'il faut faire ? » lui avait un jour demandé Sylvia, et sa mère avait répondu qu'il suffit de leur prêter attention, et les roses vous disent ce dont elles ont besoin.

Le père de Sylvia écrivait pour le journal en espagnol *La Raza*. Le soir des hommes venaient et s'asseyaient dans la véranda, jouaient de la guitare, parlaient politique, agriculture, immigration. C'était la tâche de Sylvia, le lendemain matin, de nettoyer l'endroit, les bouteilles, les mégots, les assiettes sales.

Sa deuxième tâche était de se précipiter dans la maison de sa grand-mère en sortant de l'école et de produire une traduction simultanée du feuilleton *Le Jeune Dr. Malone*. Il s'en passait des choses dans la petite ville de Denison ! Meurtres, incarcérations, boisson, et désespoir. Adultères et cécités hystériques. Thrombose. Cancer de la gorge. Accidents invalidants. Testaments falsifiés. Suite au prochain épisode...

Ensuite la grand-mère de Sylvia analysait le spectacle, le moindre trait de caractère des personnages, les thèmes et les symboles, les leçons de morale bien utiles. L'analyse occupait pratiquement tout le reste de l'après-midi. Les femmes adultères devenaient aveugles. Les infirmières aimaient les médecins d'une dévotion silencieuse et non réciproque, ouvraient des cliniques pédiatriques, faisaient du bon travail. La vie était tissée d'urgences médicales, de procès, d'histoires d'amour douloureuses et de membres de votre famille qui vous poignardaient dans le dos.

Quelquefois le père de Sylvia lui lisait des contes de fées d'Europe au moment de se coucher. Il changeait la couleur des cheveux des héroïnes qui, de blondes devenaient brunes (comme si Sylvia pouvait s'y laisser prendre, comme si la fille de Diego Sanchez pouvait s'identifier à une *brunette** nommée Blanche-Neige). Chaque fois que c'était possible, il mettait l'accent sur les problèmes de classe. Des fils de forestiers épousaient des princesses. Des reines dansaient jusqu'à la mort dans des chaussures ensanglantées.

Le dimanche sa mère lui lisait des extraits de *La Vie des saints*. Saint Dorcas, et tous ceux qui ont abandonné leurs richesses, se sont consacrés à la charité. Sa mère sautait les pages concernant les martyres — sainte Agathe (on lui avait coupé les seins), sainte Lucie (arraché les yeux), sainte Perpétue (elle avait guidé, de sa propre main, le couteau de son bourreau jusqu'à sa gorge). Pendant des années Sylvia n'avait même pas su que ces histoires existaient. Elle n'avait pu que le soupçonner.

Mais ni les contes de fées ni les saints n'eurent un effet aussi durable que *Le Jeune Dr. Malone*. Sylvia put dater le déclin de sa grand-mère du jour où le feuilleton fut annulé.

Presque tout ce que nous savions de Sylvia venait de Jocelyn. Elles s'étaient rencontrées au camp de girl-scouts lorsqu'elles avaient onze ans. La petite Jocelyn Morgan et la petite Sylvia Sanchez. « On était toutes les deux dans une hutte chippewa, avait raconté Jocelyn. Sylvia paraissait bien plus adulte que moi. Elle connaissait des choses qu'on n'aurait jamais imaginé qu'une petite fille puisse connaître. En histoire, en médecine. Elle savait tout sur les comas. »

Mais elle croyait toujours que les moniteurs complotaient dans notre dos. Elle voyait toujours les intrigues les plus élaborées derrière tout ce qu'ils faisaient. Un jour on a été conduites à quatre en dehors du campement. On devait retrouver notre chemin pour rentrer. C'était une des épreuves qu'il fallait passer pour obtenir notre insigne du mérite, avaient expliqué les moniteurs. Sylvia trouvait cela louche. « Connais-tu une raison pour laquelle ils voudraient t'écarter un moment ? » avait-elle demandé à chacune d'entre nous. Quelle petite fille raisonne de cette manière ?

Personne dans la famille de Sylvia n'avait su que son père ne touchait plus de salaire régulier et puisait dans ses économies jusqu'au moment où l'argent avait manqué pour de bon. Ils avaient alors déménagé à Bay Area, où l'oncle de Sylvia avait procuré à son père du travail dans son restaurant. Sylvia et ses frères avaient échangé leur maison victorienne à deux étages contre un petit appartement, l'école privée contre un vaste établissement public. Sa sœur aînée était déjà mariée, elle était restée à Sacramento pour avoir des bébés que ses parents se plaindraient de ne jamais voir.

De temps en temps ils prenaient la voiture et se rendaient à Sacramento avec les grands-parents de Sylvia. Le plus souvent le père de Sylvia devait travailler, et ils n'y allaient pas. Son père n'était pas habitué à servir les gens et les clients étaient frappés par son manque de cordialité. Il fallait lui rappeler qu'il ne devait pas participer à leurs conversations, et ne pas parler de syndicats avec les aide-serveurs et les cuisiniers. Le système même des pourboires lui semblait inventé pour humilier. Le jour de l'anniversaire de la mère de Sylvia, lorsqu'il lui chanta une sérénade à cinq heures et demie du matin juste avant le lever du soleil, comme il l'avait fait chaque année depuis leur mariage, Sylvia avait vu des lumières s'allumer dans la maison derrière la leur, en signe de curiosité et d'irritation anglo-saxonnes.

L'un des cuisiniers du restaurant avait une fille qui allait au lycée public. Le père de Sylvia s'était arrangé pour qu'elles se rencontrent, ainsi Sylvia aurait déjà une amie avant même d'aller en cours. La fille s'appelait Constance ; elle avait un an de moins que Sylvia. Elle mettait du rouge à lèvres blanc et retournait ses cheveux de telle sorte que sa tête ressemblait à un emballage matelassé. Elle avait cousu le nom de son petit ami sur la paume de sa main gauche. Sylvia pouvait à peine la regarder. Constance affirmait que ça ne lui avait pas fait mal : le secret était de coudre à points peu profonds. C'est Sylvia qui s'était chargée de lui expliquer les dangers d'une infection, les risques d'une amputation. De plus, la paume était vraiment désagréable à regarder. De toute évidence elles n'allaient pas être les meilleures des amies.

Puis Jocelyn était apparue. Et bientôt, Daniel.

« Il est catholique ? » lui avait demandé sa mère la première fois que Daniel l'avait raccompagnée de l'école à la maison.

« Je ne vais pas me marier avec lui », avait sèchement répliqué Sylvia, car il ne l'était pas et elle ne tenait pas à le dire.

Après leur mariage, la nuit où Sylvia et Daniel avaient eu leur première grosse dispute, elle avait roulé jusqu'à la maison de ses parents, s'était présentée à leur porte avec des larmes coulant sur son visage et ses affaires pour la nuit dans un sac, mais son père ne l'avait même pas laissée entrer. « Tu rentres à la maison chez ton mari, avait-il dit. C'est là que tu habites maintenant. Débrouille-toi. »

Bien que non-catholiques, d'un autre côté *ils* croyaient au divorce. Tout irait très mal pour une raison ou une autre, alors ils se sépareraient, et leurs parents n'essaieraient même pas de les en empêcher, et c'était pour cela qu'il valait mieux éviter d'épouser un non-catholique.

À vrai dire, plus de trente ans plus tard, n'était-ce pas exactement ce que Daniel avait fait ? C'était vraiment dommage que la mère de Sylvia n'ait pas vécu assez longtemps pour voir ça. Elle aimait tellement avoir raison.

Pour être honnête, pas plus que tout un chacun peut-être.

Une femme corpulente sortit de la salle des microfilms et s'approcha du bureau. En jeans et polo vert Squaw Vallee, elle avait un crayon en équilibre entre une oreille et son crâne. Comme elle portait également des lunettes, l'espace derrière ses oreilles était bien rempli. « Il manque un jour dans le *San Francisco Chronicle* de 1890, dit-elle à Sylvia. Ça passe du 9 mai au 11 mai. J'ai regardé *Alta* aussi. Et le *Wasp*. On dirait qu'ils n'ont jamais eu de 10 mai en 1890. »

Sylvia reconnut que c'était étrange. Puisque les microfiches provenaient d'un service central, elle se dit qu'il ne servirait à rien d'aller dans une autre bibliothèque. Sylvia envoya Maggie au sous-sol pour voir si elle pouvait trouver ce jour manquant dans l'un des journaux qui s'y trouvaient.

En général, les bibliothécaires apprécient les requêtes spéciales. Un bibliothécaire spécialisé dans les ouvrages de référence est quelqu'un qui aime la chasse. Lorsque les bibliothécaires lisent pour le plaisir, ils choisissent souvent un bon roman à suspense. Ils ont tendance aussi à avoir des chats, pour des raisons plus obscures.

Un Noir en col roulé gris demanda la retranscription d'une interview orale au sujet de la politique du bureau du gouverneur adjoint de 1969 à 1972.

Un vieil homme en béret violet appela Sylvia depuis sa table pour lui montrer son œuvre. Il était en train de copier son arbre généalogique d'une belle et méticuleuse calligraphie.

Maggie fut de retour, ayant échoué à trouver le jour manquant. Elle proposa de faire une recherche à la bibliothèque Bancroft à Berkeley, mais la femme qui avait demandé le *Chronicle* dit qu'elle devait partir ; elle avait épuisé le temps de son parcmètre. La semaine prochaine peut-être, lorsqu'elle reviendrait.

Un homme avec la peau abîmée demanda de l'aide pour faire une photocopie à partir d'un lecteur de microfiches. C'était au tour de Sylvia de le faire.

La salle principale était agréable, avec des murs incurvés, de grandes fenêtres, et une vue sur des toits de tuiles rouges. Depuis l'une des tables, on pouvait voir le haut du dôme du Capitole.

La salle de lecture des ouvrages rares était tapissée d'étagères en verre contenant les livres rares et était, à sa manière, tout aussi agréable. On travaillait là avec la porte fermée à clé et les bruits de l'extérieur étouffés. Seuls les bibliothécaires pouvaient vous faire entrer ou sortir.

Mais la salle des microfilms était sans fenêtre, éclairée par des plafonniers et par les écrans des lecteurs. Il y avait un bourdonnement permanent, avec des images inévitablement voilées d'un côté ou de l'autre, impossible de voir la totalité. Tout cela favorisait grandement les maux de tête. Il fallait vraiment aimer la recherche pour aimer la salle des microfilms. Sylvia était en train de remplir le chargeur lorsque Maggie vint la chercher. « Tu as un appel de ton mari. Il dit que c'est urgent. »

Allegra avait vraiment passé une excellente journée. Elle avait passé la matinée à travailler et à mettre un peu d'ordre dans son courrier. Elle avait eu une idée pour un cadeau à Sylvia et réfléchissait à la manière de le fabriquer. Pour s'aider à réfléchir elle se rendit au Rocknasium, le club local de varappe. Il était difficile de penser à autre chose qu'à l'escalade lorsqu'on escaladait, mais Allegra trouvait que c'était une non-pensée fructueuse.

Elle s'attacha à un harnais. Il était prévu qu'elle rencontre son ami Paul ; depuis deux mois, ils se promettaient de se voir. Le niveau d'Allegra oscillait entre 5.6 et 5.7, celui de Paul était un peu plus élevé. Les habitués étaient presque tous des hommes, mais les quelques femmes qui venaient là étaient du genre d'Allegra, solides et athlétiques. L'endroit sentait la craie et la sueur, le genre d'odeurs qui lui convenait.

Le Rocknasium n'avait que neuf murs grandeur nature. Ils étaient recouverts de poignées et de fissures, les prises signalées par des coulées de couleurs vives comme un tableau de Jackson Pollock. Chaque mur contenait un ensemble de routes — une rouge, une jaune, une bleue. Il fallait toujours passer outre une prise plus proche pour trouver la couleur correspondant au trajet qu'on suivait. La prise suivante était inévitablement petite et éloignée. Paul avait téléphoné à Allegra hier soir pour lui dire que les trajets avaient été modifiés, et lui préciser l'heure du rendez-vous.

Lorsque Allegra commença son ascension, elle resta suspendue au même point pendant trop longtemps, contemplant la meilleure manière d'accomplir son prochain mouvement. Ses bras et ses doigts commencèrent à brûler d'épuisement. Elle remarqua que les grimpeurs expérimentés se déplaçaient très, très rapidement. Rester immobile représentait plus de travail que de bouger ; trop penser était fatal. Allegra supposa qu'il y avait là une leçon à tirer. Elle apprenait vite, mais elle n'aimait pas tellement les leçons.

Elle n'était jamais venue au Rocknasium pendant la journée. Fini le sérieux des grimpeurs réguliers, le calme concentré. Au lieu de cela, il y avait des gens qui criaient, jetaient de la craie. Il y avait des rires, des cris, tout le chaos d'un goûter d'anniversaire d'enfants de dix ans résonnant contre les faux rochers avec leurs éclats de peinture. Les enfants, le sucre bouillonnant dans leurs minuscules veines, étaient partout, fixés aux murs avec leurs cordes comme des araignées. Il y avait tellement de craie dans l'air qu'Allegra se mit à éternuer. C'était une autre forme d'intimidation.

Allegra aimait être tante. Son frère Diego avait deux filles ; c'était juste ce qui lui convenait comme temps à consacrer aux enfants. Probablement. Tout ce qu'elle voulait. La plupart du temps. L'idée d'un code génétique qui vous ferait gay tout en laissant fonctionner de manière intacte votre désir de reproduction serait exaltante. Il y avait des jours où Allegra remarquait à peine comme les années s'envolaient. « Viens », criait avec impatience un gamin à quelqu'un qui ne venait pas.

Allegra alla s'échauffer en solo le temps d'attendre Paul. Ce mur-là était suffisamment bas pour une escalade sans corde, deux mètres ou à peine plus. En bas il y avait un tapis très épais. Allegra mit son pied sur une prise bleue. Elle voulut atteindre la prise bleue au-dessus de sa tête. Elle se tira vers le haut. De prise bleue à prise bleue à prise bleue. Vers le sommet elle vit une attirante touche de peinture orange, plus éloignée que la bleue — il faudrait qu'elle fasse un bond — ce serait tout juste. Les choses se passent mieux si on ne pense pas à elles. Il fallait juste bondir.

À sa droite une des filles du goûter d'anniversaire descendait en rappel à toute vitesse. La personne qui l'assurait jouait avec la corde. « Trop nerveux, tout ça », cria quelqu'un. « Hello, Jet Li. »

Près d'un autre mur, un adulte donnait des instructions. « Regarde en haut, disait-il. Le violet est à ta gauche, tout près. Tu peux l'atteindre. Ne t'en fais pas. Je te rattraperai. »

Je te rattraperai.

Personne ne rattraperait Allegra, mais Allegra n'avait jamais eu besoin d'être rattrapée. Elle dégagea une main pour prendre de la craie dans la poche de son harnais. Elle chercha la prise, et se lança.

Sylvia appela Jocelyn depuis sa voiture. « Allegra est tombée à son club de varappe », lui dit-elle. Elle essayait de ne pas imaginer toutes les choses qui peuvent arriver à quelqu'un qui a fait une chute. Fauteuils roulants. Comas. « Ils l'ont emmenée au Sutter. Je suis en route, mais je ne sais rien du tout. Je ne sais pas de quelle hauteur elle est tombée. Je ne sais pas si elle est consciente. Je ne sais pas si elle s'est cassé un ongle ou bien rompu le cou. » Elle arriva à peine au bout de sa phrase, elle pleurait trop fort.

« Je t'appelle dès que j'arrive là-bas, lui dit Jocelyn. Je suis sûre que tout va bien. Ils ne vous laissent pas escalader sans harnais dans ces gymnases. Je ne crois pas qu'il soit possible de se blesser sérieusement. »

Jocelyn croyait toujours que les choses se passeraient bien. Si à son arrivée là-bas elles ne se passaient pas bien, elle ferait en sorte qu'elles aillent sacrément bien lorsqu'elle en repartirait. Jocelyn ne pensait jamais à ce qu'elle ne pouvait pas arranger jusqu'au moment où il était impossible de faire autrement. Il y avait des jours où Sylvia était incapable de penser à autre chose. Jocelyn n'avait pas d'enfant. Sylvia en avait trois, plus deux petits-enfants ; c'était là la différence. Pourquoi Allegra serait-elle à l'hôpital si les choses allaient bien ?

Les malheurs arrivent, après tout. La chance ne dure qu'un temps. Sylvia et Daniel étaient dans la voiture de Daniel le jour où son frère était mort. C'étaient leurs derniers mois de lycée. Ils s'embrassaient et ils discutaient. Les baisers et les discussions étaient tendus. Ils reprenaient sans cesse la même conversation. Iraient-ils dans le même établissement ? Devaient-ils aller au même endroit juste pour être ensemble ? S'ils choisissaient tous les deux la même université, l'un des deux devait-il aller ailleurs juste pour éviter d'être ensemble ? Leur relation survivrait-elle à l'épreuve d'une séparation ? Devaient-ils essayer ? Lequel des deux était le plus amoureux ? Ils entendirent les sirènes. Et s'embrassèrent.

Le frère de Daniel avait été heurté par une voiture conduite par un adolescent de seize ans. Andy mourut sur le coup, ce qui fut l'unique et léger soulagement, car ainsi Daniel n'eut pas à passer le reste de son existence à penser que s'il était rentré aussitôt après avoir entendu la voiture de pompiers il aurait pu lui dire adieu.

Sylvia avait pensé que la mère de Daniel était une femme particulièrement non démonstrative, polie mais distante. Ce qui fut encore plus évident après que Sylvia et Daniel se furent mariés et eurent eu des enfants. Qu'en était-il des plaintes continuelles parce qu'elle ne voyait jamais ses petits-enfants ? Des lamentations et des manifestations de désespoir lorsque Allegra — une si belle fille — s'était révélée gay, ce qui voulait dire qu'elle n'aurait certainement jamais d'enfants à elle ?

Sylvia était elle aussi plutôt non démonstrative, mais parmi le bruit général de sa propre famille si théâtrale, personne, Sylvia comprise, ne s'en était encore aperçu. Elle aimait bien la mère de Daniel — une femme si discrète — mais elle se serait sentie insultée si on lui avait dit qu'elles se ressemblaient. Le jour où Andy était mort, elle avait vu la mère de Daniel s'effondrer, se froisser comme du papier. Quelque chose était apparu sur son visage, qui ne devait jamais disparaître.

Dans *Persuasion*, Jane Austen fait allusion à la mort d'un enfant. Elle est brève et dédaigneuse. Les Musgrove, dit-elle, « ont connu la mauvaise fortune d'avoir un fils difficile, bon à rien ; et la bonne fortune de le perdre avant qu'il atteigne sa vingtième année ». Dick Musgrove n'est pas aimé. Lorsqu'il part en mer, personne ne le regrette. Assigné à un navire sous le commandement du capitaine Wentworth, il meurt d'une manière jamais précisée, et seule la mort le rend précieux aux yeux de sa famille.

Tels sont les parents que l'héroïne d'Austen, Anne Elliot, décrit plus tard dans le livre comme excellents. « Quelle bénédiction, dit Anne, pour des jeunes gens d'être en de pareilles mains ! »

Il y avait de la circulation ; les voies étaient surchargées. Sylvia avançait au ralenti. Les malheurs arrivent. À présent elle voyait du verre, une voiture accidentée sur la bande d'arrêt d'urgence, la porte arrière du côté conducteur pratiquement pliée en deux. Les passagers avaient été emportés, impossible de deviner sous quelle forme ils s'étaient retrouvés. Dès qu'elle eut dépassé l'accident, Sylvia put reprendre une allure normale d'autoroute.

—

Il fallut quinze minutes à Jocelyn pour se rendre à l'hôpital, cinq autres minutes pour trouver l'infirmière des urgences qui avait admis Allegra. « Vous êtes de sa famille ? » demanda l'infirmière qui, très poliment, lui expliqua ensuite que l'hôpital ne pouvait délivrer aucune information sur l'état d'Allegra à une personne qui n'était pas de la famille.

Jocelyn croyait aux règles. Elle croyait aux exceptions aux règles. Pas seulement pour elle-même, mais pour toute personne comme elle. Elle décrivit toute la situation aussi poliment que possible. « Je ne vais pas faire d'embarras, dit-elle. Et je ne suis pas fatiguée. Sa mère attend que je l'appelle. »

L'infirmière fit remarquer qu'Allegra était le nom d'un médicament contre l'allergie. C'était plutôt méprisant et guère approprié. Lorsque Jocelyn y repensa plus tard, se souvenant de tout mais délivrée de l'anxiété au sujet d'Allegra, cet épisode la rendit furieuse. Quelle chose désinvolte à dire dans des circonstances pareilles. Et puis c'était un nom magnifique. Il venait de Longfellow.

L'infirmière admit qu'on avait fait une radio. Allegra était dans un appareil orthopédique. Elle avait une blessure à la tête, ce qui était préoccupant, mais elle était consciente. Le Dr Yep s'occupait de son cas. Et non, Jocelyn ne pouvait pas voir Allegra. Seuls les membres de la famille le pouvaient.

Jocelyn expliquait toujours à l'infirmière en quoi elle se trompait également sur ce point, lorsque

Daniel apparut. Il s'approcha comme s'ils s'étaient vus la veille, et l'enlaça. Elle reconnut son odeur, la même depuis toujours.

Il y a des moments où vous avez besoin de bras autour de vous. Le plus souvent Jocelyn aimait être célibataire, mais parfois elle se faisait cette réflexion. « On lui a fait une radio. Elle a sans doute une blessure à la tête. Ils ne veulent rien me dire », dit-elle, enfouie dans l'épaule de Daniel. « Il faut que j'appelle Sylvia tout de suite. »

Lorsque Sylvia la vit, Allegra était immobile depuis deux heures, ce qui l'avait rendue furieuse. Daniel et Jocelyn l'entouraient, le visage blanc, le sourire forcé. Ils tombèrent d'accord sur le fait que c'était toujours Allegra qui se blessait, jamais les garçons. Vous vous souvenez comment elle s'était cassé le pied en tombant du trapèze dans la salle de jeux ? Comment elle s'était démis la clavicule, en dégringolant d'un orme ? Comment elle s'était broyé le coude dans cet accident de vélo ? Encline aux accidents, ils s'accordèrent sur ce point, ce qui rendit Allegra plus folle encore. « Je ne suis pas blessée du tout, dit-elle. Je suis tombée d'un mètre et j'ai atterri sur un tapis. C'est incroyable qu'ils m'aient amenée ici. Je ne me suis même pas évanouie. »

En fait elle avait perdu connaissance, et s'en doutait un peu. Elle n'avait aucun souvenir de la chute, aucun souvenir avant l'arrivée de l'ambulance. Et certainement elle était tombée de plus haut qu'un mètre. Elle savait pour le tapis uniquement parce qu'elle l'avait vu avant sa chute. Mais puisqu'elle ne pouvait se souvenir des détails, elle se sentait libre de les adapter. Était-ce vraiment mentir ?

En ce moment même, à l'hôpital où ils se tenaient tous autour de son lit comme s'ils jouaient la dernière scène du film *Le Magicien d'Oz,* ils avaient l'air d'être de mèche pour faire une montagne de rien du tout. Si on considérait toutes les descentes en eau vive, le snowboard, le surf, sans oublier le parachute qu'elle avait fait, il lui semblait qu'elle s'en était plutôt bien tirée. Ça faisait mauvaise impression à ses parents simplement parce qu'ils n'étaient pas au courant pour la descente en eau vive, le snowboard, le surf, le parachute.

Finalement le Dr. Yep entra avec la radio. Allegra ne pouvait pas bouger d'un centimètre, elle ne put donc pas regarder, mais de toute manière elle ne savait pas lire les radios. Elle ne savait pas discerner les couleurs des étoiles dans un télescope, ni trouver les oiseaux avec des jumelles, les paramécies au microscope. C'était énervant, mais sans importance dans le quotidien.

Le Dr. Yep parlait avec ses parents, leur montrant ceci et cela sur les côtes d'Allegra, sur son crâne. Le médecin avait une voix très agréable, ce qui valait mieux car elle parla un très long moment. Après avoir énuméré les nombreuses choses qui auraient pu se trouver sur la radio d'Allegra, mais heureusement ne s'y trouvaient pas, le Dr. Yep en vint au fait. Comme Allegra l'avait dit, elle n'avait absolument rien de grave. Cependant, ils voulaient la garder jusqu'au lendemain en observation pour éviter toute complication. Le Dr. Yep déclara qu'Allegra avait donné des réponses bizarres aux questions posées dans l'ambulance — quel jour de la semaine on était, quel mois. Ce qu'Allegra nia.

« Ils m'ont simplement prise au pied de la lettre », dit-elle. Elle ne se souvenait pas de ses réponses, elle se souvenait simplement que les urgentistes, aussi agités que des moustiques, l'avaient provoquée. Elle avait peut-être cité un peu de Dickinson. Dans quel univers était-ce un crime ? Finalement on lui enleva ses sangles, et elle put bouger de droite à gauche. Il y eut un moment embarrassant, lorsqu'elle découvrit qu'elle avait un bandage sur la tempe, du sang sur la joue. Apparemment elle s'était entaillé la tête.

Il fallut quarante minutes de plus pour terminer les papiers et être admise à l'étage. Le temps d'arriver là, elle se sentait contusionnée, raide, avec une horrible migraine qui se réveillait. Rien qui puisse être soulagé avec les deux Tylenol qu'on lui avait donnés. Elle avait besoin de drogues véritables ; elle espéra qu'elle n'allait pas être la seule à le penser juste parce qu'elle n'avait aucun os cassé.

L'infirmière de garde se révéla être Callie Abramson. Allegra était allée au lycée avec elle, bien qu'elles n'aient pas été de la même année ni dans les mêmes cercles. Callie s'occupait de l'album du lycée, et avait une bourse de l'État. Allegra, elle, était plutôt hockey sur gazon et beaux-arts. Mais c'était agréable de voir un visage familier dans un endroit étrange. Sylvia, en tout cas, en fut enchantée.

Tout en l'aidant à se mettre au lit, Callie annonça à Allegra que Travis Browne était devenu musulman. Endurci, dit Callie, quel que soit le sens de l'expression. Allegra ne croyait pas avoir échangé deux mots avec Travis. Brittany Auslander avait été arrêtée parce qu'elle volait les ordinateurs du laboratoire de langues à l'Université. Tout le monde sauf Callie avait toujours cru qu'elle était une si bonne fille. Callie s'était mariée — personne que tu connaisses — et avait deux fils. Et Melinda Pande était gay, aux dernières nouvelles.

« Endurcie ? » demanda Allegra. Elle se souvenait que Callie était devenue si mince que tout le monde avait cru qu'elle était anorexique. Elle avait voulu malgré tout être majorette supporter. Elle ressemblait à un bâton en jupe courte, le visage anguleux, criant les encouragements d'usage dans les tribunes. Un certain printemps, elle avait perdu les pédales pendant les matchs finaux. On l'avait amenée, hystérique, dans le bureau du conseiller. Ils avaient trouvé des pilules dans son vestiaire, pour l'aider à maigrir ou pour se tuer, personne ne l'avait su, mais les langues étaient allées bon train.

Et à présent elle était là, mince mais pas trop, travaillant, avec un sourire de mère de famille, disant à Allegra comme c'était sympathique de la revoir. Allegra était très heureuse pour elle. Elle regarda les photos des fils de Callie, qui toutes dégageaient l'atmosphère d'un foyer tolérant, chaleureux et animé. Elle se dit que Callie devait être une très bonne mère.

Callie en fait semblait avoir très peu de souvenirs d'Allegra, mais n'était-ce pas ce qu'on attendait des camarades de lycée ?

Sylvia et Daniel rentrèrent ensemble à la maison pour rassembler quelques affaires pour Allegra — sa brosse à dents, ses pantoufles. Elle avait demandé un milk shake, ils lui rapporteraient cela aussi. « Elle est très sensible », avait dit le Dr. Yep à Sylvia en privé. De toute évidence elle trouvait que c'était une cause de souci.

Sylvia le prit comme un réconfort. Le soulagement se transforma en bonheur. C'était bien là son Allegra, indemne, inchangée. Elle aurait préféré la ramener à la maison, mais vraiment elle ne pouvait se plaindre de rien, absolument rien. Elle l'avait échappé belle. Un autre jour de chance, de très grande chance, dans la vie pleine de chance de Sylvia.

« Comment va Pam ? » demanda-t-elle charitablement à Daniel. Elle n'avait encore jamais rencontré Pam. Allegra avait dit qu'elle était aussi coriace et bornée qu'il se devait pour une conseillère juridique spécialisée dans les questions familiales.

« Pamela va bien. Jocelyn ne t'a-t-elle pas paru un peu taciturne ? Bien sûr, elle s'inquiétait. On s'inquiétait tous.

— Tout va bien pour Jocelyn. Toujours occupée à faire tourner le monde.

— Dieu merci, fit Daniel. Je ne voudrais pas vivre dans un monde que Jocelyn ne ferait pas tourner. » Comme si ce n'était pas exactement ce qu'il avait fait, quitter le monde que Jocelyn faisait tourner, pour un autre dont elle ne s'occupait pas. Sylvia se fit cette réflexion, mais elle était trop soulagée, trop reconnaissante (pas envers Daniel cependant) pour l'exprimer.

Le voir de nouveau dans la maison fit une impression bizarre à Sylvia, comme si elle était en train de rêver ou de se réveiller sans pouvoir décider lequel des deux. Qui était-elle, en réalité — la Sylvia sans Daniel ou la Sylvia avec ? Par certains côtés elle avait l'impression d'avoir vieilli de plusieurs années pendant les quelques mois qui avaient suivi son départ.

Par d'autres côtés elle était redevenue la fille de ses parents. Quand Daniel était parti, elle s'était mise à se souvenir de certaines choses de son enfance, auxquelles elle n'avait pas pensé depuis une éternité. Comme si Daniel avait été une interruption qui avait duré la presque totalité de sa vie. Brusquement elle s'était remise à rêver en espagnol. Elle se surprit à penser de plus en plus aux roses de sa mère, aux opinions de son père, aux feuilletons télévisés de sa grand-mère.

Le divorce lui-même était un inévitable mauvais feuilleton. Les rôles étaient écrits à l'avance, impossible de les jouer autrement, impossible de personnaliser. Elle pouvait voir à quel point cela tuait Daniel de ne pas être le héros de son propre divorce.

« Tu dois te souvenir que ce n'est pas seulement le bon Daniel qui est parti, lui avait dit Jocelyn. Le mauvais Daniel est parti lui aussi. Est-ce qu'il n'était pas insupportable, de temps en temps ? Fais une liste de tout ce que tu n'aimais pas. »

Sylvia avait essayé, mais les choses qu'elle n'aimait pas s'étaient révélées, le plus souvent, les mêmes que celles qu'elle aimait. Elle se concentrait sur un souvenir désagréable — le jour où elle avait dû inventer une punition pour l'un des enfants, juste pour que Daniel puisse tenir sa parole. Sa manière de lui demander ce qu'elle voulait pour Noël, puis de secouer la tête en lui disant qu'après tout, ce n'était pas ça qu'elle voulait. « Tu le mettras dans le placard et tu ne t'en serviras jamais », lorsqu'elle avait voulu une machine à pain. « Ça ressemble au manteau que tu as déjà », lorsqu'elle lui avait montré une veste d'hiver qu'elle aimait. C'était tellement condescendant. Absolument insupportable.

Puis le souvenir se retournait. Les enfants avaient été bien élevés ; elle était tellement fière d'eux. Le cadeau que lui choisissait finalement Daniel était une chose à laquelle elle n'aurait jamais pensé. Et le plus souvent, une chose merveilleuse.

Une nuit, quelques semaines avant que Daniel l'emmène dîner et lui demande le divorce, elle s'était réveillée. Il n'était pas dans le lit. Elle l'avait trouvé dans le salon, dans un fauteuil, en train de regarder la pluie dehors. Le vent cognait contre les fenêtres, agitait les arbres. Sylvia aimait une tempête la nuit. Tout devenait simple. On appréciait d'être au sec, tout simplement.

De toute évidence l'effet était différent sur Daniel. « Es-tu heureuse ? » avait-il demandé.

Cela sonnait comme le début d'une longue conversation. Sylvia n'avait ni son peignoir ni ses pantoufles. Elle avait froid. Elle était fatiguée.

« Oui », dit-elle, non pas parce qu'elle l'était, mais parce qu'elle voulait abréger. Et peut-être était-elle heureuse. Elle ne pensait à rien de particulier qui la rende malheureuse. Cela faisait très longtemps qu'elle ne s'était pas posé la question.

« Moi je ne sais pas toujours dire », avait dit Daniel.

Sylvia le prit comme une critique. C'était une plainte qu'il avait déjà exprimée — elle était trop réservée, trop réticente. Quand apprendrait-elle à laisser faire ? L'eau tombait de la gouttière sur la terrasse. Sylvia avait entendu une voiture passer dans la Cinquième Rue, le *shhh* de ses pneus.

« Je retourne me coucher, avait-elle dit.

— Vas-y, avait répondu Daniel. J'arrive dans un instant. »

Mais il n'arrivait pas, et elle s'était endormie. Elle avait fait un rêve familier. Elle était dans une ville étrangère et personne ne parlait la même langue qu'elle. Elle essayait de téléphoner chez elle, mais son téléphone cellulaire était mort. Elle ne mettait pas les pièces qu'il fallait dans la cabine téléphonique, et lorsque finalement elle y arrivait, un inconnu répondait. « Daniel n'est pas ici, lui disait-il. Non, je ne sais pas où il est allé. Non, je ne sais pas quand il sera de retour. »

Dans la matinée elle avait essayé de parler à Daniel, mais il ne le souhaitait plus. « Ce n'était rien, avait-il dit. Je ne sais pas ce qui m'a pris. Oublie donc. »

À présent Daniel était dans la chambre d'Allegra, rassemblant ses affaires. « Est-ce qu'on prend un livre ? Sais-tu ce qu'elle est en train de lire ? »

Sylvia ne répondit pas tout de suite. Elle était allée dans la chambre téléphoner aux garçons et avait remarqué qu'elle avait cinq messages. Quatre étaient raccrochés, des démarcheurs certainement, et l'un était de Grigg. « Je me demandais si on pouvait parler. Pouvez-vous déjeuner avec moi cette semaine ? Rappelez-moi. »

Daniel entra juste à temps pour entendre la fin. Elle savait qu'il était surpris. Sylvia, elle, l'était plus ou moins. Elle savait que c'était l'œuvre de Jocelyn. Sylvia avait toujours soupçonné que Grigg lui avait été destiné. Bien sûr, elle ne voulait pas de lui, mais ce genre de détails a-t-il jamais arrêté Jocelyn ? Il était bien trop jeune.

Elle comprit que Daniel ne lui demanderait pas de qui était le message. « Grigg Harris, lui dit-elle. Il fait partie de mon club Jane Austen. » Laissons Daniel penser qu'un autre homme s'intéressait à elle. Un homme tout à fait convenable. Un homme qui lit Jane Austen.

Un homme avec qui elle devait passer un déjeuner où elle serait mal à l'aise. Maudite soit Jocelyn.

« Est-ce qu'il faut prendre un livre pour Allegra ? » demanda à nouveau Daniel.

« Elle est en train de relire *Persuasion*, dit Sylvia. On le relit toutes les deux, en fait. »

Daniel téléphona à Diego, leur fils devenu avocat spécialisé dans les problèmes d'immigration à L.A. Diego avait été prénommé d'après le père de Sylvia et c'était lui qui avait hérité des passions politiques de son grand-père. Sous d'autres aspects, Diego était celui qui ressemblait le plus à Daniel, un adulte précoce, sérieux, responsable. Comme l'avait été Daniel.

Sylvia téléphona à Andy, prénommé d'après le frère de Daniel. Andy était leur enfant facile à vivre. Il travaillait pour une entreprise de paysagistes à Marin et téléphonait de son portable dès qu'il faisait un repas extraordinaire ou voyait quelque chose de magnifique. Dans la vie d'Andy ces choses arrivaient fréquemment. « Le coucher de soleil le plus sensationnel ! » disait-il. « Les plus sensationnelles des tapas ! »

Diego proposa de venir et il fallut le convaincre que ce n'était pas nécessaire. Andy, qui aurait pu faire le trajet en un peu moins d'une heure, ne pensa même pas à le proposer.

Daniel et Sylvia retournèrent à l'hôpital et s'installèrent auprès d'Allegra. Ils restèrent toute la nuit, s'assoupissant sur leur chaise, car dans les hôpitaux des erreurs peuvent survenir — les médecins sont distraits par leur vie personnelle, aventures et ruptures, des gens arrivent avec de la fièvre et repartent amputés. C'était la motivation de Sylvia, en tout cas. Daniel resta parce qu'il voulait être là. C'était la première nuit que lui et Sylvia passaient ensemble depuis qu'il avait déménagé.

« Daniel », dit Sylvia. Il était deux heures du matin, ou peut-être trois. Allegra dormait, son visage tourné du côté de Sylvia. Elle rêvait. Sylvia pouvait voir ses yeux bouger sous ses paupières. Sa respiration était rapide et audible. « Daniel ? Je suis heureuse. »

Daniel ne répondit pas. Il s'était peut-être endormi, lui aussi.

—

Le samedi suivant, Sylvia organisa une sortie à la plage. Elle proposa d'aller manger des sushis à Osaka, dans Bodega Bay, parce que Allegra ne dirait jamais non à des sushis et Osaka était ce qu'ils pourraient trouver de mieux. Elle proposa une course sur le sable pour Sahara et Thembe, parce que Jocelyn ne dirait jamais non à ce genre de choses. Il y avait si peu d'endroits où un Ridgeback pouvait courir en liberté sans problème. Ce n'était pas le genre de chiens à venir quand on les appelait. À moins d'appartenir à Jocelyn.

Une sortie à la plage permettrait à tout le monde de s'évader de la chaleur de la Vallée pour une journée. « Et je crois que je vais inviter Grigg, dit Sylvia à Jocelyn, plutôt que de déjeuner avec lui. » Les activités de groupe, la clé pour éviter l'intimité non désirée.

C'est au téléphone qu'elle lui dit cela, et il y eut un long silence de la part de Jocelyn. Sylvia ne lui avait pas parlé du déjeuner, alors c'était peut-être simplement la surprise. « D'accord, dit-elle finalement, je suppose qu'on peut faire tenir une autre personne dans la voiture. » Ce qui n'avait aucun sens. S'ils prenaient la camionnette de Jocelyn, ce qu'ils feraient sans aucun doute à cause des chiens, deux personnes supplémentaires tenaient sans problème.

Ce qui était une bonne chose, car Grigg, après avoir répondu qu'il ne pouvait pas, car sa sœur Cat lui rendait visite, rappela en disant que Cat voulait absolument venir à la plage, elle y tenait vraiment, est-ce qu'ils pouvaient venir tous les deux ? Ils découvrirent que Cat ressemblait beaucoup à Grigg, en plus grosse, et les longs cils en moins.

La marée avait laissé en se retirant de gracieuses courbes gravées dans le sable. Le vent s'était levé de la mer et l'écume battait sauvagement. Au lieu de se dérouler doucement, les vagues se fractionnaient, eau blanche, eau verte, eau brune et eau bleue, battues toutes ensemble. Quelques coquillages, lavés par l'eau, petits et parfaits, gisaient dans le sable en bordure de mer, mais tout le monde était bien trop correct écologiquement pour les ramasser.

Allegra regardait l'océan, les cheveux dans les yeux, les points de suture formant un délicat tatouage en forme de papillon sur sa tempe. « Dans *Persuasion*, Austen est amoureuse des marins, dit-elle à Sylvia. Quel est le métier qu'elle admirerait aujourd'hui ?

— Les pompiers ? proposa Sylvia. Comme tout le monde ? » Puis elles se turent car Jocelyn approchait, et discuter du livre avant la réunion, bien que toléré, n'était pas encouragé.

Les chiens étaient aux anges. Sahara courait sur le sable avec un bout d'algue dans la gueule, la laissant tomber pour aboyer à quelque otarie prenant le soleil sur un rocher perdu dans les vagues. Les otaries lui rendirent son salut ; tout cela sur un mode très amical.

Thembe trouva une mouette morte et se roula sur elle, si bien que Jocelyn dut le tirer dans l'eau glacée et le frotter avec du sable mouillé. Ses pieds devinrent aussi blancs que le ventre d'un poisson ; elle claqua des dents — une performance au mois d'août. Elle était très jolie, ses cheveux retenus en arrière par une écharpe, sa peau lissée par le vent. C'était en tout cas l'avis de Sylvia.

Sylvia se débrouillait pour n'être jamais seule avec Grigg. Jocelyn, remarqua-t-elle, semblait agir de même. Elles s'assirent toutes les deux sur le sable tandis que Jocelyn se séchait avec son sweat-shirt. « Lorsque j'étais en route pour l'hôpital, lui dit Sylvia, j'ai pensé que si Allegra allait bien je serais la femme la plus heureuse du monde. Elle allait bien, et moi j'ai été la femme la plus heureuse du monde. Mais aujourd'hui l'évier est bouché et il y a des cafards dans le garage et je n'ai pas le temps de m'en occuper. Le journal est rempli de misère et de guerres. Déjà il faut que je me rappelle d'être heureuse. Et tu sais, si ça s'était passé autrement, si quelque chose était arrivé à Allegra, je n'aurais pas eu besoin de me rappeler d'être malheureuse. J'aurais été malheureuse pour le restant de mes jours. Pourquoi donc le malheur est-il tellement plus puissant que le bonheur ?

— Un seul élément difficile gâche tout un groupe, répondit Jocelyn. Une seule déception gâche toute une journée.

— Une seule infidélité efface des années de fidélité.

— Il faut dix semaines pour retrouver sa silhouette et dix jours pour la perdre.

— C'est ce que je veux dire, fit Sylvia. On n'a aucune chance. » Jocelyn était plus proche et plus chère à Sylvia que sa propre sœur l'avait jamais été. Il leur était arrivé de se disputer au sujet de la lenteur de Sylvia et du comportement autoritaire de Jocelyn, mais elles n'avaient jamais eu de querelle sérieuse. Si longtemps auparavant, Sylvia avait pris Daniel à Jocelyn, et Jocelyn avait continué à les aimer tous les deux.

Cat s'approcha et s'assit à côté d'elles. Sylvia avait tout de suite aimé Cat. Son rire — et elle riait beaucoup — faisait un peu penser à un cancanement. « Grigg aime tellement les chiens, leur dit-elle. On n'a jamais eu le droit d'en avoir, alors à l'âge de trois ans il a décidé d'en être un. On devait lui tapoter la tête et lui répéter à quel point il était un bon chien. Et lui donner des sucreries. Il y avait aussi ce livre qu'il adorait. *Les Caniches verts*. Une sorte d'histoire à suspense qui se passe au Texas, un cousin d'Angleterre perdu de vue depuis longtemps, un tableau disparu. Et des tas de chiens. Notre sœur Amelia avait l'habitude de nous le lire avant qu'on aille au lit. Les livres et les chiens, c'est ça notre Grigg. »

Allegra avait découvert de petites nappes d'eau laissées par la marée dans les creux des rochers et criait pour appeler les autres. Chacune était un monde en soi, minuscule mais complet. Elles avaient le charme des maisons de poupées sans inspirer ce désir de tout réaménager. Elles étaient bordées d'anémones, épaisses et serrées les unes contre les autres. Elle vit aussi des berniques, un oursin, des oreilles-de-mer de la taille d'un ongle, et quelques vairons. Tout un choix de hors-d'œuvre.

Sur le chemin du retour Jocelyn tourna trop tôt. Ils se perdirent pendant une demi-heure dans le fin fond de Glen Ellen, ce qui ne ressemblait pas à Jocelyn. Sylvia était devant, et déchiffrait une carte MapQuest, dont il apparut, à présent qu'on en avait besoin, qu'elle était sans rapport avec la réalité des routes et des distances. À l'arrière, Cat se tourna brusquement vers Grigg. « Oh mon

Dieu, dit-elle, tu as vu cette pancarte ? Direction "Los Guilicos" ? Tu te souviens de l'école Los Guilicos pour les filles récalcitrantes ? Je me demande si elle existe encore.

— Mes parents passaient leur temps à menacer mes sœurs avec cette école Los Guilicos, expliqua Grigg au reste de l'équipe. C'était une blague dans la famille. Ils avaient lu quelque chose sur cette école dans le journal. C'était censé être un endroit plutôt rude.

— Il y a eu une émeute là-bas, dit Cat. Je crois que je n'étais même pas née. Elle a commencé avec des filles de L.A., alors je suppose qu'on en a beaucoup parlé dans les journaux de L.A. Elle a duré quatre jours entiers. La police arrêtait les filles, les emmenait quelque part, annonçait que la situation était sous contrôle, et le lendemain les filles qui restaient recommençaient. Elles cassaient des vitres et se saoulaient, se battaient avec des couteaux de cuisine et des morceaux de verre brisé. Elles ont arraché les toilettes et les ont balancées par les fenêtres avec le reste des meubles. Elles sont allées en ville et là aussi elles ont cassé les vitres. Ils ont fini par appeler la Garde nationale, et ça n'a même pas suffi pour en venir à bout. Quatre jours ! Des gangs d'adolescentes déchaînées. J'ai toujours pensé que ça ferait un grand film.

— Je n'ai jamais entendu parler de ces émeutes, dit Sylvia. Qu'est-ce qui les a déclenchées ?

— Je ne sais pas, fit Cat. On les a attribuées à des lesbiennes violentes.

— Ah, dit Allegra. Évidemment », bien que Sylvia ne comprenne pas trop ce qui était évident. De combien d'émeutes attribuées à des lesbiennes violentes Allegra avait-elle déjà entendu parler ?

Mais peut-être était-ce un « évidemment » impressionné. Peut-être Allegra ne pouvait-elle s'empêcher d'admirer des lesbiennes qui arrachaient et balançaient des toilettes.

« Je faisais tout le temps des cauchemars, dit Grigg, où j'étais poursuivi par des filles récalcitrantes avec un couteau.

— Il y avait de quoi, fit Cat. Est-ce que tu ne te demandes pas parfois où sont toutes ces filles aujourd'hui ? Ce qu'elles sont devenues ?

— Tourne ici », dit Sylvia à Jocelyn, simplement parce qu'elle avait vu un jardin empli de roses.

Jocelyn tourna. Que sainte Thérèse les guide pour rentrer à la maison.

Ou bien qu'ils se retrouvent tous à l'école Los Guilicos pour filles récalcitrantes. Les deux convenaient tout à fait à Sylvia.

Jocelyn restait silencieuse. En partie parce qu'elle n'entendait pas la conversation à l'arrière. Mais surtout parce que, lorsqu'ils étaient sur la plage, Allegra et Sylvia occupées avec les nappes d'eau, et Grigg à lancer des bouts de bois aux chiens, apprenant ainsi que les Ridgeback ne sont pas des chiens rapporteurs, Cat était brusquement venue lui parler, et sans préambule lui avait annoncé : « Mon frère vous aime beaucoup. Il me tuerait s'il savait que je vous raconte ça, mais je crois que c'est mieux ainsi. Comme cela, c'est à vous de décider. Dieu sait qu'on ne peut pas compter sur lui. Il ne fera jamais un geste.

— Est-ce lui qui vous l'a dit ? » demanda Jocelyn, le regrettant aussitôt. C'était tellement « prof de lycée » !

« Je vous en prie. Je connais mon frère » — ce qui signifiait, supposa Jocelyn, qu'il ne l'avait pas fait. Elle s'était retournée, avait regardé la plage en direction de Grigg et de ses chiens. Ils se dirigeaient vers elle, à toute vitesse. Elle put voir que Thembe, lui au moins, semblait ébloui, et ne pouvait détacher son regard de Grigg.

Les Ridgeback sont des chiens courants, donc amicaux, mais indépendants. Jocelyn les aimait à cause du défi ; il n'y a aucune gloire à être le berger d'un troupeau bien docile. Elle aimait aussi les hommes indépendants. Avant la soirée de collecte de fonds pour la bibliothèque, Grigg avait toujours semblé si désireux de plaire.

À ce moment-là il les avait rejointes et rien de plus n'avait pu être dit. Il adorait visiblement sa sœur, ce qui était sympathique. Il avait passé son bras autour de ses épaules. Cat avait un visage ouvert, et on voyait qu'elle passait beaucoup de temps en plein air. Elle paraissait son âge, et tout le reste. Mais elle avait le soleil en plein sur le visage, épreuve qu'à peine une femme sur mille peut supporter. De toute évidence la lignée était bonne. Le frère comme la sœur avaient de bonnes dents, des petites oreilles bien formées, le torse puissant, et de longues jambes.

Lorsqu'elle déposa Sylvia, Jocelyn lui raconta ce que Cat avait dit. Grigg et Cat avaient déjà été raccompagnés. Allegra s'était précipitée dans la maison pour téléphoner. « Je ne suis pas du tout convaincue que Cat savait de quoi elle parlait, dit Jocelyn. Grigg et moi on s'est disputés très fort l'autre soir. On s'est excusés tous les deux, mais depuis... De toute manière, je crois que c'est plutôt toi que Grigg a en tête. C'est avec toi qu'il a voulu déjeuner.

— Eh bien, je ne veux pas de lui, répondit Sylvia. Je t'ai pris ton petit ami au lycée et tu as vu le résultat. Je ne vais pas recommencer. Tu l'aimes bien, toi ?

— Je suis trop vieille pour lui.

— Et pas moi ?

— Il n'a aucune chance.

— C'est toi qui ne lui en laisses aucune.

— Je crois que je vais lire ces livres qu'il m'a donnés, dit Jocelyn. Si en fin de compte ce sont de bons livres, alors peut-être. Je ferai peut-être une tentative. » Au moins elle n'avait jamais été, Dieu merci, ce type de femme qui cesse d'apprécier un homme juste parce qu'il semble l'apprécier aussi.

Une lettre avait été glissée sous la porte de Sylvia. Allegra l'avait ramassée et posée sur la table de la salle à manger. « Je veux rentrer à la maison, disait la lettre. J'ai fait la plus grave erreur et tu devrais ne jamais me pardonner, mais tu devrais savoir aussi que je veux rentrer à la maison.

J'ai toujours pensé que rendre tout le monde heureux était mon devoir, et donc c'était comme un échec si toi ou les enfants ne pouvaient produire ce bonheur pour moi. Je ne suis pas arrivé à cette conclusion tout seul. Je vois un conseiller.

J'ai donc été assez stupide pour t'en vouloir de ne pas être assez heureuse. Maintenant je crois que, si je pouvais revenir à la maison, je te laisserais avoir tes états d'âme, tes inquiétudes qui te vont si bien.

La semaine dernière j'ai compris que je ne voulais pas être avec une femme qui ne peut pas m'accompagner dans la chambre d'hôpital de mon enfant. J'ai fait ce rêve pendant que nous étions sur l'une de ces horribles chaises. Dans ce rêve il y avait une forêt. (Tu te souviens du jour où on avait emmené les enfants au parc national de Snoqualmie, et où Diego a dit « On devait aller dans une forêt. Et ici il n'y a rien, que des arbres » ?) Je n'arrivais pas à te trouver. J'étais de plus en plus paniqué, et alors je me suis réveillé et tu étais juste en face de moi dans la pièce. C'était un tel soulagement, je ne peux même pas l'exprimer. Tu m'as demandé comment allait Pam. Je n'ai pas vu Pam depuis deux mois. Elle n'était pas la femme qu'il me fallait après tout.

J'ai été injuste, faible, rancunier, et inconstant. Mais dans mon cœur ça a toujours été toi. »

Sylvia resta assise, pliant et dépliant la lettre, essayant de savoir ce qu'elle provoquait en elle. Elle la rendait heureuse. Et furieuse. Elle lui faisait penser que la cote de Daniel était plutôt basse. Il rentrait à la maison, parce qu'en fait personne d'autre ne voulait de lui.

Elle ne montra pas la lettre à Allegra. Même à Jocelyn, elle ne dit rien. Jocelyn réagirait comme le souhaitait Sylvia, mais Sylvia ne savait pas encore ce qu'elle souhaitait. C'était un moment trop important pour demander à Jocelyn de se prononcer à l'aveugle. Sylvia voulait que les choses soient simples, ce qu'elles refusaient d'être. Elle lut et relut la lettre, observa ses sentiments changer chaque fois, phrase par phrase, comme dans un kaléidoscope.

La dernière réunion officielle du club Jane Austen se déroula à nouveau chez Sylvia. La température s'était maintenue toute la journée à 32 degrés, ce qui n'était pas si mal pour août dans la Vallée. Le soleil avait disparu et une brise du Delta s'était levée. Nous nous sommes installés dehors, sous l'immense noyer. Sylvia avait préparé des margaritas à la pêche, et servi un sorbet maison à la fraise, avec des biscuits de sa fabrication. Vraiment, personne n'aurait pu souhaiter une plus agréable soirée.

La réunion commença par une remise de cadeaux. L'anniversaire de Sylvia était pour bientôt. En fait, pas avant quelques semaines, mais Allegra avait fabriqué quelque chose qu'elle voulait nous montrer à tous, alors elle l'a offert à Sylvia plus tôt, enveloppé dans les journaux de la semaine. C'était à peu près de la taille et de la forme d'une cloche à fromage. On aurait cru que Sylvia était du genre à défaire le ruban, puis à enlever et plier soigneusement le papier. Au lieu de cela, elle le déchira. Sahara et Thembe n'auraient pas pu le faire plus rapidement, même en s'y mettant à deux.

Allegra avait acheté l'une de ces boules à divination « Magie Noire 8 », l'avait dévissée, avait changé les cartes à l'intérieur, et l'avait scellée. Elle l'avait peinte en vert foncé et, à l'emplacement du 8, avait transféré une reproduction du dessin de Jane Austen par sa sœur Cassandra, tracé dans un ovale comme un camée. Ce n'était pas un portrait attirant ; nous étions persuadées qu'elle avait été plus jolie que ça, mais lorsqu'on veut une image de Jane Austen on n'a pas tellement de choix.

Un ruban était enroulé autour de la boule. *Demandez à Austen* était peint en rouge dessus. Allegra avait assemblé les pages écrites par Austen d'après un fac-similé de la bibliothèque de l'Université.

« Vas-y, dit Allegra. Pose une question. »

Sylvia se leva pour donner un baiser à Allegra. C'était le plus fantastique des cadeaux ! Allegra était tellement astucieuse. Mais Sylvia n'arrivait pas à imaginer une question assez anodine pour cette toute première prévision. Plus tard, lorsqu'elle sera seule, elle saura quelles questions poser.

« J'y vais », proposa Bernadette. Bernadette était assez bien habillée ce soir, et pas un seul cheveu n'était là où il ne fallait pas. Ses bas n'étaient pas assortis, mais pourquoi auraient-ils dû l'être ? Ses chaussures l'étaient. C'était juste de l'insouciance.

« Est-ce que je dois partir en voyage ? » demanda Bernadette à Austen. Elle envisageait une expédition pour amateurs d'oiseaux au Costa Rica. Onéreuse, mais pas tant que ça si on faisait le calcul oiseau par oiseau. Elle remua la boule, la renversa, et attendit. *Tout le monde ne partage pas votre passion pour les feuilles mortes*, lut-elle.

« Pars en automne », traduisit Jocelyn.

Prudie prit la boule. Il y avait quelque chose en Prudie qui s'accordait avec un objet divinatoire. Sa peau d'un blanc de neige, ses traits accusés, ses yeux sombres, sans fond. Nous nous sommes dit qu'elle devrait toujours tenir une boule de cristal, comme un accessoire de mode. « Est-ce que je devrais acheter un nouvel ordinateur ? » demanda Prudie.

Austen répondit. *Ma bonne opinion une fois perdue l'est pour toujours.*

« Je suppose que c'est non, dit Allegra. Il faut loucher un peu. C'est une sorte d'expérience zen. »

Puis ce fut le tour de Grigg. Tout l'été, ses cheveux et ses cils avaient blanchi aux extrémités. Il bronzait facilement, de toute évidence ; le court moment passé à la plage avait suffi pour qu'il brunisse. Il paraissait plus jeune de cinq ans, ce qui était malheureux si vous étiez une femme plus âgée et qui envisageait de sortir avec lui. « Est-ce que je devrais écrire mon livre ? demanda Grigg. Mon *roman à clef** ? »

Austen ignora cette demande, répondit à une autre question, mais Grigg était le seul à le savoir. *Il avance pas à pas, et ne tentera rien avant de savoir qu'il est en sécurité.*

« Vous pourriez en vendre une ribambelle, fit Grigg. Vous pourriez en faire toute une série, avec des écrivains différents. La boule Dickens. Mark Twain. Mickey Spillane. Je payerais cher pour avoir des conseils quotidiens de Mickey Spillane. »

Il fut un temps où nous aurions été irritées de la dégringolade d'Austen à Spillane. Mais à présent on aimait bien Grigg. C'était certainement une plaisanterie de sa part.

Il tendit la boule à Jocelyn. Jocelyn avait particulièrement belle allure. Elle portait un chemisier que Sylvia n'avait jamais vu, il devait donc être tout neuf. Une jupe kaki, longue et légère. Du maquillage. « Est-ce que je dois tenter ma chance ? » demanda Jocelyn.

Tout le monde ne partage pas votre passion pour les feuilles mortes, lui répondit Austen.

« Eh bien, cette réponse marche pour toutes les questions, fit remarquer Allegra. De toute manière, il faut toujours essayer. C'est Allegra qui vous le dit. »

Jocelyn se tourna directement vers Grigg. « J'ai lu ces deux Le Guin que vous m'avez donnés. En fait, j'en ai acheté un troisième. J'en suis à la moitié de *Searoad*. Elle est tout simplement fascinante. Ça fait une éternité que je n'ai pas trouvé un nouvel écrivain que j'aime à ce point. »

Grigg cligna des yeux plusieurs fois. « Le Guin est seule à jouer dans sa catégorie bien sûr », dit-il prudemment. Puis son enthousiasme prit le dessus. « Mais elle a écrit tout un cycle. Et il y a d'autres auteurs qui vous plairont aussi. Joanna Russ et Carol Emshwiller, par exemple. »

Leurs voix baissèrent ; la conversation se fit intime, mais le peu que nous pouvions entendre tournait toujours autour de livres. Ainsi Jocelyn était devenue une lectrice de science-fiction. Nous n'avions aucune objection. Très certainement la science-fiction est dangereuse pour les gens enclins aux fantaisies dystopiques, mais tant qu'elle ne constitue pas votre seule lecture, tant qu'il reste une large part de réalisme, où est le mal ? C'était agréable de voir Grigg l'air si heureux. Peut-être devrions-nous toutes lire Le Guin.

La boule revint à Sylvia. « Devons-nous parler de *Persuasion* maintenant ? » demanda-t-elle. La réponse : *Tout le monde ne partage pas votre passion pour les feuilles mortes.*

« Tu n'as pas secoué », se plaignit Allegra. Le téléphone se mit à sonner et elle se leva, rentra dans la maison. « Allez-y, commencez, dit-elle avant de s'éloigner. Je reviens tout de suite. »

Sylvia reposa la boule, prit son livre, et le feuilleta pour trouver le passage qu'elle cherchait. « J'ai été troublée, commença-t-elle, par les manières différentes dont Austen parle de la mort de Dick Musgrove et de celle de Fanny Harville. Cela convient tout à fait à l'intrigue que le fiancé de Fanny tombe amoureux de Louisa, puisque cela laisse le capitaine Wentworth libre d'épouser Anne. Pourtant, on peut voir qu'Austen n'est pas tout à fait d'accord. » Sylvia lut à voix haute : « "Pauvre Fanny, dit son frère. Elle ne l'aurait pas oublié si vite." Mais pour Dick Musgrove, pas de larmes du tout. La perte d'un fils est moins importante que celle d'une fiancée. Austen n'a jamais été une mère.

— Austen n'a jamais été une fiancée, dit Bernadette. Ou pour une nuit seulement. Trop peu de temps pour que ça compte. Alors ce n'est pas "fils" versus "fiancée". »

Il y avait une mouche dans la véranda, volant autour de la tête de Bernadette. Une mouche bruyante, grosse, lente et qui empêchait de se concentrer. Qui nous empêchait, en tout cas. Elle ne semblait pas déranger Bernadette. « Ce qui importe c'est la valeur de la personne décédée, disait-elle. Dick était un bon à rien, incorrigible. Fanny était une femme exceptionnelle. Les gens méritent la façon dont ils sont regrettés. *Persuasion* est basé sur la question : comment gagner, mériter sa position. Les hommes de la marine qui se sont faits eux-mêmes sont tellement plus admirables que les Elliot de haute naissance. Anne a tellement plus de valeur que n'importe laquelle de ses sœurs.

— Mais Anne méritait mieux que ce qu'elle a obtenu, dit Grigg. Sauf aux toutes dernières pages. Et c'est pareil pour la pauvre Fanny qui meurt.

— On pourrait peut-être dire que nous méritons tous plus que ce que nous obtenons, fit Sylvia, si ça veut dire quelque chose. J'aimerais bien que le monde puisse pardonner. Je me sens désolée pour Dick Musgrove, parce que personne ne l'a aimé plus qu'il ne le méritait. »

Nous sommes restés silencieux quelques instants, écoutant le bourdonnement de la mouche, gardant pour nous nos pensées. Qui nous aimait ? Qui nous aimait plus que nous ne le méritions ? Prudie eut envie de rentrer immédiatement à la maison retrouver Dean. Elle ne le ferait pas, mais lui raconterait qu'elle y avait pensé.

« Il n'y a pas tellement de morts dans les autres romans d'Austen », dit Jocelyn. Elle était déjà en train de prendre un petit morceau du biscuit de Grigg sans même le lui demander. C'était du rapide ! « On peut se demander à quel point elle avait à l'esprit sa propre mort.

— Pensait-elle qu'elle était en train de mourir ? » demanda Prudie, mais personne ne connaissait la réponse.

« C'est une entrée en matière trop sinistre, dit Bernadette. Je préfère parler de Mary. J'aime tellement Mary. À part Collins dans *Orgueil et préjugés*, et Lady Catherine de Bourgh aussi, et Mr. Palmer dans *Raison et sentiments*, et j'aime aussi Mr. Woodhouse, bien sûr dans *Emma*, mais à part ceux-là, elle est ma préférée de tous les personnages comiques d'Austen. Ses plaintes continuelles. Sa manière de répéter qu'on la néglige et qu'on l'exploite. »

Bernadette fit quelques citations à l'appui : « Toi, qui n'as pas les sentiments d'une mère », « Tout le monde croit toujours que je ne suis pas une bonne marcheuse », etc., etc. Elle lut plusieurs paragraphes à voix haute. Personne ne cherchait à discuter. Nous étions parfaitement d'accord, écoutant d'un air un peu somnolent, en cette fraîche et agréable soirée. Allegra aurait pu dire quelque chose d'acerbe — comme elle le faisait souvent — mais elle n'était toujours pas revenue depuis qu'elle était partie répondre au téléphone, et donc il n'y avait personne parmi nous qui n'aimait pas Mary. Mary était une création exceptionnelle. Mary méritait qu'on lui porte un toast. Sylvia et Jocelyn se rendirent donc à la cuisine pour une deuxième tournée de margaritas.

Elles passèrent devant Allegra, qui faisait de grands gestes en parlant, comme si on pouvait la voir « ... arraché les toilettes et les ont jetées par la fenêtre », était-elle en train de dire. Quel gaspillage d'expressions si agréables à regarder — des attitudes de star du muet. Son visage était fait pour les vidéophones. Elle couvrit le combiné. « Le Dr. Yep te dit bonjour », dit-elle à Sylvia.

Dr. Yep ? Jocelyn attendit que Sylvia en ait terminé avec le mixeur pour se pencher et murmurer : « Eh bien ! Quelle mère ne souhaite pas que sa fille sorte avec un gentil médecin ! »

Quelle drôle de chose à dire ! De toute évidence Jocelyn n'avait jamais vu le moindre épisode du *Jeune Dr. Malone*. Sylvia, elle, savait comment ça se passait. À tout instant quelqu'un tombe dans le coma. Se blesse dans sa cuisine avec le mixeur. À l'hôpital, une mort suspecte suivie d'un procès pour meurtre. Des grossesses hystériques suivies d'avortements inutiles. Les si nombreux maillons d'une chaîne de désastres.

« Je suis très heureuse pour elle », dit Sylvia. Elle se prépara la plus généreuse des margaritas. Elle la méritait. « Le Dr. Yep paraît être une femme tout à fait charmante », ajouta-t-elle, pas très sincère, bien que le Dr. Yep, en fait, semblât l'être.

Bernadette était toujours en train de parler lorsqu'elles rejoignirent les autres. Elle était passée de Mary à la sœur plus âgée, Elizabeth. Tout aussi bien dépeinte, mais bien moins drôle. De manière involontaire, bien sûr. Et puis la sournoise Mrs. Clay. Mais était-elle pire que Charlotte dans *Orgueil et préjugés*, alors qu'ils avaient tous admis qu'ils aimaient Charlotte ?

Sylvia commença à prendre la défense de sa Charlotte adorée. Elle fut interrompue par la sonnette. Elle alla répondre et se trouva face à Daniel. Il avait cet air un peu terne, mal à l'aise, que Sylvia préférait au sourire de lobbyiste qu'il essaya immédiatement d'afficher à la place.

« Je ne peux pas te parler maintenant, dit Sylvia. J'ai reçu ta lettre, mais je ne peux pas discuter. Mon club du livre est là.

— Je sais. Allegra me l'a dit. » Daniel tendit la main, et montra un livre, avec sur la couverture une femme, debout devant un arbre tout en feuilles. L'exemplaire d'Allegra de *Persuasion*. « J'y ai jeté un coup d'œil à l'hôpital. Et j'ai lu toute la postface. Apparemment tout dans ce livre parle de deuxième chance. Je me suis dit que c'était un livre pour moi. »

Il cessa de sourire et son air anxieux réapparut. Le livre dans sa main tremblait, ce qui attendrit Sylvia. « Allegra pensait que tu te sentais d'humeur à pardonner, fit Daniel. J'ai pris le risque de la croire. »

Sylvia n'avait aucun souvenir d'avoir dit quoi que ce soit qui puisse donner cette impression à Allegra. Elle ne se souvenait pas d'avoir vraiment parlé de Daniel. Mais elle se poussa et le laissa entrer, le laissa la suivre jusqu'à la terrasse. « Daniel veut se joindre à nous, dit-elle.

— Il ne fait pas partie du club. » La voix de Jocelyn était dure. Les règles sont les règles, et il n'y a pas d'exception pour les coureurs de jupons et les déserteurs.

« *Persuasion* est mon livre préféré d'Austen, fit Daniel.

— Tu l'as lu ? As-tu lu un seul d'entre eux ?

— Je suis tout à fait prêt à le faire. À les lire tous, l'un après l'autre. »

Il sortit de la poche de son jeans un bouton de rose, à tige courte. « Vous n'allez pas le croire, mais je l'ai trouvé sur le trottoir d'en face. Dieu m'est témoin. J'espérais que tu penserais que c'est un message. » Il le donna à Sylvia, avec les quelques pétales qui s'étaient détachés. « *Te hecho de menos*, dit-il. *Chula*.

— *Les fleurs sont si contradictoires** », rétorqua froidement Prudie, pour lui rappeler que tout le monde ne parlait pas l'espagnol. Grigg n'avait bu qu'une seule margarita, alors elle avait pris sa deuxième, c'était donc pour elle la troisième. On pouvait s'en rendre compte à sa manière de prononcer « sont si ». Elle fit à Daniel l'honneur d'une traduction, ce qui était plus qu'il n'avait fait pour elle. « *Le Petit Prince.* » « Il ne faut jamais écouter les fleurs. »

Personne n'était plus romantique que Prudie, tout le monde le savait ! Mais la rose était un stratagème un peu facile, qui fit baisser Daniel dans l'estime de Prudie. Sans oublier qu'elle se sentait coupable de savoir que la rose lui appartenait. Dean l'avait choisie pour elle, et la dernière fois qu'elle l'avait vue, c'était épinglée à son chemisier.

Elle n'était pas sûre non plus que *Persuasion* ne soit pas une manœuvre du même acabit, mais qui oserait se servir de Jane à des fins malhonnêtes ?

« Demandez à Austen, suggéra Bernadette.

– Remuez bien ! fit Grigg. Remuez bien. » De toute évidence il soutenait Daniel. Tellement prévisible.

Sylvia posa la rose. Elle était déjà toute fanée sur sa tige, la tête déjà recourbée. Si c'était un présage, il n'était pas clair. Elle prit le globe et le remua. Elle aperçut la réponse : *Ma bonne opinion une fois perdue l'est pour toujours* ; mais elle n'en voulait pas. Elle la fit disparaître, et eut à la place : *Lorsque je suis à la campagne, je n'ai jamais envie de repartir ; et lorsque je suis en ville c'est la même chose.*

« Qu'est-ce que ça veut dire ? demanda Jocelyn à Sylvia. Quelle était ta question ?

— Cela veut dire qu'il peut rester », dit Sylvia qui vit alors, sur le visage de Jocelyn, un bref éclair de soulagement.

Allegra vint les rejoindre dehors. « *Hola, papá,* dit-elle. Tu as pris mon livre. Tu as pris ma margarita. Tu es sur ma chaise. » Sa voix était d'une légèreté suspecte. Elle avait le visage d'un ange, les yeux d'une conspiratrice. Daniel bougea pour lui faire de la place.

Sylvia les regarda s'installer tous les deux, Allegra penchée contre son père, sa joue sur son épaule. Subitement, désespérément, les garçons lui manquèrent. Non pas les adultes qui avaient travail, femme et enfants ou, du moins, petite amie et téléphone portable, mais les petits garçons qui jouaient au foot et s'asseyaient sur ses genoux pendant qu'elle leur lisait *Bilbo le Hobbit*. Elle se souvint de Diego qui, un soir après dîner, avait décidé qu'il était capable d'aller à bicyclette sans les roues de secours. Il les avait forcés à les enlever le soir même et, sans la moindre hésitation, avait pris son envol. Elle se souvint d'Andy qui se réveillait de ses rêves en riant, et ne pouvait jamais raconter pourquoi.

Elle se souvint d'une randonnée de ski l'année des inondations. 86 ? Ils avaient loué une cabane au Yosemite et avaient failli rester bloqués. Ils étaient sur l'Interstate 5 lorsqu'elle avait dû être fermée, heureusement ils avaient pu prendre la 99. L'autoroute avait été inondée une heure après leur passage.

Là-bas, en montagne, il n'avait pas arrêté de neiger. Ce qui aurait été agréable s'ils avaient été dans une luxueuse station de ski, installés dans un bon fauteuil, les pieds posés près d'un bon feu. Au lieu de cela ils étaient debout dans un parking avec des centaines d'autres familles, attendant l'autobus qui devait les emmener.

L'attente était longue, il faisait froid, et personne n'appréciait de se trouver là. Une annonce leur signala qu'un des bus était bloqué et n'arriverait pas du tout. L'humeur collective empira. Les garçons avaient faim. Allegra était affamée. Les garçons avaient froid. Allegra était gelée. Ils détestaient le ski, disaient-ils tous, et pourquoi les avait-on forcés à venir ?

Lorsqu'un bus finit par arriver, une demi-heure plus tard ou presque, un homme et une femme se poussèrent dans la queue devant Sylvia. Ça ne servait pas à grand-chose. Aucun d'eux n'était assez proche pour pouvoir entrer dans ce premier bus. Mais Sylvia avait été bousculée, et, dans sa tentative de ne pas marcher sur Diego, elle était tombée sur le sol verglacé. « Oh là, avait dit Daniel. C'est ma femme que vous venez de faire tomber.

— Va te faire foutre, avait répondu l'homme.

— Vous dites ?

— Que ta femme aille se faire foutre », avait ajouté la compagne de l'homme.

Les enfants étaient emmitouflés dans une écharpe qui leur couvrait la bouche. Au-dessus de l'écharpe, leurs yeux brillaient d'excitation. Une bagarre en perspective ! C'était leur père qui allait la déclencher. Les personnes les plus proches se poussèrent pour faire de la place autour de Daniel et de l'autre homme.

« Daniel, ne fais pas ça », fit Sylvia. Une chose qu'elle avait toujours aimée chez Daniel, c'était son absence de machisme. Les garçons auprès de qui elle avait grandi étaient de tels *caballeros*. De tels cow-boys. Elle n'avait jamais trouvé ça attirant. Daniel était comme son père, il avait assez de confiance en lui pour accepter une insulte si elle se présentait. (D'un autre côté, elle avait été poussée et insultée, sans la moindre provocation. Ce qui n'était pas juste.)

« J'en fais mon affaire », lui dit Daniel. Il portait des pantalons de ski, des après-ski souples, et une énorme parka. Ce qui n'était que la dernière couche, au-dessous se trouvaient de nombreuses autres strates. On aurait dit qu'il était sur le point d'être tiré à partir d'un canon. L'autre homme était capitonné de manière similaire, l'homme Michelin en bleu de Patagonie. Ils se mesurèrent du regard. Daniel était furieux à un point que Sylvia n'avait encore jamais vu.

Il donna un coup de poing, mais la glace était si mauvaise qu'il faillit tomber de son propre élan. Il rata la poitrine de l'autre homme de plus de dix centimètres. L'autre homme se rua sur lui et Daniel l'esquiva, alors l'homme passa outre et alla cogner un tas de skis et de bâtons.

Ils retrouvèrent tous les deux leur équilibre, se firent face à nouveau. « Tu vas regretter ça », dit l'homme. Il s'approcha de Daniel, posant le pied avec méfiance sur le sol glacé. Daniel donna un autre coup de poing, qu'il rata encore. Les semelles de ses bottes glissèrent, il tomba brutalement. L'autre homme s'approcha pour le maintenir, l'immobilisa d'un genou, mais dans sa hâte il glissa aussi. Sa femme le rattrapa et le remit debout. Daniel se releva, avança d'un pas lourd. Il donna un troisième coup de poing ; ce qui le fit tourner sur lui-même et il se retrouva face à Sylvia. Il souriait. Gras comme un père Noël dans sa grosse parka sombre, il était là, se battant pour l'honneur de Sylvia, mais incapable de flanquer un seul coup de poing. Tournoyant, glissant, tombant. Et riant.

—

« Anne Elliot est-elle vraiment la meilleure héroïne créée par Austen ? demanda Daniel. C'est ce qu'ils disent dans la postface.

— Elle est un peu trop naturellement bonne à mon goût, dit Allegra. Je préfère Elizabeth Bennet.

— Je les aime toutes, répondit Bernadette.

— Bernadette », fit Prudie. Elle avait atteint cet état d'ivresse méditatif et sentimental qui plaisait à tous ceux qui regardaient. « Tu as fait tant de choses et lu tant de livres. Tu crois encore aux fins heureuses ?

— Oh mon Dieu, oui. » Les mains de Bernadette étaient pressées l'une contre l'autre comme un livre, comme une prière. « J'ai des raisons d'y croire. J'ai dû en connaître plus d'une centaine. »

Sur la terrasse derrière elle il y avait une porte de verre, et derrière la porte une pièce sombre. Sylvia, pour sa part, ne savait pas trop que penser des fins heureuses. Dans les livres, oui, c'était agréable. Mais dans la vie la fin est la même pour tout le monde, et la seule question était de savoir qui serait le premier. Elle prit un verre de margarita à la pêche et regarda Daniel, qui lui rendit son regard, sans détourner les yeux.

Et si on avait une fin heureuse sans même le remarquer ? Sylvia prit une note mentale. Ne pas passer à côté de la fin heureuse.

Au-dessus de la tête de Daniel, une feuille, une unique feuille, oscillait lentement sur le noyer. Que la brise était minutieuse, précise ! On sentait l'odeur de la rivière, une odeur de verdure dans un mois où tout commence à jaunir. Elle respira profondément.

« Quelquefois un chat blanc n'est rien d'autre qu'un chat blanc », dit Bernadette.

NOVEMBRE

ÉPILOGUE

Le club Jane Austen s'est réuni une dernière fois. En novembre, nous nous sommes retrouvés au Crêpe Bistro pour déjeuner et regarder sur le portable de Bernadette, chacun à son tour, les photos de son voyage au Costa Rica. C'était dommage qu'elle n'ait pas fait de tirages. Chaque fois qu'elle voyait quelque chose d'impressionnant, elle prenait deux ou trois clichés identiques. Il y avait aussi deux photos de personnes sans tête, et une autre où on ne voyait rien sinon deux points rouges, que Bernadette prétendit être des yeux de jaguar, et comment prouver qu'ils n'en étaient pas ? On les voyait de si loin, de toute manière.

Elle nous a raconté qu'un jour l'autocar du tour était tombé en panne devant une plantation, l'Ara Écarlate. Le propriétaire de la plantation, le courtois señor Obando, avait insisté pour que tout le groupe reste chez lui le temps qu'un nouvel autocar arrive. Pendant les quatorze heures qu'avait duré cette attente, ils s'étaient tous promenés dans la plantation. Bernadette avait vu un céphaloptère à cou dénudé, un tyran des torrents, un momot rouge, une harpie (qui avait provoqué de nombreuses louanges), et autres spécimens à plumes et à pattes.

Señor Obando était un grand enthousiaste, il avait énormément d'énergie pour un homme de son âge. Il était déterminé à faire passer l'écocircuit par sa plantation, et cela non pour lui, mais pour les amateurs d'oiseaux. C'était son rêve, disait-il. Nulle part certainement on ne pouvait trouver une plantation avec de meilleurs oiseaux et de meilleurs chemins. Ils pouvaient se rendre compte eux-mêmes de la qualité des logements, et de la variété des résidents à plumes.

Lui et Bernadette s'étaient installés dans la véranda, avaient bu quelque chose à la menthe, et avaient parlé de tout et de rien sous le soleil. De ses parents à San José — tristement infirmes. Ils écrivaient souvent, mais il les voyait rarement. De livres — « J'ai bien peur que nous n'ayons pas les mêmes goûts en matière de romans », avait dit Bernadette — et de musique. Les mérites respectifs de Lerner et de Loewe versus Rodgers et Hammerstein. Señor Obando connaissait les chansons d'une douzaine de comédies musicales de Broadway. Ils avaient chanté « Comment ça va à Gloccamora » et « Je t'ai aimée en silence » et « Un poivrot optimiste ». Il avait encouragé Bernadette à parler davantage, il lui disait que l'écouter l'aiderait à améliorer son anglais. Une semaine plus tard Bernadette avait rajouté señor Obando à sa Liste Vitale.

Elle était mariée de nouveau. Elle nous montra une bague sertie d'une grosse aigue-marine. « Je crois vraiment que cette fois c'est le bon, dit-elle. J'aime qu'un homme ait une vision. »

Elle était revenue voir ses enfants, ses petits-enfants, ses arrière-petits-enfants, et mettre en ordre son appartement. Il ne lui restait plus qu'à prendre manteau et chapeau. Pour le courrier, faire suivre à l'Ara Écarlate.

Nous étions heureux pour elle bien sûr, et pour le chanceux señor Obando, mais un peu tristes aussi. Le Costa Rica, c'est loin.

Grigg nous dit que lui tout particulièrement regrettait nos réunions. Grigg et Jocelyn revenaient juste de la Convention mondiale de la fantasy à Minneapolis. C'était une convention sérieuse, dit Jocelyn. Pour lecteurs sérieux. Elle avait aimé tous ceux qu'elle avait rencontrés, et n'avait rien trouvé à redire. Grigg dit qu'elle n'avait pas regardé de trop près.

En fait, il l'avait trouvée mal à l'aise et maladroite, entourée d'un si grand nombre de gens qu'elle ne connaissait pas. Il en fallait plus pour nous inquiéter. Qu'on lui laisse le temps de se détendre, le temps de voir ce qui n'allait pas, et Jocelyn remettrait en ordre toute la communauté. La seule activité de marieuse pouvait l'occuper pendant des années.

« On pourrait lire quelqu'un d'autre, proposa Grigg. Patrick O'Brian ? Il y a quelque chose d'Austen dans certains de ses livres. Plus que vous ne l'imaginez.

— J'adore les bateaux, dit Prudie à Grigg. Tout le monde le sait. » Son intonation était tout juste polie.

Grigg n'avait toujours pas vraiment compris. S'il avait été possible de commencer avec Patrick O'Brian, nous aurions tout aussi bien pu continuer avec Austen. Il nous était impossible de prendre une autre direction.

Nous avions laissé Austen entrer dans nos vies, et à présent nous étions toutes mariées ou avec quelqu'un. O'Brian aurait-il pu faire cela ? Et comment ? Lorsque nous aurions besoin de cuisiner sur un bateau, de jouer d'un instrument, de traverser l'Espagne déguisées en ours, Patrick O'Brian serait notre homme. Jusqu'à ce jour, nous allions simplement attendre. Dans trois ou quatre ans il serait temps de lire Austen à nouveau.

Pendant que Jocelyn était à la Convention, Sylvia et Daniel étaient allés chez elle surveiller le chenil. Ensuite, Daniel était revenu s'installer à la maison. Sylvia nous raconta qu'elle avait appris quelques astuces conjugales de Sahara et des Ridgeback, société matriarcale. Elle dit qu'elle était heureuse. Mais elle est toujours Sylvia : qui peut savoir vraiment ?

Nous avons très peu vu Allegra ces derniers temps. Elle est retournée à San Francisco, de nouveau avec Corinne. Aucune de nous ne s'attend à ce que ça dure. Daniel a raconté à Sylvia ce qu'avait fait Corinne, et Sylvia l'a raconté à Jocelyn, et maintenant nous sommes presque toutes au courant. C'est difficile d'aimer vraiment Corinne à présent, difficile d'être optimiste quant à cette relation. Cela demande de croire à la transformation radicale. De faire confiance à Allegra. Il faut se rappeler que personne ne peut malmener Allegra.

Il y a toute une histoire au sujet de Samantha Yep, mais Allegra a dit qu'elle ne la raconterait jamais, ni à nous ni à Corinne. C'est une bonne histoire, voilà la raison. Elle n'a pas l'intention de la trouver un jour dans *The New Yorker*.

Nous avons tous commandé un verre de l'excellent cidre brut du Crêpe Bistro, en portant un toast au mariage de Bernadette. Sylvia avait apporté le « Demandez à Austen », pas pour poser une question, juste pour donner le dernier mot à la bonne personne.

Du sud ou du nord, je sais reconnaître un nuage noir lorsque j'en vois un.

Mais Austen n'aurait pas voulu que nous terminions de cette manière.

Une femme célibataire, bien née, est toujours respectable.

C'était mieux. Un bon sentiment. Pas aussi véridique pourtant que d'autres choses qu'elle a dites. On peut toujours trouver des exceptions.

Ce qui compte, c'est la simple habitude d'apprendre à aimer.

Nous y voilà.

En l'honneur de Bernadette, et pour son bonheur et sa prospérité futurs, Austen s'est répétée :

> *Ce qui compte, c'est la simple habitude d'apprendre à aimer.*
>
> JANE AUSTEN, 1775-1817.

GUIDE DU LECTEUR

Jane Austen a la singulière faculté de fournir une occupation à tout le monde. Les moralistes, les Eros-et-Agape, les marxistes, les freudiens, les jungiens, les sémioticiens, les déconstructivistes — tous trouvent une aire de jeux dans six romans monotones au sujet de petits bourgeois de province. Et pour chaque génération de critiques, et de lecteurs, sa fiction se renouvelle sans peine.

MARTIN AMIS, "Le Monde de Jane",
The New Yorker.

LES ROMANS

Emma fut écrit entre janvier 1814 et mars 1815, et publié en 1815. Le personnage titre, Emma Woodhouse, est la reine de sa petite communauté. Elle est belle et riche. Elle n'a pas de mère. Son père, vieil homme fragile et tatillon, ne met aucun frein à sa conduite, et ne modère en rien la très bonne opinion qu'elle a d'elle-même. Toutes les autres personnes du village sont d'un rang inférieur et manifestent la déférence attendue. Seul Mr. Knightley, un vieil ami de la famille, se risque à suggérer qu'elle a besoin de s'améliorer.

Emma aime jouer les marieuses. Lorsqu'elle rencontre la jolie Harriet Smith, « la fille naturelle de quelqu'un », Emma la considère à la fois comme une amie et comme une cause. Sous la direction d'Emma, Harriet refuse la demande en mariage d'un fermier voisin, Robert Martin, ce qui permet à Emma d'intriguer pour faire se déclarer Mr. Eton, le vicaire. Malheureusement, Mr. Eton se méprend sur ce complot et croit que c'est Emma elle-même qui s'intéresse à lui. Il ne peut s'abaisser à tenir compte d'Harriet Smith.

La situation se complique lorsque Jane Fairfax, la nièce de la bavarde Miss Bates, revient vivre au village ; et lorsque Frank Churchill, beau-fils de l'ex-gouvernante d'Emma, vient en visite. Lui et Jane sont secrètement fiancés, mais comme personne n'est au courant, cela n'a aucun impact sur la frénésie d'entremetteuse d'Emma.

Les couples sont en fin de compte répartis, si ce n'est selon les plans d'Emma, du moins à sa satisfaction. Alors qu'au début du roman, elle ne souhaite pas elle-même se marier, elle se fiance avec bonheur à Mr. Knightley, tout à la fin.

Raison et sentiments a été écrit à la fin des années 1790, mais beaucoup retravaillé avant sa publication en 1811. C'est avant tout l'histoire de deux sœurs, Elinor et Marianne Dashwood. La mort de leur père les a laissées, avec leur mère et leur plus jeune sœur, très juste financièrement. Les deux jeunes femmes tombent amoureuses, chacune selon son tempérament — Marianne est extravagante et extravertie, Elinor réservée et raisonnable.

L'objet de l'intérêt d'Elinor est Edward Ferrars, frère de Fanny Dashwood, sa belle-sœur odieuse et pingre. Elinor apprend qu'Edward a été pendant un certain temps fiancé en secret, de manière malencontreuse et inextricable, à une jeune femme du nom de Lucy Steele. Elle l'apprend de Lucy elle-même qui, consciente de l'intérêt d'Elinor tout en prétendant l'ignorer, la choisit comme confidente.

Marianne espère épouser John Willoughby, le seul homme séduisant du livre. Il l'abandonne pour un parti financièrement avantageux. La surprise et la déception provoquent en Marianne un dangereux dépérissement.

Lorsque Lucy abandonne Edward pour son frère Robert, Edward se retrouve libre d'épouser Elinor. Edward semble tout à fait ennuyeux, mais au moins Elinor l'a choisi elle-même. Marianne épouse le colonel Brandon, l'homme ennuyeux choisi pour elle par Elinor et leur mère.

Mansfield Park a été écrit en 1811 et 1813, et publié en 1814. Il marque le retour d'Austen à l'écriture et au roman, après une interruption de plus de dix ans.

À l'âge de dix ans, la jeune Fanny Price est soustraite à sa famille très pauvre et doit rejoindre le domaine de ses riches tante et oncle Bertram. Elle est harcelée par sa tante Norris, et peu aimée de ses cousins Tom, Maria et Julia. Seul son cousin Edmund lui offre son amitié. Sa position est moins celle d'une fille de la famille que celle d'une domestique. Les années passent. Fanny grandit, devient craintive et pas très bien portante (mais très jolie).

Alors que l'oncle Bertram est à l'étranger pour ses affaires, Henry et Mary Crawford viennent s'installer dans le presbytère voisin. Les Crawford, frère et sœur, sont vifs et charmants. Maria et Julia sont toutes les deux attirées par Henry. Edmund, lui, est ébloui par Mary.

Une représentation de théâtre amateur est programmée, puis annulée par le retour de l'oncle Bertram. Mais les répétitions ont déjà encouragé quelques désastreux badinages amoureux. Maria, humiliée par l'absence d'intérêt sincère de la part d'Henry, épouse Mr. Rushworth, très fat et très riche.

Henry tombe alors amoureux de Fanny. Elle refuse ce parti avantageux et, en punition, est renvoyée chez ses parents. Henry la poursuit un certain temps, puis a une liaison avec Maria, ce qui aboutit au déshonneur de la jeune femme. La réaction désinvolte de Mary face à cette situation finit par ouvrir les yeux d'Edmund.

Tom, l'aîné des cousins Bertram, frôle la mort, suite à ses abus de débauche et de dissipation. Fanny est rappelée à Mansfield Park pour aider à le soigner. À la fin du livre Edmund et Fanny se marient. Ils semblent bien s'accorder, même si, comme le fait remarquer Kingsley Amis, ils ne sont pas le genre de personnes dont on recherche la compagnie pour un dîner.

Northanger Abbey a été écrit à la fin des années 1790, mais publié de manière posthume seulement. C'est l'histoire d'une héroïne voulue par Austen tout à fait ordinaire, Catherine Morland. Le livre est divisé en deux parties. Dans la première, Catherine se rend avec des amis de sa famille, les Allen, à Bath. Là, elle rencontre deux couples de frères et sœurs, John et Isabelle Thorpe, Henry et Eleanor Tilney. Son propre frère, James, les rejoint et se fiance à Isabelle. Catherine est attirée par Henry, un clergyman aux manières non orthodoxes et pleines d'esprit.

Le général Tilney, père d'Henry et Eleanor, invite Catherine à leur rendre visite chez eux ; cette visite occupe toute la deuxième moitié du livre. Le général se montre immédiatement empressé et autoritaire. Sous le charme du roman gothique qu'elle a lu, Catherine s'imagine qu'il a assassiné sa femme. Lorsque Henry se rend compte de cela, il la remet à sa place de manière très humiliante.

Catherine reçoit une lettre de James lui racontant qu'Isabelle a rompu leurs fiançailles. Le général Tilney, de retour d'un séjour à Londres, renvoie brutalement Catherine chez elle. On finit par comprendre que Catherine et James passaient pour très riches. Henry est tellement choqué par l'attitude de son père qu'il part immédiatement retrouver Catherine et la demande en mariage. Ils ne peuvent se marier sans l'accord du père d'Henry, donné finalement dans la folle allégresse provoquée par le mariage d'Elinor avec un vicomte.

Orgueil et préjugés avait initialement pour titre *Premières Impressions*. Il a été écrit entre 1796 et 1797, et revu en profondeur avant sa publication en 1813. C'est le plus célèbre des six romans. Austen le définit elle-même comme « plutôt trop léger et vif, pétillant » et suggère qu'il nécessite par contraste quelque « nonsense faussement solennel ». Le roman est une sorte d'inversion du conte de fées « Cendrillon », où le héros Fitzwilliam Darcy, lorsqu'il voit pour la première fois l'héroïne, Elizabeth Bennet, lors d'un bal, refuse de danser avec elle.

Elizabeth est l'une des cinq filles Bennet, la deuxième après la très belle Jane. Le domaine des Bennet, faute d'héritier mâle, doit revenir à un cousin, et bien que les filles puissent vivre confortablement tant que leur père est de ce monde, leur survie financière à long terme dépend de leur mariage.

L'histoire tourne autour de l'aversion persistante d'Elizabeth pour Darcy et de l'attirance croissante de Darcy pour Elizabeth. Lorsqu'elle rencontre le libertin Wickham, il déteste profondément Darcy ; elle se rallie bientôt à lui dans cette antipathie partagée.

Une intrigue secondaire met en scène l'héritier de son père, le révérend Collins, qui tente de diminuer son impact financier sur la famille en demandant à Elizabeth de l'épouser. Elizabeth le refuse — il est pompeux et stupide —, il propose donc le mariage à Charlotte Lucas, la meilleure amie de Charlotte, qui accepte.

Darcy demande alors Elizabeth en mariage, mais de manière grossière. Wickham s'enfuit avec Lydia, la plus jeune des filles Bennet, et Darcy sert d'intermédiaire pour retrouver le couple et donner la somme d'argent nécessaire pour que Lydia puisse se marier. Cette action, s'ajoutant à son amour inébranlable et à l'amélioration de ses manières, finit par convaincre Elizabeth qu'il est l'homme qu'il lui faut après tout. Jane épouse l'ami de Darcy, Mr. Bingley, le même jour où Elizabeth et Darcy se marient. Les deux sœurs se retrouvent chacune très riches.

Persuasion, comme *Northanger Abbey*, a été publié de manière posthume. L'action commence l'été

1814 ; la paix vient d'être déclarée, la flotte est de retour. Un veuf futile et dépensier, Sir Walter Elliot, se voit financièrement obligé de louer le domaine familial à un certain amiral Croft, et emménage à Bath avec sa fille aînée, Elizabeth. Avant de les rejoindre, une autre de ses filles, Anne Elliot, rend visite à sa sœur mariée, Mary, qui passe son temps à se faire plaindre.

De nombreuses années auparavant, Anne était fiancée au beau-frère de l'amiral Croft, devenu le capitaine Frederick Wentworth. La désapprobation de sa famille et le conseil d'une vieille amie, Lady Russell, l'avaient incitée à renoncer à ce mariage, mais elle est toujours amoureuse de lui.

Wentworth vient rendre visite à sa sœur et se met à fréquenter régulièrement les Musgrove, la famille dont fait partie Mary depuis son mariage. De cette manière il croise souvent le chemin d'Anne. Elle reste sur ses gardes car Wentworth semble courtiser les filles Musgrove, en particulier Louisa. Pendant un séjour à Lyme, Louisa fait une grave chute, dont elle se rétablit très lentement.

Anne rejoint sa famille à Bath, bien que celle-ci ne semble ni regretter son absence ni désirer sa venue. Un cousin, l'héritier du titre de son père, courtisait sa sœur aînée. Lorsque Anne arrive, c'est à elle qu'il prodigue son attention.

La vieille institutrice d'Anne, Mrs. Smith, lui révèle qu'il est un scélérat. Les fiançailles de Louisa sont annoncées, non pas avec Wentworth, mais avec Benwick, un marin endeuillé qui la voyait souvent à Lyme. Wentworth suit Anne à Bath, et après quelques malentendus supplémentaires, ils se marient enfin.

LA RÉACTION

OÙ LA FAMILLE ET LES AMIS DE JANE AUSTEN COMMENTENT *Mansfield Park,* OPINIONS RASSEMBLÉES ET NOTÉES PAR AUSTEN ELLE-MÊME [1]

Ma Mère — ne l'a pas aimé autant qu'O. & P.A trouvé Fanny insipide — A beaucoup aimé Mrs. Norris.

Cassandra (sa sœur) — l'a trouvé aussi intelligent, mais moins brillant qu'O. & P. — Fanny lui plaît — S'est réjouie de la stupidité de Mr. Rushworth.

Mon Frère Aîné (James) — un ardent admirateur du livre entier. — S'est réjoui de la Scène à Portsmouth.

Mr. & Mrs. Cooke (marraine) — l'ont beaucoup aimé — particulièrement la Façon dont le Clergé est traité. — Mr. Cooke l'a appelé « le Roman le plus sensé qu'il ait jamais lu ». Mrs. Cooke aurait souhaité un grand Personnage de Matrone.

Mrs. Augusta Bramstone (sœur aînée de Wither Bramstone) — reconnaît que pour elle R. & S. — et O. & P. sont carrément des absurdités, mais espère mieux aimer M. P., & ayant terminé le premier volume, se félicite d'être venue à bout du pire.

Mrs. Bramstone (épouse de Wither Bramstone) — l'a beaucoup aimé, particulièrement le personnage de Fanny, qui lui semble si naturel. Trouve que Lady Bertram lui ressemble. — Préfère ce livre à tous les autres — mais imagine que c'est peut-être de sa part un manque de Goût — puisqu'elle ne comprend pas les Traits d'Esprit.

OÙ LA FAMILLE ET LES AMIS DE JANE AUSTEN COMMENTENT *Emma* [2]

Ma mère — l'a trouvé plus divertissant que M.P. — mais moins intéressant qu'O. & P. — Pas de personnages équivalant à Ly Catherine & Mr. Collins.

Cassandra — mieux qu'O. & P. — mais pas autant que M.P.

Mr. & Mrs. J.A. (James Austen) — ne l'ont pas aimé autant que l'un des trois autres. Le langage est différent ; pas si facile à lire.

Capt. Austen (Francis William) — l'a extrêmement aimé, remarquant que bien qu'il y ait sans doute plus d'Esprit dans P. & P., — & une Moralité supérieure dans M.P. — malgré tout c'est celui qu'il préfère, grâce au sentiment de la Nature qui traverse tout le livre.

Mr. Sherer (vicaire) — trouve qu'il ne vaut ni M.P. (qu'il préfère entre tous) ni O. & P. — Mécontent de mes descriptions d'ecclésiastiques.

Miss Isabella Harris — ne l'a pas aimé — n'a pas apprécié mon exhibition sexuelle du personnage de l'Héroïne — convaincue que pour Mrs. et Miss Bates j'ai pris modèle sur des personnes qu'elle connaît — Des gens dont je n'ai jamais entendu parler.

Mr. Cockerelle — l'a tellement peu aimé — que Fanny ne me transmettra pas même son opinion.

Mr. Fowle (ami depuis l'enfance) — n'a lu que les premier et dernier chapitres, car il a entendu dire que le livre n'était pas intéressant.

Mr. Jeffery (directeur de l'*Edinburgh Review*) n'a pas pu fermer l'œil pendant les trois nuits de sa lecture.

OÙ LES CRITIQUES, ÉCRIVAINS, ET PERSONNALITÉS LITTÉRAIRES COMMENTENT AUSTEN, SES ROMANS, SES ADMIRATEURS ET SES DÉTRACTEURS DEPUIS DEUX SIÈCLES

1812 — Critique non signée de *Raison et sentiments* [3]

Nous n'allons pas retenir plus longtemps nos amies, sinon pour leur assurer qu'elles peuvent parcourir ces volumes non seulement avec plaisir mais avec un réel profit, car elles y trouveront, à leur guise, de nombreuses maximes, sobres et salutaires, sur la conduite de la vie, illustrées dans un agréable et divertissant récit.

1814 — Mary Russell Mitford, critique de *Orgueil et préjugés* [4]

Il est impossible de ne pas sentir, à chaque ligne d'*Orgueil et préjugés*, à chaque mention du nom « Elizabeth », le total manque de goût que représenterait une héroïne si effrontée, si mondaine, devenue la bien-aimée d'un homme comme Darcy. Wickham est tout aussi vil. Oh, ils étaient faits pour s'entendre, et je ne peux pardonner à ce délicieux Darcy de les avoir séparés. Darcy aurait dû épouser Jane.

1815 — Sir Walter Scott, critique d'*Emma* [5]

Somme toute, la tournure d'esprit des romans de cet auteur a le même rapport au courant sentimental et romantique, que les champs de blé et cottages et prairies aux domaines excessivement parés d'un manoir de parade, ou aux rudes sublimités d'un paysage de montagne. Ce n'est jamais ni aussi captivant que les uns, ni aussi grandiose que les autres, mais procure à ceux qui les fréquentent un plaisir qui est presque du même ordre que celui de l'expérience de ses propres coutumes sociales ; et ce qui n'est pas rien, le jeune promeneur peut rentrer de sa randonnée et reprendre le cours habituel de sa vie, sans le moindre risque d'avoir la tête tournée par le souvenir du décor qu'il vient de traverser.

1826 — Sir Walter Scott, onze ans plus tard, après la mort d'Austen, son enthousiasme ayant grandi [6]

Je viens également de relire, et pour la troisième fois au moins, le roman si finement écrit de Miss Austen, *Orgueil et préjugés*. Cette jeune dame possède un talent pour décrire la complexité, les sentiments et les personnages de la vie ordinaire qui est pour moi le plus merveilleux que j'aie jamais rencontré. Ce que je peux produire moi-même est digne d'un Gros Toutou, mais l'exquise touche qui donne de l'intérêt aux choses et aux personnages les plus banals, grâce à la justesse de la description et du sentiment, m'est refusée. Quel dommage qu'un être aussi doué soit mort si jeune !

1826 — John Marshall, président de la Cour suprême, lettre à Joseph Story [7]

Cela m'a un peu mortifié de voir que tu ne ranges pas le nom de Miss Austen parmi ta liste de préférés… Ses envolées sont modestes, elle ne vole pas à hauteur d'aigle, mais elle est agréable, intéressante, égale, amusante aussi. J'attends de ta part quelques excuses pour cette omission.

1830 — Thomas Henry Lister [8]

Miss Austen n'a jamais été aussi populaire qu'elle le méritait. Adepte de la fidélité dans la description, et opposée aux astuces banales de son art, elle n'a pas, en ces temps de charlatanisme littéraire, reçu sa récompense. Les lecteurs ordinaires ont pu la juger comme Partridge, dans le roman de Fielding, juge les actions de Garrick. Il ne voit pas les mérites d'un homme qui agit sur scène comme on est censé se conduire dans les mêmes circonstances de la vie réelle. Il préfère infiniment le « solide type-en-perruque », qui fait des moulinets avec ses bras et tempête comme trois. Il en était de même pour de nombreux lecteurs d'Austen. Elle était trop naturelle pour eux.

1848 — Charlotte Brontë, lettre à G.H. Lewes [9]

Quel étrange sermon dans votre lettre ! Vous dites que je dois familiariser mon esprit avec le fait que « Miss Austen n'est pas poète, n'a aucun "sentiment" (vous mettez dédaigneusement le mot entre guillemets), "aucune éloquence, aucun des enthousiasmes enchanteurs de la poésie" » ; et puis, ajoutez-vous, je *dois* « apprendre à la reconnaître comme *l'une des plus grandes artistes, l'un des plus grands peintres de la nature humaine*, et l'un des écrivains qui possèdent la faculté la plus habile de parvenir à leurs fins qui aient jamais existé ».

Sur ce dernier point seulement, je pourrais vous suivre.

Peut-il exister un grand artiste sans poésie ?

1870 — Critique non signée de l'ouvrage *A Memoir of Jane Austen*, par James Edward Austen-Leigh [10]

Miss Austen a toujours été *par excellence** l'auteur favori des hommes de lettres. Les mérites particuliers de son style sont reconnus par tous, mais, en ce qui concerne l'ensemble des lecteurs, ils n'ont jamais atteint ce qu'on peut honnêtement appeler la popularité... Il a toujours été connu que la vie privée de Miss Austen n'a pas été troublée par les incidents ou les passions qui font marcher le commerce des biographes... Qu'elle ait été d'une grande compétence pour les microscopiques travaux d'aiguille il y a soixante ans, qu'elle n'ait jamais été amoureuse, qu'elle ait revêtu les habits de l'âge moyen plus tôt que son apparence et son âge réels ne l'exigeaient... tout cela est tout à fait conforme à notre idée de cet auteur.

Les critiques de l'époque étaient... dans l'obscurité... Elle n'était pas consciente elle-même d'avoir fondé une nouvelle école de fiction, qui donnerait naissance à de nouveaux critères en matière de critique.

1870 — Margaret Oliphant [11]

Les livres de Miss Austen ne lui ont pas procuré de gloire subite. Ils ont fait parler d'eux si progressivement et si lentement, que même à sa mort ils n'avaient pas encore atteint un succès notoire… On nous dit qu'à sa mort ils n'avaient rapporté que la modeste somme de sept cents livres, et des louanges on ne peut plus modérées. Ce qui ne nous surprend guère ; il est bien plus surprenant, à notre avis, qu'ils aient fini par atteindre le sommet où ils se trouvent à présent. Sachant que le public aime sympathiser avec les personnes qu'il rencontre dans la fiction, pleurer et se réjouir avec elles, il est même étonnant que de tels livres, si froids, si fins, si calmes, qui en appellent si peu à la compassion, aient pu devenir populaires… Ils appartiennent plutôt à ce type de livres qui attirent le connaisseur, qui charment l'esprit critique et littéraire.

1870 — Anthony Trollope [12]

Emma, l'héroïne, est traitée presque impitoyablement. Dans chaque passage du livre elle se rend coupable soit de sottise, de futilité, d'ignorance, soit de quelque mesquinerie… Aujourd'hui nous n'osons plus rendre nos héroïnes aussi minables.

1894 — Alice Meynell [13]

Elle est le maître de la dérision plus encore que du trait d'esprit ou de l'humour… Son ironie est parfois d'une exquise amertume… Le manque de tendresse et d'âme est manifeste dans l'indifférence d'Austen aux enfants. Lorsqu'ils apparaissent dans ses histoires, c'est pour illustrer la sottise de leur mère. Pour elle, ils ne sont pas des sujets en tant qu'enfants ; ils le sont en tant qu'enfants gâtés, et aussi en tant qu'enfants qui permettent à la mère de recevoir d'hypocrites compliments de son entourage, et de causer des désagréments à ses plus raisonnables amis… Par cette froideur et cette répulsion Miss Austen ressemble à Charlotte Brontë.

1895 — Willa Cather [14]

Je ne crois pas trop aux femmes auteurs de fiction. Elles possèdent une espèce de conscience de leur sexe qui est abominable. Elles n'ont qu'une corde à leur arc et elles mentent continuellement à ce sujet. Elles sont si peu nombreuses, celles qui ont écrit quelque chose qui vaut vraiment la peine ; il y eut les grandes George, George Eliot et George Sand, qui étaient tout sauf des femmes ; Miss Brontë qui tenait la bride à sa sentimentalité et enfin, Miss Austen qui certainement avait plus de bon sens que n'importe quelle autre et par certains côtés était la plus grande... Lorsqu'une femme écrira une histoire d'aventure, un solide récit de mer, une épopée historique, n'importe quelle histoire sans liqueur, sans femme et sans amour, alors je commencerai à attendre d'elles quelque chose de grand, mais pas avant.

1898 — Article non signé paru dans *The Academy* [15]

Le week-end j'ai quelquefois la chance, ayant découvert une confortable vieille auberge sur la côte du Norfolk où l'on propose parcours de golf, bruits de fusils de chasse, abondance de lièvres à tirer, un bon petit dîner tout simple à savourer, et un confortable salon où passer la soirée. Par discrétion je dirai que mes amis s'appellent... Brown et Robinson...

Brown est un journaliste prospère, et donc, entièrement dépourvu d'opinions fermes et de principes... C'est son travail de garder un doigt sur le pouls du public et de répartir la place allouée en fonction.

Robinson est un jeune et ardent étudiant, qui passe son temps à dévorer la littérature en bloc... C'est lui qui a abordé le sujet Jane Austen.

« J'aime Di [Vernon], dit l'étudiant, mais [Sir Walter] Scott ne l'a pas mise à l'épreuve comme l'est Lizzie [Elizabeth Bennet]. On ne la voit pas passer par toutes sortes d'humeurs et d'états d'âme. Elle est trop parfaite. À la manière de Scott. Toutes ses héroïnes sont impeccables. Elizabeth a mille défauts... elle est souvent aveugle, coquette, audacieuse, imprudente ; et pourtant comme elle se tire magnifiquement de tout cela ! Elle est vivante jusqu'au bout des doigts...

— Cela me réjouit le cœur de voir que la jeunesse est encore capable d'enthousiasme, dit le journaliste, mais mon cher ami, dans vingt ans, lorsque vous serez comme je l'espère un mari bien nourri et un père qui aura cessé de penser aux héroïnes, qu'elles soient réelles ou fictionnelles, vos idéaux auront complètement changé. Vous apprécierez beaucoup plus de lire l'histoire d'une Mrs. Norris qui économise soixante-quinze centimètres de feutre pour le rideau de scène, et Fanny Price vous semblera beaucoup plus intéressante qu'Elizabeth.

— Vous n'y êtes pas ! réplique énergiquement l'étudiant, Mrs. Norris, je la trouve dès à présent très intéressante... »

1898 — Mark Twain [16]

Chaque fois que je lis *Orgueil et préjugés*, j'ai envie d'exhumer Jane Austen et de lui taper sur le crâne avec son tibia.

1901 — Joseph Conrad à H.G Wells [17]

Pourquoi tant de bruit autour de Jane Austen ? Qui donc est-elle vraiment ? Pourquoi tant de bruit ?

1905 — Henry James [18]

Pratiquement ignorée pendant les trente ou quarante années qui ont suivi sa mort, elle représente peut-être pour nous le plus bel exemple de cette rectification d'estime, qui apparaît grâce au lent déblaiement de la stupidité... La marée s'est complètement inversée, plus haute à présent, me semble-t-il, que les mérites et intérêts intrinsèques de Jane Austen... La responsabilité en incombe au corps d'éditeurs, rédacteurs, illustrateurs, producteurs de ce charmant bêtisier que sont les revues ; qui ont trouvé leur « très chère », notre très chère, la très chère Jane de tout le monde, si précieuse pour leurs matériels desseins...

La clef de la postérité de Jane Austen a été d'une part la grâce extraordinaire de sa facilité, dont elle était en fait inconsciente : comme si, par amour de la difficulté, de l'obstacle, elle surchargeait son panier à ouvrage..., emmêlait les brins de laine, mais ses mailles sautées se révèlent... de véritables petits coups de maître.

1905 — Article non signé de *Jane Austen et son temps*, par G.E. Mitton [19]

Miss Mitton... révèle de nombreuses qualités que nous saluons. Elle est une amoureuse des livres. Elle travaille dur... Elle exprime ses opinions d'une façon naïve et généreuse qui ne peut que réjouir ceux qui ne sont pas du même avis qu'elle : par exemple, lorsqu'elle mentionne *Raison et sentiments*, elle parle très peu et de manière peu flatteuse de Mrs. Jenning ; alors que nous, nous nous agenouillons devant Mrs. Jenning, comme devant l'une des rares personnes de fiction qu'il est aussi délicieux d'avoir rencontrées sur le papier que de ne *pas* avoir rencontrées en chair et en os.

1908 — Article non signé paru dans *The Academy* [20]

Northanger Abbey n'est pas le meilleur exemple de l'œuvre de Jane Austen, mais le fait que l'action se déroule essentiellement à Bath, l'une des rares villes d'Angleterre qui conservent leur caractère propre, rend ce livre particulièrement attirant pour les étrangers. Il possède également un élément plus intensément romantique que d'habitude chez Jane Austen, ce qui ajoute un intérêt pour les jeunes.

1913 — Virginia Woolf [21]

Voici une femme qui, aux environs de l'année 1800, écrit sans haine, sans amertume, sans crainte, sans revendication, sans sermon. C'était ainsi qu'écrivait Shakespeare, je crois... et lorsque certains comparent Shakespeare et Jane Austen, ils veulent peut-être dire que leur esprit est venu à bout de tous les obstacles, et pour cette raison nous ne connaissons pas Jane Austen et nous ne connaissons pas Shakespeare, et pour cette raison Jane Austen s'infiltre dans chaque mot qu'elle écrit, tout comme Shakespeare.

1913 — G.K Chesterton [22]

Jane Austen est née avant que ces liens qui (nous dit-on) protégeaient les femmes de la vérité, soient violemment rompus par les Brontë ou minutieusement déliés par George Eliot. Et pourtant le fait reste que Jane Austen en savait plus long sur les hommes qu'aucune d'entre elles. Jane Austen a peut-être été protégée de la vérité ; mais il reste bien peu de vérité protégée par elle.

1917 — Frederic Harrison, lettre à Thomas Hardy [23]

[Austen] était une petite cynique plutôt sans cœur… écrivant des satires sur ses voisins pendant que les Dynastes déchiraient le monde et envoyaient des millions à la mort… Pas un souffle du tourbillon autour d'elle n'a jamais touché son chiffonnier ou son écritoire Chippendale.

1924 — Rudyard Kipling, épigraphe « Aux Janéites » [24]

Jane repose à Winchester — que son ombre soit bénie ! Loué soit le Seigneur de l'avoir créée, et pour ce qu'elle a écrit !

Et tant que dureront les pierres de Winchester et Milson Street,

Gloire, amour et honneur à Jane !

1924 — E.M. Forster [25]

Je suis un Jane Austenite, et donc légèrement idiot pour tout ce qui la concerne. Mon air fat, mes allures d'immunité personnelle — comme ils semblent pernicieux face à, disons, un Stevensonien ! Mais Jane Austen est tellement différente. Elle est mon auteur préféré ! Je lis et relis, la bouche ouverte et l'esprit fermé… Le Jane Austenite possède peu du brio qu'il attribue si librement à son idole. Comme tous les pratiquants, il n'a pas besoin de prêter attention à ce qui se dit pendant la cérémonie.

1925 — Edith Wharton [26]

Jane Austen, bien sûr, sagace dans sa simplicité, impeccable dans son maintien ; elle ne connaît jamais l'échec, mais personne ou presque ne lui ressemble.

1927 — Arnold Bennett [27]

Jane Austen ? Je crois que je m'aventure en terrain dangereux. Le renom de Jane Austen s'entoure de cohortes de défenseurs prêts à tuer pour défendre leur cause sacrée. Ils sont presque tous des fanatiques. Ils ne vous écouteront pas. Si quelqu'un « se rend à Jane », tout peut lui arriver. Il sera un jour appelé à donner sa démission de ses clubs. Je ne veux pas donner ma démission de mes clubs...

Elle est merveilleuse, enivrante... [mais] elle n'a pas une assez grande connaissance du monde pour être une grande romancière. Ce n'est pas son ambition d'être une grande romancière. Elle connaît sa place ; ses « fans » d'aujourd'hui ne la connaissent pas, et leurs pitreries auraient sans aucun doute provoqué l'ironie létale de Jane.

1928 — Rebecca West [28]

Vraiment, il est temps que cette ridicule condescendance envers Jane Austen cesse. Croire que son champ d'intérêt est limité parce qu'elle est harmonieuse dans sa méthode est aussi judicieux que d'imaginer que lorsque l'océan Atlantique est aussi calme qu'une retenue de moulin cela veut dire qu'il a rétréci à la taille d'une retenue de moulin. Il y a aussi ceux qui se laissent abuser par la bienséance de sa tenue, par le fait que les vierges sont tellement vierges qu'elles n'ont pas même conscience de leur virginité, et qui en tirent la conclusion qu'elle est ignorante sur le sujet de la passion. Mais regardez à travers le treillis de ses phrases bien nettes, assemblées avec les clous éclatants de sa dextérité, recouvertes du brillant vernis de son esprit, et vous verrez des femmes égarées par le désir ou triomphantes d'amour, dont les réactions délicates vis-à-vis des hommes réduisent les héroïnes de tous nos romanciers postérieurs à de simples signes « Stop » ou « Allez-y » en direction du mâle qui s'approche.

1931 — D.H. Lawrence [29]

Ceci, de nouveau, est la tragédie de la vie sociale d'aujourd'hui. Dans la vieille Angleterre, les curieux liens du sang assurent le maintien de toutes les classes ensemble. Les propriétaires terriens sont peut-être arrogants, violents, brutes et injustes, mais par certains côtés ils ne font *qu'un* avec le peuple, ils sont du même sang... On sent cela chez Defoe et chez Fielding. Ensuite, chez la pauvre Jane Austen, c'est fini. Déjà cette vieille fille représente la « personnalité » au lieu du tempérament, la connaissance aiguë du singulier et non plus la connaissance de la solidarité, et elle est, pour ma sensibilité, tout à fait désagréable, anglaise au sens négatif, borné, snob du mot, tout comme Fieldfield est anglais au sens positif, généreux.

1937 — W.H. Auden [30]

Tu ne pourrais pas la choquer plus qu'elle me choque ;
À côté d'elle Joyce est l'innocence même.
C'est pour moi un trouble extrême
De voir une vieille fille bien anglaise
Décrire les effets érotiques du pèze,
Révéler si ouvertement et avec tant de sobriété
La base économique de la société.

1938 — Ezra Pound, lettre à Laurence Binyon [31]

J'aurai tendance à dire, en désespoir de cause, lisez vous-même et supprimez chaque passage qui n'est pas tel que Jane Austen l'aurait écrit en prose. Ce qui est, je l'admets, impossible. Mais lorsque vous parvenez à un vers limpide, dans un ordre parfaitement normal, n'en vaut-il pas dix autres ?

1938 — Thornton Wilder [32]

[Les romans de Jane Austen] semblent déborder de basse vérité. Leurs événements sont affreusement peu importants ; et pourtant, aux côtés de *Robinson Cru-*

soe, elle survivra à tous les Fielding, Scott, George Eliot, Thackeray, et Dickens. L'art est tellement consommé que le secret reste caché ; vous pouvez scruter à travers ces romans tant que vous pouvez ; les secouer ; les prendre un par un ; impossible de voir comment ils sont faits.

1938 — H.G. Wells, dialogue tiré d'un personnage dans un roman, exprimant peut-être l'opinion personnelle de Wells, ou peut-être pas [33]

« L'Anglaise Jane Austen est tout à fait typique. Quintessencielle, je devrais dire. Un certain charme inéluctable, évanescent. Comme certains des plus jolis papillons — sans entrailles du tout. »

1940 — D.H. Harding [34]

J'avais d'abord conclu qu'elle était une délicate satiriste révélant avec une inimitable légèreté les points faibles et les aimables défauts des personnes parmi lesquelles elle vivait et qu'elle aimait beaucoup... Cela suffisait pour me persuader que je ne voulais pas la lire. Et c'était, je crois, une impression tout à fait trompeuse...

Pour apprécier ses livres sans en être troublés, ceux qui gardent l'idée que son œuvre est conventionnelle se sont forcément mépris en la lisant.

1940 — Publicité de la M.G.M. pour le film *Orgueil et préjugés* [35]

Cinq charmantes sœurs, dans la plus joyeuse des chasses à l'homme qui ait jamais menacé un célibataire complètement dépassé ! Les filles ! Prenez une leçon de ces chasseuses de mari !

1944 — Edmund Wilson [36]

Depuis un siècle et quart, il y a eu plusieurs révolutions dans le goût de la littérature anglaise, et seuls deux noms peut-être ne souffriront jamais de ces mouvements de mode : ceux de Shakespeare et de Jane Austen... Elle a forcé l'admiration ébahie d'écrivains de tendances les plus diverses, et je dirais que Jane Austen et Dickens, bizarrement, se présentent aujourd'hui comme les deux seuls romanciers anglais... qui atteignent le haut niveau des grands écrivains de fiction russes ou français... Que cet esprit se soit incarné dans l'âme d'une vieille fille bien née, la fille d'un pasteur de campagne, qui n'a jamais vu du monde plus que ce qu'il était possible de voir lors de courtes visites à Londres et d'un séjour de quelques années à Bath et qui trouvait ses sujets principalement parmi les problèmes des jeunes filles de province à la recherche d'un mari, semble l'une des plus bizarres des nombreuses anomalies de l'histoire de la littérature anglaise.

1954 — C.S. Lewis [37]

Elle est décrite quelque part dans l'une des plus mauvaises nouvelles de Kipling comme la mère d'Henry James. Il me semble beaucoup plus certain qu'elle est la fille du Dr. Johnson : elle a hérité de son bon sens, de sa moralité, et même de son style. Je ne suis pas un assez bon jamesien pour juger de l'autre revendication. Mais si elle lui a légué quelque chose, c'est forcément du côté de la structure. Son style, son système de valeurs, son tempérament, me semblent totalement à l'opposé de ceux de James. Je suis sûr qu'Isabelle, si elle avait rencontré Elizabeth Bennet, aurait prononcé son « pas très cultivée », et Elizabeth, j'en ai peur, aurait trouvé qu'Isabelle manquait à la fois de « sérieux » et de gaieté.

1955 — Lionel Trilling [38]

La répugnance tout *animale* de Mark Twain doit probablement s'interpréter comme la mâle réaction face à une société dans laquelle les femmes semblent le centre d'intérêt et de pouvoir, comme la peur panique d'un homme devant un univers fictionnel où le principe masculin, bien que jugé admirable et nécessaire, est ordonné et contrôlé par un esprit féminin. Le professeur Garrod, dont l'essai « Jane Austen, un dénigrement » est une somme de toutes les raisons de détester Jane Austen, exprime une répugnance presque aussi instinctive que celle de Mark Twain ; il sous-entend que c'est un affront sexuel que cet auteur féminin inflige aux hommes.

1957 — Kingsley Amis [39]

Edmund et Fanny sont tous deux détestables d'un point de vue moral. Que leur auteur approuve leurs sentiments et leur conduite fait de *Mansfield Park* un livre immoral.

1968 — Angus Wilson [40]

Quant aux rares critiques hostiles à Jane Austen, à partir de l'époque victorienne, elles se sont révélées hors de propos, comme celles de Charlotte Brontë, Mark Twain, ou [D.H.] Lawrence, ou bien insuffisamment informées comme celles du Pr Garrod, ou bien partielles seulement comme celle de Mr. Amis exprimant sa légère réticence à s'engager à inviter Mr. et Mrs. Edmund Bertram à dîner ; ses admirateurs moins intelligents et plus excessifs ont causé plus de tort à sa réputation que les critiques hostiles.

1974 — Margaret Drabble [41]

Certains auteurs ont trop écrit. D'autres ont écrit juste assez. Et d'autres encore n'ont pas suffisamment écrit pour satisfaire leurs admirateurs, et Jane Austen sans aucun doute appartient à cette catégorie. La découverte d'un roman achevé de Jane Austen provoquerait plus de joie véritable que n'importe quelle autre découverte littéraire, à part une nouvelle œuvre théâtrale majeure de Shakespeare, on peut le supposer.

1979 — Sandra M. Gilbert et Susan Gubar [42]

L'histoire d'Austen est spécialement flatteuse pour les lecteurs masculins car elle décrit la domestication non pas d'une femme quelconque mais d'une fille spécialement rebelle et imaginative qui est amoureusement maîtrisée par un homme raisonnable. Si un buvard littéraire cachait le manuscrit sur sa table de travail, la réclame d'Austen pour la nécessité du silence et de la soumission renforce la position subordonnée des femmes dans une culture patriarcale... Et pourtant, en même temps... sous le couvert de cette réclame, Austen stimule toujours ses lecteurs « à suppléer à ce qui n'est pas écrit ». [Cette dernière citation est de Virginia Woolf.]

1980 — Vladimir Nabokov [43]

[Le livre] de Miss Austen n'est pas un chef-d'œuvre éclatant... *Mansfield Park*... est l'œuvre d'une dame et le jeu d'un enfant. Mais de cette corbeille il sort un ouvrage délicat, et chez cet enfant se trouve un éclair de merveilleux génie.

1984 — Fay Weldon [44]

Je crois aussi... que la raison pour laquelle personne ne l'a épousée était la même que celle qui a fait que Crosby n'a pas publié *Northanger Abbey*. Tout cela est vraiment *trop*. Quelque chose de vraiment effrayant gronde sous l'allégresse pétillante : quelque chose qui saisit le monde et le secoue de fond en comble.

1989 — Katha Pollitt, extrait de son poème « En relisant les romans de Jane Austen » [45]

Cette fois, ils ne semblent pas si drôles.
Mère est un peu folle, stupide ou morte. Papa,
Une sorte de cinglé génial et dorloté.
Et tous n'ont qu'une obsession, la conscience de classe.

1989 — Christopher Kent [46]

Un professeur d'Oxford, H.F. Brett-Smith, avait été engagé pendant la Première Guerre mondiale comme conseiller dans le choix de lectures pour les soldats blessés dans les hôpitaux. « Pour les gravement commotionnés, se souvient un ancien étudiant, il avait choisi Jane Austen »...

Tandis que la Révolution française faisait rage, Jane Austen levait à peine les yeux de son petit point de vue littéraire. Qui mieux qu'elle pouvait apaiser les esprits déséquilibrés par Passchendaele ou la Somme ? Dans le calme thérapeutique de ces pages, les victimes de l'histoire pouvaient échapper à leur némésis.

1993 — Gish Jen [47]

Je pense que l'autre auteur qui a eu une immense influence sur moi fut Jane Austen. *Orgueil et préjugés* a été l'un de ces livres que je n'ai pas arrêté de relire. Je voulais vraiment être Elizabeth Bennet. Aujourd'hui, bien sûr, on trouve des gens pour dire « Oh, c'est tellement anglo » ; ils trouvent que j'aurais plutôt dû être influencée par l'opéra chinois ou quelque chose comme ça.

1993 — Edward W. Said [48]

En ce qui concerne *Mansfield Park*, il y a encore beaucoup à dire... Austen apparaîtra peut-être, de même que les romans pré-impérialistes dans leur ensemble, plus impliquée dans la logique de l'expansion impérialiste qu'on ne l'a cru à première vue.

1995 — Article sur un essai de Terry Castle [49]

Jane Austen était-elle gay ? Cette question, c'est le très sérieux *London Review of Books* qui la pose, à l'occasion de la parution de l'essai de Terry Castle, professeur à Stanford, qui explore subtilement la « dimension homo-érotique inconsciente » des lettres d'Austen à sa sœur Cassandra. L'insinuation a causé un beau chahut chez les Austenites.

1996 — Carol Shields [50]

Les héroïnes d'Austen sont irrésistibles car dans un système social et économique qui s'allie pour les placer à leur désavantage, ce sont elles qui exercent le pouvoir véritable... Nous examinons les romans de Jane Austen... et voyons que ses femmes non seulement savent ce qu'elles veulent, mais ont mis au point une stratégie pointue pour parvenir à leurs fins.

1996 — Martin Amis [51]

Jane Austen a la singulière faculté de fournir une occupation à tout le monde. Les moralistes, les Eros-et-Agape, les marxistes, les freudiens, les jungiens, les sémioticiens, les déconstructivistes — tous trouvent une aire de jeux dans six romans monotones au sujet de petits bourgeois de province. Et pour chaque génération de critiques, et de lecteurs, sa fiction se renouvelle sans peine.

Chaque époque mettra l'accent sur un aspect particulier, et dans l'actuel festival Austen nos propres anxiétés se révèlent pleinement. Nous nous complaisons dans les accents et les harnachements de l'univers de Jane, mais notre réponse est essentiellement sombre. En premier lieu, nous remarquons le caractère restrictif des perspectives féminines : la période si brève de leur nubilité, et la manière pourtant si lente et si abrutissante dont le temps se déroule pendant cette période. Nous remarquons les nombreuses occasions d'infliger une souffrance sociale, et l'intérêt des puissants à ces vexations. Nous voyons le peu d'armes dont disposent les faibles pour se défendre de la haine qu'ils inspirent. Nous nous demandons qui pourra bien épouser les filles sans fortune. Les hommes pauvres ne le peuvent pas. Les riches non plus. Alors qui ?

1996 — Anthony Lane [52]

Aucun fardeau ne pèse plus lourd sur les épaules d'un écrivain que celui d'être trop aimé, mais quelque chose d'indéfinissable chez Austen rend ce poids tout à fait négligeable.

1997 — Éditorial du magazine *Forbes* [53]

« Drucker [Peter Ferdinand Drucker, consultant en gestion, américain né en 1909, auteur de nombreux ouvrages de référence] n'est pas un théoricien dans le sens étroit, académique du terme », dit Lenzner... « Il compare les alliances stratégiques d'entreprises aux alliances matrimoniales des romans de Jane Austen. »

1997 — Susan M. Korba [54]

Pendant des années, les critiques d'*Emma* ont tourné autour de la question apparemment déconcertante de la sexualité des protagonistes... Pour Claudia Johnson, « la misogynie transparente, allant parfois jusqu'à l'homophobie, remonte souvent à la surface de la critique de Jane Austen ». Johnson cite les allusions menaçantes et les sombres indices de Marvin Mudrick au sujet des engouements essentiellement féminins d'Emma, comme exemples du malaise soulevé par cette héroïne particulière d'Austen.

1999 — David Andrew Graves [55]

Ces deux dernières années j'ai utilisé un logiciel comme instrument d'analyse de texte, cherchant les systèmes de séquence et la fréquence des mots... Au point de vue de la fréquence des mots par catégorie sémantique, *Emma* apparaît le plus léger et le plus brillant des romans de Jane Austen, fortement positif, et avec la plus basse incidence de sentiments négatifs, exactement comme elle nous le promet dès la toute première phrase.

1999 — Andy Rooney [56]

Je n'ai rien lu de ce qu'a écrit Austen. Je n'ai jamais réussi à lire *Orgueil et préjugés* ou *Raison et sentiments*. Ils me semblaient être des sortes de Jumeaux Bobbsey pour adultes.

1999 — Anthony Lane [57]

Nudité, violences sexuelles, lesbianisme, une petite touche d'inceste — nous lasserons-nous jamais de Jane Austen ?

2000 — Nalini Natarajan [58]

Une perception « de bon sens » de la popularité d'Austen en Inde attirerait l'attention sur la possibilité de traduire les situations austeniennes dans le contexte de la classe moyenne émergente en Inde... Les problèmes soulevés par ma mégacritique, ou bien par la lecture de la critique récente de l'héroïne austenienne, bien que très éloignés des spécificités de la réforme des femmes et de sa mise en forme narrative dans le Bengale colonialiste, suggèrent un paradigme permettant de discuter l'entrelacement de deux cultures.

2002 — Shannon R. Wooden, au sujet des films d'Austen [59]
La maîtrise de l'appétit, un trait de plus en plus utilisé pour définir culturellement la « féminité », occupe une place importante dans les films *Raison et sentiments* d'Ang Lee, *Persuasion* de Roger Michell, *Emma* de Douglas McGrath, et *Clueless* d'Amy Heckerling... Sans exception, l'héroïne ne mange jamais... La consommation concupiscente de nourriture signale invariablement la femme « mauvaise » ou ridicule.

2002 — Elsa Solender, ancienne présidente de la Société Jane Austen d'Amérique du Nord [60]
Après avoir recensé tous les films disponibles et les réactions à ces films dans les bibliothèques spécialisées de Londres, Los Angeles et New York, après avoir mendié, acheté, ou emprunté un nombre impressionnant d'articles sur la manière d'adapter la littérature au cinéma, je suis parvenue à une conclusion définitive concernant la tentative de recréer fidèlement, sincèrement, et de manière à satisfaire les Janeites « le monde de Jane Austen ». Elle tient en un mot : Abstenez-vous d'essayer !

2003 — J.K. Rowling [61]
Je n'ai jamais désiré être célèbre, et je n'ai même jamais rêvé de l'être un jour... Je fais souvent l'expérience d'une légère déconnexion d'avec la réalité. Je m'imaginais qu'être un écrivain célèbre, ce serait comme ressembler à Jane Austen. Vous restez tranquillement à la maison, au presbytère, vos livres deviennent très célèbres et de temps en temps vous correspondez avec le secrétaire du prince de Galles.

NOTES

1. *Jane Austen, The Works of Jane Austen*, vol. 6 ; *Minor Works*, ed. R.W. Chapman (Oxford, London et New York : Oxford University Press, 1969), pp. 431-435.

2. *Ibid.*, pp. 436-439.

3. B.C. Southam, ed., *Jane Austen and the Critical Heritage* (London and New York : Routledge & Kegan Paul, 1968), vol. 1, p. 40.

4. Mary Russell Mitford, *Life of Mary Russell Mitford*, ed. A.G. L'Estrange (New York : Harper & Brothers, 1870), vol. 1, p. 300.

5. David Lodge, ed., *Jane Austen's Emma : A Casebook* (Houndsmill, Basingtoke, Hampshire, and London : Macmillan Education, 1991), p. 42.

6. Southam, *Jane Austen and the Critical Heritage*, vol. 1, p. 106.

7. A.J. Beveridge, *Life of John Marshall* (Boston : Houghton Mifflin, 1916-1919), vol. 4, pp. 79-80.

8. [Thomas Henry Lister], critique non signée de l'ouvrage de Catherine Gore, « Women as They Are », in *Edinburgh Review*, July 1830, p. 448.

9. T.J. Wise and J.A. Symington, eds., *The Brontës : Their Friendships, Lives and Correspondence* (Philadelphia : Porcupine, 1980), vol. 2, p. 180.

10. *The Academy*, 1 (February 12, 1870), pp. 118-119.

11. Southam, *Jane Austen and the Critical Heritage*, vol. 1, pp. 224-225.

12. Anthony Trollope, « Miss Austen's Timidity », in Lodge, *Jane Austen's Emma : A Casebook*, p. 51.

13. Alice Christiana Thompson Meynell, *The Second Person Singular and Other Essays* (London and New York : H. Milford, Oxford University Press, 1921), p. 66.

14. Willa Cather, « The Demands of Art », in Bernice Slote, ed., *The Kingdom of Art* (Lincoln : University of Nebraska Press, 1966), p. 409.

15. *The Academy*, 53 (January/June 1898), pp. 262-263.

16. Mark Twain, *Mark My Words : Mark Twain on Writing ;* ed. Mark Dawidziak (New York : St. Martin's, 1996), p. 128.

17. John Wiltshire, quoted in B.C. Southam, ed., *Critical Essays on Jane Austen* (London : Routledge & Kegan Paul, 1968), p. XIII.

18. Henry James, « The Lesson of Balzac », in Leon Edel, ed. *The House of Fiction* (London : Rupert Hart-Davis, 1957), pp. 62-63.

19. *The Academy*, 69 (November 11, 1905), p. 1171.

20. *The Academy*, 74 (January/June, 1908), p. 622.

21. Virginia Woolf, *A Room of One's Own* (New York : Harcourt, Brace, Jovanovich, 1957), pp. 50-51.

22. Gilbert Keith Chesterton, *The Victorian Age in Literature* (New York : Henry Holt, 1913), p. 109.

23. Quoted in Christopher Kent, « Learning History with, and from Jane Austen », in J. David Grey, ed., *Jane Austen's Beginnings : The Juvenilia and Lady Susan* (Ann Arbor, MI, and London : UMI Research Press, 1989), p. 59.

24. Rudyard Kipling, « The Janeites », in Craig Raine, ed., *A Choice of Kipling's Prose* (London : Faber and Faber, 1987), p. 334.

25. E.M. Forster, « Jane Austen », in *Abinger Harvest* (New York : Harcourt, Brace, 1936), p. 148.

26. Penelope Vita-Finzi, *Edith Wharton and the Art of Fiction* (New York : St. Martin's, 1990), p. 21.

27. Arnold Bennett, *The Author's Craft and Other Critical Writings of Arnold Bennett*, ed. Samuel Hynes (Lincoln : University of Nebraska Press, 1968), pp. 256-257.

28. Rebecca West, *The Strange Necessity* (London : Jonathan Cape, 1928), pp. 263-264.

29. D.H. Lawrence, *Apropos of Lady Chatterley's Lover* (London : Martin Secker, 1931), pp. 92-93.

30. W.H. Auden and Louis MacNeice, *Letters from Iceland* (New York : Random House, 1937), p. 21.

31. Ezra Pound, *Letters from Ezra Pound*, ed. D.D. Paige (New York : Harcourt, Brace, and World, 1950), p. 308.

32. Thornton Wilder, « A Preface for *Our Town* » (1938), in *American Characteristics and Other Essays* (New York : Harper & Row, 1979), p. 101.

33. H.G. Wells, *The Brothers :* A Story (New York : The Viking Press, 1938), pp. 26-27.

34. D.W. Harding, « Regulated Hatred : An Aspect of the Work of Jane Austen », *Scrutiny*, 8 (March 1940), pp. 346-347.

35. Cité par Anthony Lane, « Jane's World », *The New Yorker*, September 25, 1995, p. 107.

36. Edmund Wilson, « A Long Talk About Jane Austen », *The New Yorker*, June 24, 1944, p. 69.

37. C. S. Lewis, « A Note on Jane Austen », in *Essays in Criticism : A Quarterly Journal of Literary Criticism*, 4, n° 4 (Oxford : Basil Blackwell, 1954), p. 371.

38. Lionel Trilling, « *Mansfield Park* », in Ian Watt, ed., *Jane Austen : A Collection of Critical Essays* (Englewood Cliffs, NJ : Prentice-Hall, 1963), p. 126.

39. Kingsley Amis, « What Became of Jane Austen ? » in Watt, *Jane Austen : A Collection of Critical Essays*, p. 142.

40. Angus Wilson, « The Neighbourhood of Tombuctoo : Conflicts in Jane Austen's Novels », in Southam, *Critical Essays on Jane Austen*, p. 186.

41. Margaret Drabble, « Introduction », *Lady Susan ; The Watsons ; Sanditon* (Great Britain : Penguin, 1974), p. 7.

42. Sandra M. Gilbert and Susan Gubar (1979), *The Madwoman in the Attic : The Woman Writer and the Nineteenth-Century Literary Imagination* (New Haven CT, and London : Yale University Press, 1984), pp. 154-155.

43. Vladimir Nabokov, *Lectures on Literature*, ed. Fred Bowers (New York : Harcourt, Brace, Jovanovich, 1980), p. 10.

44. Fay Weldon (1984), *Letters to Alice on First Reading Jane Austen* (New York : Taplinger, 1985), p. 97.

45. Katha Pollitt, « Rereading Jane Austen's Novels », *The New Republic*, August 7 and 14, 1989, p. 35.

46. Kent, « Learning History with, and from, Jane Austen », p. 59.

47. Y Matsukawa, « Melus Interview : Gish Jen », *Melus*, 18, n° 4 (Winter 1993), p. 111.

48. Edward W. Said, *Culture and Imperialism* (New York : Alfred A. Knopf, 1993), p. 84.

49. Belinda Luscombe, « Which Persuasion ? » *Time*, August 14, 1995, p. 73.

50. Carol Shields and Anne Giardini, « Martians in Jane Austen ? « *Persuasions*, 18 (December 16, 1996), pp. 196-199.

51. Martin Amis, « Jane's World », *The New Yorker*, January 8,1996, p. 34.

52. Anthony Lane, « The Dumbing of Emma », *The New Yorker*, August 5, 1996, p. 76.

53. James W. Michaels, « Jane Austen Novels as Management Manuals », *Forbes*, 159, n° 5 (March 10, 1997), p. 14.

54. Susan M. Korba, « "Improper and Dangerous Distinctions" : Female Relationships and Erotic Domination in *Emma* », *University of North Texas Studies in the Novel*, 29, n° 2 (Summer 1997), p. 139.

55. David Andrew Graves, « Computer Analysis of Word Usage in *Emma* », *Persuasions*, 21 (1999), pp. 203, 211.

56. Cité dans Natalie Tyler, ed., *TheFriendly Jane Austen* (New York : Penguin, 1999), p. 231.

57. Anthony Lane, « All over the Map » (review of the film *Mansfield Park), The New Yorker*, November 29, 1999, p. 140.

58. Nalini Natarajan, « Reluctant Janeites : Daughterly Value in Jane Austen and Sarat Chandra Chatterjee's

Swami », in You-me Park and Rajeswari Sunder Rajan, eds., *The Postcolonial Jane Austen* (London and New York : Routledge, 2000), p. 141.

59. Shannon R. Wooden, «"You Even Forget Yourself" : The Cinematic Construction of Anorexic Women in the 1990's Austen Films », *Journal of Popular Culture*, Fall 2002, p. 221.

60. Elsa Solender, « Recreating Jane Austen's World on Film », *Persuasions*, 24 (2002), pp. 103-104.

61. Cité dans www.bloomsburymagazine.com.

QUESTIONS POUR UNE DISCUSSION

Les questions de Jocelyn

1. Les livres d'Austen nous laissent souvent dubitatifs : tous ces mariages sont-ils réussis ? Exemples de couples dérangeants : Marianne Dashwood et le colonel Brandon, Lydia Bennet et Wickham, Emma et Mr. Knightley, Louise Musgrove et le capitaine Benwick. Dans *Le Club Jane Austen*, certains couples provoquent-ils une inquiétude ?
2. Aimez-vous un seul des films basés sur les livres d'Austen ? Vous arrive-t-il d'aimer un film basé sur un livre ? Avez-vous vu l'une des adaptations des romans d'Austen qui ont comme vedette un terrier jack russel du nom de Wishbone ? Ce genre de choses vous intéresse-t-il ?
3. Est-il grossier d'offrir un livre à une personne et de lui demander ensuite si elle l'a aimé ? Vous-même, le feriez-vous ?

Les questions d'Allegra

1. Nous n'allons pratiquement plus dans des bals élégants, mais les bals de lycéens continuent à jouer un rôle important — trop important — dans nos histoires personnelles. Surtout lorsqu'on ne s'y rend pas. Pourquoi les films d'amour des adolescents se terminent-ils tous par l'un de ces bals ?

2. Votre réponse a-t-elle le moindre rapport avec la danse ?

3. Dans *Le Club Jane Austen*, je fais deux chutes et me retrouve deux fois à l'hôpital. Vous êtes-vous arrêté dans votre lecture pour vous demander comment une femme qui gagne sa vie en fabriquant des bijoux se paie son assurance maladie ? Pensez-vous que nous aurons un jour une couverture universelle dans ce pays ?

Les questions de Prudie

1. Ce que je voulais dire dans le passage sur l'ironie, c'est que, même si tout le monde à la fin d'*Emma* réintègre son niveau social, on ne peut pas en conclure qu'Austen approuve cet état de choses. Tout comme avec Shakespeare, il est difficile de lire Austen et de connaître vraiment son opinion sur quelque sujet que ce soit. Peut-on dire la même chose de Karen Joy Fowler ?

2. *Il est plus honteux de se défier de ses amis, que d'en être trompé**. Vous êtes d'accord ou non ?

3. À laquelle des femmes de *Sex and the City* Dean ressemble-t-il en réalité le plus ?

Les questions de Grigg

1. Les livres d'Austen ont été initialement publiés sans nom d'auteur, avec la mention « Un Livre Intéressant », ce qui avertissait le lecteur qu'il était question d'une histoire d'amour. Si Austen publiait de nos jours, serait-elle considérée comme un auteur d'histoires d'amour ?

2. Les amoureux d'Austen et les lecteurs de science-fiction ressentent le même lien intense avec les livres. Connaissez-vous d'autres communautés de lecteurs qui partagent ce type de passion ? Pourquoi eux spécialement ?

3. De nombreux lecteurs de science-fiction aiment aussi Austen. Pourquoi cela semble-t-il vrai ? Pensez-vous que de nombreux lecteurs d'Austen aiment la science-fiction ?

Les questions de Bernadette

1. L'une des raisons pour lesquelles nous savons peu de choses sur Austen est que sa sœur, Cassandra, a détruit un grand nombre de ses lettres, les trouvant trop personnelles, ou pensant qu'elles donnaient une mauvaise impression d'elle. Que pensez-vous de Cassandra ?

2. À votre avis, connaître certaines informations sur l'auteur ajoute-t-il à la lecture ? Cela vous ennuie-t-il si le livre ne comporte aucune photo de l'auteur ? Partez-vous du principe que de toute manière l'auteur ne ressemble jamais à sa photo ?

3. Croyez-vous aux fins heureuses ? Sont-elles plus difficiles à croire que les fins tristes ? Habituellement, à quel moment lisez-vous la fin du livre ? Après avoir lu le début et le milieu, ou avant ? Défendez votre choix.

Les questions de Sylvia

1. Jusqu'à combien de générations pouvez-vous remonter dans votre arbre de famille ? La généalogie vous intéresse-t-elle ? Si oui, ou si non, pourquoi ?

2. L'amour est-il meilleur la deuxième fois ? Un bon livre meilleur à la deuxième lecture ? Le livre que vous préférez est-il celui que vous relisez le plus souvent ? La personne que vous aimez le plus est-elle celle avec qui vous désirez passer le plus de temps ?

3. Vous arrive-t-il de souhaiter que votre partenaire ait été écrit par un autre écrivain, que son dialogue soit meilleur, et sa manière de souffrir plus attrayante ? Quel écrivain choisiriez-vous ?

REMERCIEMENTS

Je suis redevable à de nombreuses personnes, de beaucoup plus que je ne peux le dire.

Merci à ma fille, Shannon, qui non seulement a lu et donné des conseils, mais s'est chargée de sauter en parachute à ma place.

Merci à Kelly Link et Gavin Grant, qui ont tous deux jeté un coup d'œil sur le manuscrit naissant plus souvent qu'un ami ne devrait être obligé de le faire, et toujours en prodiguant encouragements et conseils très très malins.

Merci à Sean Stewart et Joy Johannessen de leur aide inestimable pour la dernière ligne droite.

Merci à Susie Dyer et Catherine Hanson-Tracy, toutes deux si généreuses de leur temps et de leur compétence.

Merci à Christopher Rower pour les vampires invisibles dans ce livre.

Merci à Christien Gholson pour une image volée, et à Dean Karnhopp pour une anecdote volée.

Merci à la Colonie MacDowell et aussi au Davis Crêpe Bistro, pour le temps, l'espace et la délicieuse nourriture.

Merci comme toujours à Marian Wood et Wendy Weil pour tant de choses depuis tant d'années.

Et tout spécialement merci à l'incomparable Anna Jardine.

Tout le monde possède sa propre Jane Austen. La mienne est la Jane Austen qui montre son travail à ses amis et sa famille et qui trouve un plaisir évident à leurs réactions. Qu'elle soit donc, la première, remerciée pour ces livres qui se révèlent plus fascinants et plus neufs à chaque lecture, et pour tout ce qui a été écrit sur eux.

DU MÊME AUTEUR

LES SIRÈNES DE SAN FRANCISCO, *Anne Carrière*, 2002.

LE CLUB JANE AUSTEN, *Quai Voltaire*, 2005 (Folio nº 4543)

COLLECTION FOLIO

Dernières parutions

4396.	Jane Austen	*Lady Susan.*
4397.	Annie Ernaux/ Marc Marie	*L'usage de la photo.*
4398.	Pierre Assouline	*Lutetia.*
4399.	Jean-François Deniau	*La lune et le miroir.*
4400.	Philippe Djian	*Impuretés.*
4401.	Javier Marías	*Le roman d'Oxford.*
4402.	Javier Marías	*L'homme sentimental.*
4403.	E. M. Remarque	*Un temps pour vivre, un temps pour mourir.*
4404.	E. M. Remarque	*L'obélisque noir.*
4405.	Zadie Smith	*L'homme à l'autographe.*
4406.	Oswald Wynd	*Une odeur de gingembre.*
4407.	G. Flaubert	*Voyage en Orient.*
4408.	Maupassant	*Le Colporteur* et autres nouvelles.
4409.	Jean-Loup Trassard	*La déménagerie.*
4410.	Gisèle Fournier	*Perturbations.*
4411.	Pierre Magnan	*Un monstre sacré.*
4412.	Jérôme Prieur	*Proust fantôme.*
4413.	Jean Rolin	*Chrétiens.*
4414.	Alain Veinstein	*La partition*
4415.	Myriam Anissimov	*Romain Gary, le caméléon.*
4416.	Bernard Chapuis	*La vie parlée.*
4417.	Marc Dugain	*La malédiction d'Edgar.*
4418.	Joël Egloff	*L'étourdissement.*
4419.	René Frégni	*L'été.*
4420.	Marie NDiaye	*Autoportrait en vert.*
4421.	Ludmila Oulitskaïa	*Sincèrement vôtre, Chourik.*
4422.	Amos Oz	*Ailleurs peut-être.*
4423.	José Miguel Roig	*Le rendez-vous de Berlin.*
4424.	Danièle Sallenave	*Un printemps froid.*
4425.	Maria Van Rysselberghe	*Je ne sais si nous avons dit d'impérissables choses.*

4426. Béroalde de Verville — *Le Moyen de parvenir.*
4427. Isabelle Jarry — *J'ai nom sans bruit.*
4428. Guillaume Apollinaire — *Lettres à Madeleine.*
4429. Frédéric Beigbeder — *L'Égoïste romantique.*
4430. Patrick Chamoiseau — *À bout d'enfance.*
4431. Colette Fellous — *Aujourd'hui.*
4432. Jens Christian Grøndhal — *Virginia.*
4433. Angela Huth — *De toutes les couleurs.*
4434. Cees Nooteboom — *Philippe et les autres.*
4435. Cees Nooteboom — *Rituels.*
4436. Zoé Valdés — *Louves de mer.*
4437. Stephen Vizinczey — *Vérités et mensonges en littérature.*
4438. Martin Winckler — *Les Trois Médecins.*
4439. Françoise Chandernagor — *L'allée du Roi.*
4440. Karen Blixen — *La ferme africaine.*
4441. Honoré de Balzac — *Les dangers de l'inconduite.*
4442. Collectif — *1,2,3... bonheur!*
4443. James Crumley — *Tout le monde peut écrire une chanson triste* et autres nouvelles.
4444. Niwa Fumio — *L'âge des méchancetés.*
4445. William Golding — *L'envoyé extraordinaire.*
4446. Pierre Loti — *Les trois dames de la Kasbah* suivi de *Suleïma.*
4447. Marc Aurèle — *Pensées (Livres I-VI).*
4448. Jean Rhys — *À septembre, Petronella* suivi de *Qu'ils appellent ça du jazz.*
4449. Gertrude Stein — *La brave Anna.*
4450. Voltaire — *Le monde comme il va* et autres contes.
4451. La Rochefoucauld — *Mémoires.*
4452. Chico Buarque — *Budapest.*
4453. Pietro Citati — *La pensée chatoyante.*
4454. Philippe Delerm — *Enregistrements pirates.*
4455. Philippe Fusaro — *Le colosse d'argile.*
4456. Roger Grenier — *Andrélie.*
4457. James Joyce — *Ulysse.*
4458. Milan Kundera — *Le rideau.*
4459. Henry Miller — *L'œil qui voyage.*
4460. Kate Moses — *Froidure.*

4461. Philip Roth — *Parlons travail.*
4462. Philippe Sollers — *Carnet de nuit.*
4463. Julie Wolkenstein — *L'heure anglaise.*
4464. Diderot — *Le Neveu de Rameau.*
4465. Roberto Calasso — *Ka.*
4466. Santiago H. Amigorena — *Le premier amour.*
4467. Catherine Henri — *De Marivaux et du Loft.*
4468. Christine Montalbetti — *L'origine de l'homme.*
4469. Christian Bobin — *Prisonnier au berceau.*
4470. Nina Bouraoui — *Mes mauvaises pensées.*
4471. Françoise Chandernagor — *L'enfant des Lumières.*
4472. Jonathan Coe — *La Femme de hasard.*
4473. Philippe Delerm — *Le bonheur.*
4474. Pierre Magnan — *Ma Provence d'heureuse rencontre.*
4475. Richard Millet — *Le goût des femmes laides.*
4476. Pierre Moinot — *Coup d'État.*
4477. Irène Némirovsky — *Le maître des âmes.*
4478. Pierre Péju — *Le rire de l'ogre.*
4479. Antonio Tabucchi — *Rêves de rêves.*
4480. Antonio Tabucchi — *L'ange noir.* (à paraître)
4481. Ivan Gontcharov — *Oblomov.*
4482. Régine Detambel — *Petit éloge de la peau.*
4483. Caryl Férey — *Petit éloge de l'excès.*
4484. Jean-Marie Laclavetine — *Petit éloge du temps présent.*
4485. Richard Millet — *Petit éloge d'un solitaire.*
4486. Boualem Sansal — *Petit éloge de la mémoire.*
4487. Alexandre Dumas — *Les Frères corses.* (à paraître)
4488. Vassilis Alexakis — *Je t'oublierai tous les jours.*
4489. René Belletto — *L'enfer.*
4490. Clémence Boulouque — *Chasse à courre.*
4491. Giosuè Calaciura — *Passes noires.*
4492. Raphaël Confiant — *Adèle et la pacotilleuse.*
4493. Michel Déon — *Cavalier, passe ton chemin !*
4494. Christian Garcin — *Vidas* suivi de *Vies volées.*
4495. Jens Christian Grøndahl — *Sous un autre jour.*
4496. Régis Jauffret — *Asiles de fous.*
4497. Arto Paasilinna — *Un homme heureux.*
4498. Boualem Sansal — *Harraga.*

Composition Facompo
Impression Maury
45330 Malesherbes
le 6 juillet 2007.
Dépôt légal : juillet 2007.
1er dépôt légal dans la collection : avril 2007
Numéro d'imprimeur : 130248.
ISBN 978-2-07-033871-9. / Imprimé en France.